U0089009

古典文學研究輯刊

十七編

曾永義 主編

第24冊

劉禹錫古文研究

王偉忠 著

國家圖書館出版品預行編目資料

劉禹錫古文研究／王偉忠 著 — 初版 — 新北市：花木蘭文化事業有限公司，2018〔民107〕

目 2+154 面；19×26 公分

（古典文學研究輯刊 十七編；第 24 冊）

ISBN 978-986-485-341-0（精裝）

1.（唐）劉禹錫 2. 古文 3. 文學評論

820.8　　107001711

ISBN-978-986-485-341-0

古典文學研究輯刊

十七編 第二四冊　　ISBN：978-986-485-341-0

劉禹錫古文研究

作　　者 王偉忠

主　　編 曾永義

總 編 輯 杜潔祥

副總編輯 楊嘉樂

編　　輯 許郁翎、王筑　美術編輯 陳逸婷

出　　版 花木蘭文化事業有限公司

發 行 人 高小娟

聯絡地址 235 新北市中和區中安街七二號十三樓

電話：02-2923-1455／傳眞：02-2923-1452

網　　址 http://www.huamulan.tw 信箱 hml 810518@gmail.com

印　　刷 普羅文化出版廣告事業

初　　版 2018 年 3 月

全書字數 119922 字

定　　價 十七編 26 冊（精裝）新台幣 50,000 元

劉禹錫古文研究

王偉忠　著

作者簡介

王偉忠出生臺灣花蓮，祖藉福建惠安。畢業東吳大學中文系、臺灣師大國文四十學分班、臺北市立教育大學中國文學研究所博士班。曾任教臺北市立奎山中學十二年、新北市立林口國中一年，今任教新北市立泰山高中、並在實踐大學、黎明科技學院兼任助理教授。任教課程:國語文、應用文、閱讀與寫作、現代散文等。

提　　要

劉禹錫，字夢得，生於唐代宗大曆七年，卒於武宗會昌二年（西元七七二～八四二年），享年七十一歲。劉禹錫一生遭遇，十分特殊。二十二歲中進士，翌年又登博學宏辭科，爲時人所重。因政治改革，參與王叔文、韋執誼所組織之政治集團，不幸失敗。憲宗即位後，遭貶謫至西南邊區，長達二十三年之久，至五十五歲始得重回長安。在京城四年，又受讒言毀謗，再度被調出京，此後不再回朝。直至六十五歲，才告老歸居洛陽。

劉禹錫長於律絕，白居易稱其詩似有炙物護持，故有「詩豪」之譽；晚年，二人齊名，而有「劉白」之稱。其古文，在古文運動之背景下，頗負盛名，與韓、柳並稱，在中唐文壇，亦極具地位。

本論文以深入淺出方式寫作有:唐代古文簡述、劉禹錫生平、背景、散文淵源、思想、文論、體裁、風格、特色、影響等。劉氏文集四十卷，保存至今，仍近完整；唯獨散文，後人研究者蓋尠，余雖才疏學淺，資質駑劣，仍願以「野人獻曝」之心，作拋磚引玉之舉，俾供後學參考。

目次

緒　論

民國八十五年我在臺灣師大國文研究所進修，承蒙邱德修教授的提攜鼓勵始有「劉禹錫古文研究」的完成。劉禹錫在中唐能詩文並重，多作多產，誠有其獨特之風格。然後人研究中唐詩文時，常以劉禹錫之詩爲其研究之對象，而不重視其古文之創作，殊覺遺憾，故而積極努力從事其古文之研究。

劉禹錫之散文於當時能與韓、柳抗衡，而在杜牧、皇甫湜、李翺、白居易等人之上，實有其原因；然後人研究者寡，且僅以韓、柳八大家爲主，對劉禹錫而言，實欠公允。

劉禹錫之古文能在中唐古文運動中，能別具一幟，必有其先決之條件，由是著手，從事研究，必能見其端倪。爲有志從事中唐古文研究者提供參考資料，故以「野人獻曝曝」之心寫作本文，端賴同行先進惠予指正。

本論以張肖梅之《劉禹錫研究》、劉菁菁之《劉禹錫的文學研究》以及張長臺之《劉夢得研究》爲架構，將劉禹錫之古文提出研究，並就生平、思想、文論、體裁、風格、特色等，以深入淺出之方式加以探討。又以呂武志所著《杜牧散文研究》、諸斌杰所著《中國古代文體概論》爲文體分類之參考；同時以卞孝萱校訂之《劉禹錫集》與瞿蛻園之《劉禹錫集箋證》爲參考資料，同時以「《劉禹錫集》卞孝萱校訂之《劉禹錫集》與瞿蛻園之《劉禹錫集箋證》」兩先生所著作爲註解參考之依據；將其文集中之古文部分與予梗概之分類，同時參考姚鼐《古文辭類纂》之分類法，計有論說、書牘、傳記、公牘、雜記、贈序、寓及騷賦等，而後依體裁、風格、特色、影響等予以分粉研究。

古文（今人稱爲散文散）非韻文，並非每句或每幾句押韻，亦非駢文，須對仗求工整。古代古文（散文）不論內容舉凡哲學、政治、經濟、史地著作，非韻文撰寫，皆歸入散文範疇；文體亦廣。如銘、記、書、序、誄、傳、誥、頌讚等，凡以散行表意者皆爲散文。

宋人羅大經云：「山谷詩、騷妙天下，而散文頗覺瑣碎局促。」又引周必大之語云：「四六特拘對耳，其立意措辭貴渾融有味，與散文同。」〔註1〕足見宋人已用「散文」一詞品評他人著作，是相對於詩、騷、四六文而言也。及至清代，「散文」一詞屢見不鮮。如孔廣森〈答朱滄湄〉云：「六朝文無非駢體，但縱橫開闔，一與散文同。」〔註2〕袁枚〈胡稚威駢體文序〉云：「古聖人以文明道，而不諱修詞。駢體者，修詞之工者也。六經濫觴，漢魏延其緒，六朝暢其流；論者先散行後駢體，似亦尊乾卑坤之義。然散行可蹈空，而駢文必徵典。駢文廢，則悅學者少，爲文者多，文乃日敝。若夫四六者，俗名也。」〔註3〕皆以駢文、散文相對而言。然所謂「散文」，不含詩、騷、駢文在內。詩、騷皆韻文，有格律之限制；駢文有字句對偶、平仄諧調，頗受束縛。「散文」則不受格律限制，不講押韻、對仗、平仄，不受字句長短所限，不拘形式，任由作者自在抒寫；偶有押韻、對偶之文句，亦以單行爲主，參差錯落，長短不一，與詩、騷、駢文之工整形式有別，故稱古文或謂之「散文」。

「古文」反對駢偶靡麗之文，改以散體行文。而古文之定義，廣義而言：凡不押韻、不重排偶，散體單行之文章，包括經、史、子、集中之作品，皆可視之爲廣義散文。其次，就文辭言散文，與古文並無二致。陳柱《中國散文史》曾云：「蓋散文亦不過古文之別名耳，而現代所用散文之名，則大抵與韻文對立。其領域則凡有韻之詩賦詞曲，與有聲律之駢文，皆不得入內；與昔之誼同古文，得包辭賦頌贊之類，其廣狹不侔已。」〔註4〕然則「散文」、「韻文」、「駢文」三者鼎足而立，已成爲今日學術界習見之用法。

因此本論文以「劉禹錫古文研究」名之。今人論古文之類別，捨棄古文之分法，而以其性質的不同，將它分爲論辯、抒情、敘事、傳記四類；或以四類之外，而有記遊、詠物與應用類之古文，皆難以釐清界限。因古文作品千變萬化，文章中可夾敘、夾議，亦可同時抒情、敘事或詠物，無論如何分

〔註1〕羅大經：《鶴林玉露》卷2丙編〈文章有體〉（北京中華書局，2007年4月），頁265。

〔註2〕邱燮友等：《國學導讀》（臺北：三民書局2004年7月），頁617。

〔註3〕〔清〕袁枚：《小山倉房文集》（臺北：文海出版社，1979年7月），頁198～199。

〔註4〕陳柱：《中國散文史》（臺北：臺灣商務印書館1975年4月），頁3。

類，皆不免顧此失彼。為研究「劉禹錫古文」之便，本論文之寫作，但以大略觀之，而不過分拘泥「古文」、「散文」概以「古文」稱之。

本論寫作內容大要：

緒論：動機、目的、方法、參考資料。

唐代古概述：韓、柳前之古文運動、韓愈之古文、柳宗元之古文、晚唐之古文。

劉禹錫生平事略與大事繫年簡表：生平事略、大事繫年簡表、古文寫作年表。

劉禹錫古文寫作之背景：時代動激盪、環境影響、友朋切磋、貶謫刺激。

劉禹錫古文之淵源：淵源儒家、祖述經典、繼軌史傳。

劉禹錫古文之思想：儒家、佛家、天人、宿命、政治。

劉禹錫古文文論：韓愈、柳宗元、劉禹錫文論。

劉禹錫古文之體裁：論說、書牘、傳記、公牘、雜記、贈序、寓言、抒情騷賦。

劉禹錫古文之風格：雄渾、委婉、憤慨等風格。

劉禹錫古文特色：立異創新、善用典故、善用比較、諷刺譬喻等。

劉禹錫古文之評價與影響：評價、影響。

結論

二〇一七年十二月　王偉忠撰於臺北固窮齋

第一章　唐代古文概述

駢文在六朝臻於全盛之後，爲文者多拘偶對，堆砌辭藻，套用典故，競騁浮詞，空洞無實，遂漸成爲陳腔濫調，令人望而生厭。南朝裴子野撰〈雕蟲論〉，乃評云：「淫文破典，斐爾爲功；未窺六甲，先製五言」。〔註 1〕至隋朝，李諤上書請革文華，批評駢文「遂復遺理存異，尋虛逐微，競一韻之奇，爭一字之功。連篇累牘，不出月露之形；積案盈箱，唯是風雲之狀。世俗以此相高，朝廷據茲擢士。祿利之路既開，愛尙之情愈篤。於是閭里童昏，遺遊總，未窺六甲，先製五言。」〔註 2〕然積習難改，直至唐朝初年，公私文翰，仍用駢文。當時之史學家，如李百藥、魏徵、令狐德棻、李延壽等，撰寫史書文苑傳，文學傳，攻擊六朝淫靡之文風，提倡宗經復古之文學理論。渠等所撰之史書，皆以散文敘事，但仍未完全脫離駢儷餘習，論贊亦皆以駢文爲之。其後，陳子昂又提出詩、文復古之主張，其所作之論事書疏，質樸近古，對後來之古文運動，頗起引導之作用。

第一節　韓、柳前之古文運動

在韓愈、柳宗元登上文壇之前，盛唐至中唐時期相繼有一批提倡古文爲己任之作家。如蕭穎士、李華、賈至、元結、獨孤及、梁肅、權德輿、柳冕等人。彼等上承王勃、陳子昂，下開韓、柳，成爲古文運動之先驅人物，其時號稱「文章中興」。

〔註 1〕《裴子野全集》。及《全上古三代秦漢三國六朝文．全梁文》，（臺北：大化書局 1982 年 11 月）卷 53 裴子野〈雕蟲論〉，頁 16。

〔註 2〕《隋書》，（臺北：鼎文書局 1979 年 12 月）卷 66，列傳 31〈李諤傳〉，頁 1544。

蕭穎士等文學主張復古，力抵駢體。蕭穎士曾云：「僕平生屬文，格不近俗，凡所擬議，必希古人。魏晉以來，未嘗留意，又況區區咫尺之判，曷足牽丈夫壯志哉？」又云：「僕有識以來，寡於嗜好，經術之外，略不嬰心。幼年方小，學時受論語、尚書，雖未能究解精微而依說，與今不異」〔註 3〕當中之「宗經」，復古之意圖十分明顯，獨孤及在評價李華作品時亦曾云：「公之作，本乎王道，大抵以《五經》爲泉源，抒情性以託諷。」顯然已將「宗經」作爲衡量文章之標準。又其批評駢體文云：「文不足言，言不足志；亦猶木蘭爲舟，翠羽爲櫂，翫之於陸，而無涉川之用，痛乎流俗之惑也。」〔註 4〕足見，此時「宗經」復古之基調已確定。

就文與道之關係而言，蕭、李等人普遍有重道輕文之傾向。唯柳冕對此有所匡正。其主張「宗經」重道之同時，亦見到文道之關係，而云：「故言而不能文，非君子之儒也；文而不知道，亦非君子之儒也。」「君子之文，必有其道。」〔註 5〕柳冕主張文道並重，進而體認「才」「氣」兼備方能寫出足以見「君子之道」之文章。

換言之，蕭穎士、李華等人之理論主張，雖不夠系統，但對中唐古文之盛，起開創風氣、廓清道路之作用。首先，經蕭、李等人大力提倡，「宗經」明道之文學主張，已十分明確。其次，賴渠等之大力創作，文風已有由駢入散之轉變。明・胡應麟云：「大概六代以還，文尚俳偶。至唐李華、蕭穎士及次山輩，始解散爲古文」〔註 6〕然，渠等未能取得對駢文之勝利。因除元結、柳冕之外，渠等缺少對文學特殊性之認識，僅片面強調文之明道宗經作用，使文成爲經與道之附庸。由此可知，渠等當中之多數人對六經以外之文學採取一概排斥之態度，甚而將屈原以來之作家作品視爲離經叛道。渠等當中仍有駢文根柢深固，因囿於觀念，未能將前代積累之經驗技巧吸收運用於古文寫作之中，而係跨越六朝回至散文發展早期之作品「六經」之中，其結果係泥古與倒退。故其作品難與駢文抗衡。

〔註 3〕以上兩引文段，見《全唐文》卷 323 冊 7・蕭穎士〈贈韋司業書〉，頁 4144～4145。

〔註 4〕以上兩引文段，見《全唐文》卷 388 冊 7・獨孤及〈檢校尚書吏部員外郎趙郡李公中集序〉，頁 4988。

〔註 5〕同註 3《全唐文》，卷 527 冊 11・柳冕，卷 527 冊 11・柳冕〈答衢卅，鄭使君論文書〉，頁 6793。

〔註 6〕《少室山房筆叢》，（臺北：世界書局 1963 年 4 月）卷 28〈九流緒論〉，頁 369。

然於此輩作家當中成就突出者爲元結。元結（西元七一九）七七二）字次山。河南人。（今河南洛陽）天寶年間進士。曾任山南東道節度參謀、道州刺史等職。是位爲政清廉關心民瘼之官吏，又爲優秀待人之散文作家。曾編有《篋中集》。後人輯有《元次山文集》。

元結在詩文兩反面，反對浮艷之文風。其文學主張有二：首先，要求文章須具「救時勸俗」之作用。其《文編》文中云：

> 切恥時人諂邪以取進，姦亂以致身，徑欲塡陷阱於方正之路，推時人於禮讓之庭，不能得之，故優游於林壑，怏恨於當世。是以所爲之文，可戒可勸，可安可順。〔註 7〕

蓋以爲文章須以淳化風俗、宏揚正道爲其創作目的。其主張與蕭、李等人相比，可謂大同之中略有小異，針對性極強，亦爲救時弊而發憤著書立說。其次，元結主張文章端在懲時濟世，內容必須同激揚之情感相爲表裏：「故所爲之文，多退讓者，多激發者，多嗟恨者，多傷閔者。其意必欲勸之忠孝，誘以仁惠，急於公直，守其節分，如此非救時勸俗之所須者歟？」〔註 8〕其中所云之「激發」、「嗟恨」、「傷閔」，乃強調文章要有強烈之情感。由此可知，元結對文學之特性，有極深厚之理解。

元結之散文可分爲兩類。一類爲抨擊時世之雜文、小品。此類作品係「怏恨於當時」之作。其憤世嫉俗之情溢滿紙間。較有代表性者，如：〈惡圓〉、〈惡曲〉、〈丐論〉、〈時化〉、〈世化〉等。上述文章以犀利之語言，無情揭發人生當中之巧僞、姦詐、阿諛等醜惡面目，顯示作者剛正不阿之品格與傷時憫俗之痛切心情。清・劉熙載評之云：「元次山文，狂狷之言也。其所著〈出規〉，意存乎有爲；〈處規〉，意存乎有守。至〈七不如〉七篇，雖若憤世太深，而憂世正復甚摯。是亦足使頑廉懦立，未許以矯枉過正目之。」〔註 9〕

元結另一類散文爲山水遊記。顏眞卿云：「君（元結）雅好山水，聞有盛絕，未嘗不枉路登覽而銘贊之。」〔註 10〕其山水遊記多以簡潔之語言描繪山水之風姿神韻，且寄以深慨。其〈右溪記〉云：

> 道州域西百餘步，有小溪，南流數十步，合營溪。水抵兩岸，悉皆

〔註 7〕《全唐文》，卷 380 冊 8 元結〈文編序〉，頁 4898。
〔註 8〕同上註。
〔註 9〕劉熙載《藝概》，（臺北：國文天地雜誌社 1990 年 3 月）卷 1〈文概〉，頁 65。
〔註 10〕《全唐文》，卷 344 冊 7 顏眞卿〈唐故容卅都督兼御史丞本管經略使元君表墓碑銘并序〉，頁 4419～4420。

怪石，攲嵌盤缺，不可名狀。清流觸石，洄懸激注。佳木異竹，垂陰相蔭。此溪若在山野，則宜逸民退士之所遊處；在人間，則可爲都邑之勝境，靜者之林亭。而置州已來，無人賞愛；徘徊溪上，爲之悵然。乃疏鑿蕪穢，俾爲亭宇，植松與桂，兼之香草，以裨形勝。爲溪在州右，遂命之曰右溪。刻銘石上，彰示來者。〔註11〕

文章寫小溪及周圍之清幽寧靜，亦借機含蓄抒發其內心之抑鬱不平之氣。清・吳汝綸評此文云：「次山放恣山水，實開柳子厚先聲。文字幽渺芳潔，亦能自成境趣。」〔註12〕誠然恰如其分也。

元結散文之語言已無駢文之積習，堪稱其爲韓、柳之前大力寫作散文之作家。故《四庫全書總目》云：「蓋唐在韓愈以前，毅然自爲者，實自結始。亦可謂耿介拔俗之姿笑！」〔註13〕然元結之部分散文，實亦有求奇求怪遜於文采者，不可不查。

第二節　韓愈之古文

韓愈（西元七六八—八二四年），字退之，河陽（今河南孟縣）人。父仲卿，曾爲縣令。叔父雲卿、兄韓會皆有文名，乃早期散文運動中之人物。韓愈自始即抱持「非三代兩漢之書不敢觀，非聖人之志不敢存」之志。幼年曾爲蕭穎士之子蕭存賞識，十九歲赴京考試，得古文家梁肅之稱評。二十九歲登仕途，後任吏部侍郎致仕。在任有政績，如任監察御史時，關中旱飢，曾上疏請寬傜免租，因而貶陽山；元和十年又因諫迎佛骨，幾至喪命。

韓愈不僅爲古文運動理論之倡導者，亦爲創作重要之實踐者，乃我國文學史上傑出之散文家。有《韓昌黎集》，現存四十八卷，除詩十卷外，餘皆爲文。由此可知，其創作數量之豐，範圍之廣；亦可自其作品中，窺得當時古文運動之實績與價值。韓愈用古文佔奪原駢文之領域，而獲得實質之勝利。

韓愈散文中價值最高者爲雜文。此種文字，乃其「不平則鳴」之工具，對社會現象進行大膽辛辣之嘲諷。內容犀利，形式活潑，短小精悍，而有極高之成就。如〈雜說・四〉云：

〔註11〕《全唐文》，卷382冊8〈右溪記〉，頁4903。

〔註12〕《中國文學欣賞全集》，冊36，（臺北：莊嚴出版社1979年12月）頁659。

〔註13〕《四庫全書總目》，（臺北：商務印書館1976年7月）卷149，集部，別集類二，頁1283。

世有伯樂，然後有千里馬。千里馬常有，而伯樂不常有。故雖有名馬，只辱於奴隸人之手，駢死於槽櫪之間，不以千里稱也。馬之千里者，一食或盡粟一石，食馬者，不知其能千里而食也。是馬也，雖有千里之能，食不飽，力不足，才美不外見，且欲與常馬等不可得，安求其能千里也？策之不以其道，食之不能盡其材，鳴之而不能通其意，執策而臨之曰：「天下無馬。」嗚呼！其眞無馬邪？其眞不知馬也。〔註 14〕

韓愈以伯樂與千里馬比喻賢臣難遇明主，而抒其不平之懷。逼人之氣勢，通暢之文辭，精鍊簡潔之語言，形象比喻之手法，強烈之邏輯力量，誠具高度之藝術成就，亦爲韓愈散文之代表作。他如〈師說〉，提倡一種新型之師生關係，精闢之見解，至今仍可供參考。〈進學解〉藉師生對話，道出進德修業之方；〈送窮文〉與窮鬼對話，表面是自嘲，其實是自讚，以幽默之反語諷刺社會之庸俗，表現出有抱負士子之怨氣與堅持理想之不妥協態度，對現實社會具一定之影響。

韓愈之政論散文，極負盛名。如〈原道〉、〈原毀〉、〈爭臣論〉、〈諫迎佛骨表〉等，頗具宣揚儒家思想之意義：〈原道〉滿紙仁義道德；〈諫迎佛骨表〉雖有衛道之熱忱，亦痛斥統治者惑眾蠹財之愚蠢行爲；〈原毀〉一文，以心平氣和對「事修而謗興，德高而毀來」之社會現象進行分析，實質而言，亦是其自命清高、自鳴不平之聲。上述文章或說理或議論，皆帶有強烈之感情色彩，藝術構思精巧、語言生動有力，條理嚴謹清晰，邏輯說服力強。

韓愈其他序文與祭文，如〈送李愿歸盤谷序〉、〈送孟東野序〉、〈祭柳子厚文〉、〈祭十二郎文〉等，自文體觀之，似普通應酬文字，而實爲文學之佳作。有詩般之語言，形象之描述手法，熔抒情、敘事、議論於一爐，具有強烈之感人力量。如〈送孟東野序〉藉安慰他人，抒發自己不平之鳴；〈祭柳子厚文〉充滿對故人不幸遭遇之感慨與悼念；〈祭十二郎文〉反覆抒寫對亡侄之沉痛思念，曲折眞摯，後人譽爲祭文中之千古絕調；〈送李愿歸盤谷序〉，鄙視當時聲威赫赫之官吏，嘲笑追逐勢利之官迷，讚美高潔不污之士子，語調鏗鏘，情緒激昂，氣勢充沛，蘇軾稱爲唐代第一篇文章。文中云：

伺候於公卿之門，奔走於形勢之途，足將進而趦趄，口將言而囁嚅，處穢污而不羞，觸刑辟而誅戮，徼倖於萬一，老死而後止者，其於

〔註 14〕《韓昌黎集》，（臺北：河洛圖書出版社 1975 年 3 月）卷 1〈雜說〉，頁 18。

為人賢不肖何如也。〔註 15〕

寥寥幾筆，寫盡利慾熏心、攀援公卿之可憐像，醜態畢露。此外，韓愈尚有多篇體裁、風格不同之作品。有莊嚴熱忱、記述愛國英雄之文章，如〈張中丞傳後敘〉；有滑稽多趣、嘲笑某種社會現象之文章，如〈毛穎傳〉；有具體細緻，而又條理清晰，描寫事物之文章，如〈畫記〉；有剪裁俐落、突出刻劃形象之文章，如〈柳子厚墓誌銘〉。而在與他人書信中，亦經常抒發對社會之感慨與生活中之牢騷，如〈即所謂「諛死人」之墓誌銘〉，亦能通過突出事體之描寫，刻劃人物之性格特點，加以褒貶，如〈國子助教河東薛君墓誌銘〉。

總之，韓愈散文之內容複雜，形式多變；風格則是剛健宏肆，潑辣明快，氣勢雄壯。皇甫湜稱讚其文：「如長江秋注，千里一道，衝飆激浪，瀚流不滯，然而施諸灌溉，或爽於用李襄陽之文。」〔註 16〕

蘇明允謂：「韓子之文，如長江大河，渾浩流轉，魚黿蛟龍，萬怪惶恐，而抑絕蔽掩，不使自露；而人望見其淵然之光，蒼然之色，亦自畏避，不敢迫視。」〔註 17〕

渠等所云，誠韓愈散文之特殊風格也。韓愈乃我國歷史上最突出之語言大師之一。其語言形象，簡鍊、明晰、自然、有力，善於創造性使用古代詞語，又大膽創造新奇，同時吸收當代口語。故其文章辭彙豐富，句法靈活，有強烈之表現力，「詞必己出」之原則，故而創造亦即是其所倡言之「陳言務去」、許多精妙之語句已成成語，沿用至今流傳人口，已為現代語言之組成。如「垂頭喪氣」、「雜亂無章」、「大聲疾呼」、「搖尾乞憐」、「大放厥辭」、「不平則鳴」、「坐井觀天」、「牢不可破」、「語言無味，面目可憎」等。然有些句子故意追求新奇或仿古，以致讀來拗口，但似已無關緊要。

第三節　柳宗元之古文

柳完元（西元七七三年—八一九年），字子厚，河東人。貞元初登進士及第，後為察御史。其才學，為時人所欽佩。韓愈〈柳子厚墓誌銘〉云：

雋傑廉悍，議論證據今古，出入經史百子，踔厲風發，率常屈其座

〔註 15〕《韓昌黎集》卷 4〈送李愿歸盤谷序〉，頁 143。
〔註 16〕《全唐文》，卷 687 冊 14 皇甫湜〈諭業〉，頁 8917。
〔註 17〕《蘇明允集》，（臺北：河洛圖書出版社 1975 年 3 月）卷 3〈上歐陽書〉，同註 14，頁 666。

人，名聲大振，一時皆慕與之交，諸公要人，爭欲令出我門下，交口薦譽之。〔註 18〕

柳宗元爲古文運動之積極參與者，以其傑出之作品，更顯示古文運動之光輝業績。柳宗元在政治上期望有所改革，與當政者王叔文戮力革新時弊，以利民生，然未及八月，即遭宦官與貴族之反擊而告失敗。王叔文之參與者皆受貶斥，柳宗元貶爲永州司馬，歷時十年。後又調爲柳州刺史。兩地皆偏遠地區，荒僻貧苦，柳宗元感於政治迫害與悲苦遭遇，曾仿〈離騷〉作賦十餘篇，傾吐其抑鬱苦悶，表達自己對現實之強烈不滿。於生活磨鍊中，不妥協屈辱，堅持自己信念，保持優良品質，懷鬱憤孤獨，客死於柳州，僅活四十七歲。柳宗元一生之痛苦遭遇，深刻影響其文學成就，故其作品具有尖銳、深刻之諷刺意味。

柳宗元爲文學家，亦爲先進之思想家。於〈楷說〉、〈天說〉等文中，否定神之存在，彼以爲天地皆是物質，不存於天命。其〈斷刑論〉云：「且古之所以言天者，蓋以愚蚩蚩者耳。非爲聰明睿智者設也。」〔註 19〕

一語道破統治者之謊言，戳穿神權說教乃欺人之工具。又於〈封建論〉中指出封建之形成乃「勢」也，非天意，亦非聖人之意，而肯定歷史發展自有其客觀之規律。柳宗元強調人事，面對現實，故云：

聖人之道，不窮異以爲神，不引天以爲高，利於人，備於事，如斯而已矣。〔註 20〕

此種先進之思想，直接影響其創作，更加強其作品現實主義之傾向。

《柳河東集》中說理文篇幅較多，闡發柳宗元之哲學政治思想，並深入對社會現象與歷史事實予以剖析，譴責一切不合理之事物，提出自己之政治見解。如〈封建論〉解剖古代之分封制度，指出領主對領土之「繼世而理」，因而「世大夫世食祿邑」，造成「不肖居上，賢者居下」之畸形現象。作者藉古喻今，斥責門閥世族之腐朽勢力，並無情抨擊當時藩鎮割據局面。〈六逆論〉、〈序棋〉等篇，則深刻分析現實中之貴賤問題，揭露「視其賤者而賤之，貴者而貴之」之世俗觀點，客觀道出尖銳之衝突。〈送薛存義之任序〉更猛擊當時非「民之役」，而係奴役百姓之官吏，使百姓「甚怒而黜罰之」。文集中

〔註 18〕《韓昌黎集》，（臺北：河洛圖書出版社 1975 年 3 月）卷 7，〈柳子厚墓誌銘〉，頁 290。
〔註 19〕《柳河東集》，（臺北：河洛圖書出版社 1975 年 3 月）卷 3〈斷刑論〉，頁 58。
〔註 20〕《柳河東集》，卷 3〈時令論〉，頁 53。

近七十篇之〈非國語〉，篇篇借題發揮，抨擊時政，顯現叛逆性之思想光輝。柳宗元之說理散文具有嚴密之邏輯性，筆鋒銳利，在論述柳宗元散文成就時，誠不可忽視此一部分。

唐代「古文」，直接學習與繼承先秦、兩漢優秀散文傳統而來，柳宗元於創作實踐中最出色繼承此發展之傳統。其寓言諷刺散文，顯然深受《莊子》影響，但不似莊子以寓言說哲理，而係用於諷刺現實。〈三戒〉之創作，係對恃強之統治者與狗仗人勢之幫兇極其尖刻之鞭撻與諷刺。〈三戒序〉云：

> 吾恒惡世之人，不知推己之本，而乘物以逞，或依勢以干非其類，出技以怒強，竊時以肆暴，然卒迨於禍。有客譚麋、驢、鼠三物，似其事，作三戒。〔註 21〕

其〈永某氏之鼠〉云：

> 永有某氏者，畏日，拘忌異甚。以爲己生歲直子，鼠、子神也；因愛鼠，不畜貓犬，禁僮勿擊鼠；食廩庖廚，悉以恣鼠，不問。由是鼠相告，皆來某氏，飽食而無禍。某氏室無完器，椸無完衣，飲食大率鼠之餘也。晝累累與人兼行，夜則竊齧鬪暴，其聲萬狀，不可以寢；終不厭。數歲，某氏徙居他州，後人來居，鼠爲態如故。其人曰：「是陰類惡物也，盜暴尤甚，且何以至是乎哉？」假五六貓，闔、門撤瓦、灌穴，購僮羅捕之。殺鼠如丘，棄之隱處，臭數月乃已。嗚呼！彼以飽食無禍爲可恒也哉！〔註 22〕

《詩經》中之〈碩鼠〉，曾將統治者喻爲鼠。柳宗元指出，鼠自以爲百姓善良可欺，使渠等衣食不存，寢眠不安，鼠輩氣勢雖赫赫不可一世，柳宗元則嚴厲警告，百姓必趕盡殺絕，毫不留情。末段作者諷刺彼等，以爲爲非作惡乃永久之事，誠可悲矣！又如《蝜蝂傳》云：

> 蝜蝂者，善負小蟲也。行，遇物輒持取，卬其首負之。背愈重，雖困劇不止也。其背甚澀，物積因不散。卒躓仆，不能起。人或憐之，爲去其負。苟能行，又持取如故，又好上高，極其力不已，至墜地死。今世之嗜取者，遇貨不避，以厚其室，不知爲己累也，唯恐其不積；及其怠而躓也，黜棄之，遷徙之，亦以病矣。苟能起，又不

〔註 21〕《柳河東集》，（臺北：河洛圖書出版社 1975 年 3 月）卷 19〈三戒序〉，頁 342。

〔註 22〕《十三經注疏・詩經》詩序云：「碩鼠，刺重斂也。國人刺其君重歛，蠶食於民，不脩其政，貪而畏人，若大鼠也。」（臺北：中華書局 1979 年 12 月）

艾，日思高其位，大其祿，而貪取滋甚，以近於危墜。觀前之死亡不知戒，雖其形魁然大者也，其名人也，而智則小蟲也，亦足哀夫！〔註 23〕

柳宗元所傳者，蓋指當時用事貪取滋甚者也。並極盡諷刺嘲笑之能事。以寓言諷刺散文，非但語言簡鍊、短小精悍，且能以百字篇幅，生動概括具有典型社會意義之事件，寫來極其深刻幽默。柳宗元之寓言散文有嘲諷之意味，與其貶謫南荒，深入社會，考察民情，體驗人民之疾苦，固有密切之關係。

柳宗元其他散文，亦繼承先秦、兩漢散文而來，其內容題材，頗有重大之發展，性質已不同於歷史英雄傳記與歌功頌德之應酬傳記，而係寫關心民瘼之短篇傳記。並以人道主義與現實主義為其寫作原則，眞實反映人民悲慘之生活，傾注於強烈之愛憎，為百姓發出不平之呼聲。如〈段太尉逸事狀〉反映軍閥之殘暴橫行，及百姓受迫害與殺戮之種種，藉以歌頌不懼生命危險、愛護百姓之段太尉，塑造其英雄形象。在〈童區寄傳〉中，揭露人口買賣之罪惡現象，描寫一少年英雄形象。至如〈種樹郭橐駝傳〉，則藉樹為喻，反對奴役與壓迫百姓。

柳宗元散文最具突出成就者，厥為山水遊記散文。在柳宗元之前，已有酈道元之《水經注》係寫山水遊記之散文，柳宗元之山水散文受其影響極深。其散文時抒發受迫害者之悲憤、不平之心情，以及懷才不遇，不得志之苦悶。其寄託受壓抑之沉鬱心情，如〈愚溪詩序〉所云者，係指己遭迫害、受打擊、似愚人；因而其所處偏僻地區之山水，雖優美而不能令人欣賞，故稱「愚溪」。其次，藉山水之不滿，明示己之不滿，如〈鈷鉧潭西小丘記〉云：

> 噫！以茲丘之勝，致之灃、鎬、鄠、杜，則貴遊之士爭買者，日增千金而愈不可得。今棄是州也，農夫漁父，過而陋之。價四百，連歲不能售；而我與深源、克己，獨喜得之，是其果有遭乎！書於石，所以賀茲丘之遭也。〔註 24〕

「茲丘」之遭遇，實即柳宗元之遭遇。此山水散文，表面觀之，係一幅幅寧靜平和之山水畫，實質則非閒適之文學，正如其自白：「嘻笑之怒，甚乎裂眥；長歌之哀，過乎慟哭。庸詎知吾之浩浩，非戚戚之尤者乎？」〔註 25〕柳

〔註 23〕《柳河東集》，卷 17〈蝜蝂傳〉，頁 312～313。
〔註 24〕《柳河東集》，卷 29〈鈷鉧鐔記〉，頁 473。
〔註 25〕《柳河東集》，卷 17〈對賀者〉，頁 226。

宗元一方面放情於山川之樂之描寫，由對自然之讚美，所得精神之安慰，寄寓對美好生活之渴望。另一方面則從山水之美反襯人間之醜惡，傾洩受迫害之抑鬱憤滿心。最具有代表意義者，乃〈永州八記〉，文中充滿其流放生活中之悲苦心緒及孤獨感，曲折而有強烈之抗議。

柳宗元之山水散文，文筆秀美，流暢、清新，富有詩情畫意，如〈鈷鉧潭記〉云：

> 鈷鉧潭在西山西。其始蓋冉水自南奔注，抵山石，屈折東流，其顛委勢峻，蕩擊益暴，嚙其涯，故旁廣而中深，畢至石乃止。流沫成輪，然後徐行。其清而平者、且十畝餘，有樹環焉，有泉懸焉。〔註 26〕

語言精鍊，僅數十字，已將一雋美池潭，分明描寫清新而有生氣，如圖畫般，宛然在目。又如《至小丘西小石潭記》云：

> 從小丘西行百二十步，隔篁竹，聞水聲如鳴佩環，心樂之，伐竹取道，下見小潭，水尤清洌，全石以爲底，近岸卷石底以出，爲坻，爲嶼，爲嵁，爲岩，青樹翠蔓，蒙絡搖綴，參差披拂。潭中魚可百許頭，皆若空遊無所依，日光下澈，影布石上，怡然不動。俶爾遠逝，往來翕忽，似與游者相樂。潭西南面望，斗折蛇行，明滅可見，其岸勢尤牙差互，不可知其源。坐潭上，四面竹樹環合，寂寥無人，淒神寒骨，悄愴幽邃。以其境過清，不可久居，乃記之而去。〔註 27〕

文中可見柳宗元遊記散文創作之高超藝術才能，水聲、山勢、岩石、篁竹，皆逼眞而生動，尤以寫魚之動態，活潑可愛，隨日光上下，猶如眞魚般，一切山水之聲音、色彩皆富有聲韻，而展現於讀者目前，亦可見柳宗元如何以山水表達其幽獨淒涼之心情。

柳宗元在政治上屬失敗者，然在文學方面則獲得光輝之成就。其在當代文壇，聲譽極高，「衡湘以南、爲進士者，皆以子厚爲師，其經承子厚口講指畫爲文詞者，悉有法度可觀。」〔註 28〕其不倦指導與培養後進，使韓愈所領導之古文運動得以更廣泛開展。

柳宗元散文之高度成就，對後代散文發展尤有極大影響，爲後代批判性極強之現實主義諷刺散文、山水遊記散文奠定基礎。唐末五代之皮日休、陸

〔註 26〕《柳河東集》，卷 29〈鈷鉧潭記〉，頁 471～472。
〔註 27〕《柳河東集》，卷 29〈至小丘西小石潭記〉，頁 473。
〔註 28〕《柳河東集》，卷 7〈柳子厚墓誌銘〉，頁 290。

龜蒙、羅隱，宋代之歐陽脩、蘇軾，乃至清代之姚鼐，無一不受柳宗元散文之深刻影響。

第四節　晚唐之古文

古文運動，由於韓愈之理論指導，韓、柳之創作實踐，朋友門生彼此呼應，其創作乃展開新局面。繼韓愈之後，李翺、皇甫湜、沈亞之、孫樵等，亦致力於散文創作，因其思想內容局限於儒家傳統之說教，又承韓愈方向發展，因而成就不高。皮日休、羅隱、陸龜蒙等繼承韓、柳所開闢之現實主義方向，以諷刺小品文之創作爲務，在晚唐、五代發出光輝。

唐末經濟衰落，藩鎮割據，政治黑暗，昏無天日，統治者極端腐化墮落；終致黃巢之禍，唐帝國亦隨之崩潰，全國分裂，民不聊生。諷刺小品文，以此爲基礎，應時代之需要而蓬勃發展。諷刺小品文之思想內容皆能深刻揭露與批評現實，鞭撻統治者之殘酷與荒淫奢侈，同時對社會一切腐朽醜惡之人情世態，極盡其嘻、笑、怒、罵之能事。

皮日休不僅是晚唐傑出之現實主義詩人，亦是晚唐文壇上傑出之現實主義散文家，其詩文完全深刻反映現實人生。故其散文篇篇針對現實，披露統治者可鄙之面目，揭示日常生活之本質，頗能發人深省。如〈鹿門隱書〉、〈十原系述〉、〈讀司馬法〉、〈相解〉、〈趙女傳〉、〈悲摯獸〉等篇，皆如璞中之玉；一經解剖，即光芒四射。〔註 29〕

〈鹿門隱書〉共六十篇，長者達三、四百字，短者僅八字，乃作者早年隱居鹿門山所作隨感之結集。文前有序云：

> 醉士隱於鹿門。不醉則遊，不遊則息。息於道，思其所未至；息於文，惭其所未周；故復草隱書焉。嗚呼！古聖王能旌夫山谷民之善者，意在斯乎？〔註 30〕

表明作者因文託諷和以文干世之意。內容極精要，語言極簡鍊，表達十分犀利；乃作者長期觀察社會，認眞思考分析所得之結論。文中涉及層面相當廣泛；自統治階級之罪惡，至社會風尙之虛僞；由歷史規律之認知，至現實生活之批判；乃至個人立身處世之法則，作者皆提出精闢見解。表面看，

〔註 29〕《中國文學欣賞全集》，冊 36〈關於唐代的散文〉，（臺北：莊嚴出版社 1979 年 12 月）頁 673。

〔註 30〕《全唐文》，卷 798 冊 17 皮日休〈鹿門隱者六十篇并序〉，頁 10554。

各篇似無內在關聯，然加以歸納，卻大致反映出作者對亂世種種不合理現象之全面觀省、諷刺、與檢討。〔註31〕其揭發當代政治混亂，君臣奪利，欺壓百姓之罪者，如：

古之殺人也怒；今之殺人也笑。不以堯、舜之心爲君者，具君也；不以伊尹、周公之心爲臣者，具臣也。古之官人也，以天下爲己累，故己憂之；今之官人也，以己爲天下累，故人憂之。古之決獄，得民情也哀；今之決獄，得民情也喜。哀之者，哀其化之不行；喜之者，喜其賞之必至。金貝珠璣，非能言而利物者也。至夫有國者，寶之甚乎賢，惜之過乎聖。如失道而有亂，國且輸人，況夫金貝珠璣哉！或曰：「吾善治苑囿；我善治禽獸；我善用兵，我善聚賦。」古之所謂賊兵；今之所謂賊臣。今道有赤子，將爲牛馬所踐，見之者無問賢不肖，皆惕惕然，皆欲驅牛馬以活之。至夫國有弱君，室有色婦，有謀其國欲其室者，惟恨其君與夫不罹其赤子之禍也。噫！是復可心哉？〔註32〕

以上均以銳利之筆觸，揭露當政者之殘暴、貪婪、詐僞與腐敗；深刻反映人民生活之苦痛，心頭之憤恨。至於批評社會虛僞習氣者，如：

噫！古之奢也僭，今之奢也濫；古之儉也性，今之儉也名。古之隱也，志在其中；今之隱也，爵在其中。〔註33〕

論聖賢、君子、小人之道者，如：

聖人之道不安其所安；小人之道安其所不安。

嗚呼！才望顯於時者殆哉！一君子受之，百小人妬之；一愛固不勝於百妬，其爲進也難。

聖人行道而守法，賢人行臣而守道，衆人侮道而貨法。

或問：君子之道，何如則可，以常行矣！曰：「去四蔽，用四正，則可以常行矣！」曰：「何以言之？」「見賢不能親，聞義不能伏，當亂不能正，當利不能節，此之謂四蔽。道不正不言，禮不正不行，文不正不修，人不正不見，此之謂四正。」〔註34〕

〔註31〕呂武志先生《唐末五代散文研究》，第4章〈唐末五代散文作家及作品〉（臺北：學生書局1989年2月）頁106。

〔註32〕《全唐文》，卷798冊17皮日休〈鹿門隱書六〇篇并序〉，頁105555、10557、10558。

〔註33〕《全唐文》，卷798冊17皮日休〈鹿門隱書六篇并序〉，頁10556。

〔註34〕《全唐文》，卷798冊17皮日休〈鹿門隱書六篇并序〉，頁10556。

由此可知，鵷鸞不見君子慕焉，鸒鳩常見小人捕焉。噫！君子之出處，亦猶夫鵷鸞而已矣！〔註 35〕〈鹿門隱書〉六十篇乃一部具有深刻思想性之諷刺小品文集。集中篇篇鋒芒畢露，借古比今，橫掃一切權威，描繪一幅血淋淋之現實圖畫。皮日休常以短短篇幅內，包藏哲理性之精闢見解，甚至於格言式之兩三句話中，亦具有高度深刻之概括能力，恰如最鋒利之短劍能直中統治者之要害。

陸龜蒙，字魯望，長興人。個性高潔，隱居松江甫里，多所論撰，時謂之「江湖散人」，又自號「天隨子」、「甫里先生」。與皮日休、羅隱、吳融等交往，著有《吳興實錄》、《松陵集》、《笠澤叢書》。並作序云：

「《蘩書》者，蘩脞之書也。蘩脞猶細碎也，細而不遺大，可知其所容矣，乾符（唐僖宗年號）六年（西元八七九）春，臥於笠澤之濱。敗屋數間，蓋蠹書十餘篋，伯男兒纔三尺許長馘齒猶未徧教，以藥劑象，梧子大小舛研，墨泚筆供紙札而已。體中不堪羸耗，時亦隱几強坐，内壹鬱，則外揚爲聲音，歌、詩、賦、頌、銘、記、傳、敘，往往雜發，不類不次，渾而載之，得稱爲《蘩書》自當諼憂之，一物非敢露世家耳目，故凡所諱其中略無避焉。」〔註 36〕

陸龜蒙生活在唐末衰亂之世，一生「多所論撰，雖幽憂疾痛，貲無十日計，不少輟也。」〔註 37〕，雖退隱江湖，卻仍關注時政。爲文作詩，均是傷古思今，發抒自己之窮秋憤鬱；文直意深，對傳統道德與黑暗現實，皆能予以尖刻諷刺。如《野廟碑》文中云：

今之雄毅而碩者有之，溫愿而少者有之。升階級，坐堂筵，耳弦匏，口粱肉，載車馬，擁徒隸者，皆是也。解民之懸，清民之暍，未嘗貯於胸中，民之當奉者，一日懈怠，則發悍吏，肆淫刑，毆之以就事，較神之禍福，孰爲輕重哉？平居無事，指爲賢良，一旦有天下之憂，當報國之日，則恇撓脆怯，顛躓竄踣，乞爲囚虜之不暇，此乃纓弁言語之土木耳，又何責其眞土木耶？故曰：「以今言之，則庶乎神之不足過也。既而爲詩，以亂其末。」〔註 38〕

〔註 35〕《全唐文》，卷 798 冊 17 皮日休〈鹿門隱書六〇篇并序〉，頁 10557～10558。
〔註 36〕《全唐文》，卷 800 冊 17〈笠澤蘩書序〉，頁 10600。
〔註 37〕《新唐書》卷 196 列傳 121〈隱逸傳・陸龜蒙〉，（臺北：鼎文書局印行 1979 年 12 月）頁 5613。
〔註 38〕《全唐文》，卷 801 冊 17 陸龜蒙〈野廟碑〉，頁 10615。

作者揭露唐末之當朝權貴，平居則尸位素餐，趾高氣揚，壓榨百姓以自肥；有事則畏頭縮尾，乞爲囚虜之不暇，刻畫其虛僞殘暴之醜陋面目，直是入木三分。而借鬼神罵人，更是痛快淋漓；土木有知，當亦羞與爲比。

陸氏諷刺小品十分出色，如〈記稻鼠〉、〈祀灶解〉等篇，亦深刻揭露殘酷之黑暗現實。由篇中可見統治者如何豺狼般欺壓百姓。〈記稻鼠〉云：

> 賦索愈急，棘械束榜肌體者無壯老。吾聞之於禮曰：迎貓爲食田鼠也，是禮缺而不行久矣。田鼠知之後歟？物有時而暴歟！政有貪而廢歟！……上捃其財，下啗其食，率一民當二鼠，不流浪轉徙聚而爲盜何哉？〔註39〕

此將統治者上下官吏比作老鼠而說明官逼民反之眞理。再者〈祀灶解〉則藉天帝諷人帝，暗示統治者之昏敗腐朽與沒落命運。陸龜蒙擅長比喻論說，如〈招野龍對〉、〈蠹化〉、〈蟹志〉等篇，皆帶有寓言之色彩，於幽默文學中，流瀉作者對現實之不滿情緒，無一非針對統治者而發。此外，〈江湖散人傳〉、〈雜說〉、〈大儒評〉、〈治家子言〉等，亦皆爲出色之小品文，形象生動，而含意深遠。

羅隱字昭諫，新登人。唐末於京師舉進士，留七載而不第；五代時，仕吳越。懿宗咸通八年（西元八六七年），著《讒書》，文多諷刺小品，深寓憤悶不平。羅隱諷刺小品較爲隱晦，仍極銳利，與皮日休、陸龜蒙相似，能大膽抨擊古今之統治者。如〈說天雞〉，以雞比喻官吏，以狙氏子比喻皇帝，渠謂狙氏子云：「反先人之道，非毛羽彩錯，觜距銛利者，不與其栖，無復向時伺晨之儔，見敵之勇峩冠飲啄而已。吁！道之壞也，有是夫？」〔註40〕羅隱咒罵皇帝昏庸，鞭撻官吏僅知奢侈腐化，以及腐朽無能之醜態，故而嘆曰：「吁！道之壞也，有是夫！」又於〈救夏商二帝〉一文中揭露皇帝之殘暴，而慕堯舜之「未必能反」，懼桀紂則有「庶幾至焉！是故堯舜以仁聖法天，而桀紂以殘暴爲助。」〔註41〕之嘆！又〈英雄之言〉文中揭露以救天下之「英雄」自命之帝王，實則即爲強盜。所謂「強盜」，實即指「人」，彼等與「英雄」自稱之強盜相比，有過之而無不及，其文云：

> 物之所以有韜晦者，防乎盜也，故人亦然。夫盜，亦人也，冠履焉，

〔註39〕《全唐文》，卷801冊17陸龜蒙〈記稻鼠〉，頁10605。
〔註40〕《全唐文》，卷896冊19羅隱〈說天雞雞〉，頁11799。
〔註41〕《全唐文》，卷895冊19羅隱〈救夏帝二帝〉，頁11792。

衣服焉。其所以異者，退讓之心，貞廉之節，不恆其性耳。視玉帛而取者，則曰「牽於寒飢」；視國家而取者，則曰：「救彼塗炭」。牽於寒饑者，無得而言矣。救彼塗炭者，則宜以百姓心爲心。而西劉則曰：「居宜如是」。楚籍則曰：「可取而代。」噫！彼必無退讓之心，貞廉之節，蓋以視其靡曼驕崇，然後生其謀耳，爲英雄者猶若是，況常人乎！是以峻宇逸遊，不爲人之所窺者鮮矣！〔註42〕

羅隱散文明辨是非，題材廣泛，往往於一二百字中透露出深刻之思想意義。〈敘二狂生〉文中假禰衡、阮籍之遭遇，寄慨己之憂憤；文中云：「漢之衰也，君若客旅，臣若豹虎；晉之弊也，風流蘊籍，雍容閑暇。」〔註43〕實者影射當時之昏暗現實。此外尚有〈三閭大夫意志〉、〈梅先生碑〉等篇，亦皆參雜作者不得意之感嘆。〈莊周氏弟子〉，通篇以虛構之小故事，極爲生動譏諷迂腐之儒者。〈荊巫〉一文，揭穿神巫騙人之迷信，流露出對傳統之懷疑。而〈惟岳降神解〉中，則以爲怪妖之言「以顯詩人之旨，苟不爾則子不語怪，出於聖人也，不出於聖人也，未可知」〔註 44〕。於羅隱心中，所謂聖人恒被漠視，因而方能爲丹、商、三叔呼不平。其〈龍王靈〉一文中，以龍比統治者，以水比百姓，指出「龍之所以能靈者，水也！涓然而取，霈然而神，天之於萬物，必職於下以成功，而龍立之職，水也。不取於下，則無以健其用，不神於上，則無以靈其職」〔註45〕一言道出歷史之眞實。

羅隱生活於唐末五代動蕩離亂之際，經由現實之徵象，知百姓巨大之力量誠不可輕視，其先進之思想，遂成爲唐末五代傑出之現實主義散文家。唐末諷刺小品文之藝術特點爲深刻尖銳，具高度之概括性及強烈之挑戰性；熱情充沛，筆鋒銳利，笑罵嘻怒，躍然紙上，語言十分精鍊、簡潔，能運用各種比喻、寓言，富有幽默情趣。皮日休、陸龜蒙、羅隱等人之諷刺散文，對後代發生相當大之影響。

結　語

韓愈、柳宗元等人於古文運動之旗幟下所進行之文體、文風之革新，對唐代與後代之文學發展，尤其散文發展，具有積極而深遠之影響，渠等於寫

〔註42〕《全唐文》，卷 896 冊 19 羅隱〈英雄之言〉，頁 11797。
〔註43〕《全唐文》，卷 895 冊 19 羅隱〈敘二狂生〉，頁 11793。
〔註44〕《全唐文》，卷 896 冊 19 羅隱〈惟岳降神解〉，頁 11798。
〔註45〕《全唐文》，卷 896 冊 19 羅隱〈龍之靈〉，頁 11798。

作實踐中，亦產生優秀之作品。而唐代都市之繁榮與適應百姓之需要所發展之傳奇小說，實開後代短篇小說之先河；至若散文本身，於唐代文學中，亦爲一叢鮮麗之奇花。

皮日休、陸龜蒙、羅隱等人乃晚唐末期出色之現實主義作家。渠等繼承杜甫、白居易之現實主義精神與中唐新樂府運動之傳統，「惟歌生民病」，創作不少出色之詩文，取得實質之成就。尤以小品文最具鮮明之特色，於唐末文壇，大放異采。

第二章　劉禹錫生平事略與大事繫年簡表

第一節　劉禹錫生平事略

劉禹錫，字夢得。因晚年任太子賓客，世又稱劉賓客。自稱中山（在今河北省境內）人，實則祖籍洛陽。「安史之亂」後，舉族東遷，寓居蘇州。劉即出生於蘇州轄管下之嘉興縣。生於唐代宗大曆七年（七二二）卒於唐武宗會昌二年（八四二），享年七十一歲。

唐朝自「安史之亂」以後，由興盛而衰落。玄宗以後之肅宗、代宗、德宗皆非明君，且每況愈下。德宗時，直臣被貶，藩鎮勢大，宦官專權。德宗本人則極其貪婪，四處搜刮，各地節度使額外進奉財物，又大興宮市，民不聊生。

有識之士，察覺唐王朝正處崩潰，趁德宗駕崩，順宗即位之際，於貞元二十一年進行一場政治革新。革新首領爲王伾與王叔文。王叔文曾是順宗當太子時之侍讀，常向太子陳述民間疾苦，期太子登基後能改革弊政。於焉二王柄政期間，王叔文經常「引禹錫及柳宗元入禁中，與之圖議，言無不從」〔註 1〕，足見劉、柳於政革新政中之重要地位。

〔註 1〕《舊唐書》，卷 160，列傳 20〈劉禹錫傳〉，（臺北：鼎文書局印行 1979 年 12 月）頁 4210。

惜因順宗病重，宦官與藩鎮內外勾結，脅逼順宗內禪，傳位與太子李純（憲宗），此次革新因而結束。順宗內禪爲太上皇時，於八月改貞元二十一年爲永貞元年，故史稱此次革新爲「永貞革新」。「永貞革新」失敗後，王叔文賜死，王伾遭貶後病死，劉禹錫、柳宗元、韓泰、韓曄、韋執誼、陳諫、凌準、程異等八人被貶爲遠州司馬，史稱「二王八司馬」事件。唐順宗不久亦死去。

劉禹錫先是貶連州（今廣東連縣）刺史，途次荊南（今湖北江陵縣）時，又改授朗州（今湖南常德市）司馬。翌年正月，唐憲宗改元元和，大赦天下。而詔書中明令：劉、柳等八人「縱逢恩赦，不在量移之限」，令劉禹錫失望，然未能消磨其鬥志。九年時間已過，奉召返長安，朝中執政者不喜王叔文集團回京。當劉、柳等人再次貶爲遠州刺史，劉禹錫因作（戲贈看花諸君子）一詩，「語涉譏刺，執政不悅」〔註2〕，乃貶至偏遠之播州（今貴州遵義），得御史中丞裴度說情，改貶連州。而後又轉任夔州（今四川奉節縣）、和州（今安徽和縣）刺史。

唐敬宗寶曆二年，奉召返東都洛陽，任主客郎中。「巴山楚水淒涼地，二十三年棄置身」〔註3〕乃其兩次被貶生活之梗概。兩年後，得宰相裴度之薦，再次召返長安，本擬出任知制誥，又因《再遊玄都觀絕句》，於詩序中重提當年之「戲贈看花諸君子」舊事，語含譏諷，「執政聞詩序，滋不悅」〔註4〕，而任禮部郎中，集賢殿學士之職。又四年，裴度罷相，劉隨即出任蘇州刺史，有政績。後轉汝州（今河南臨汝縣）、同州（今陝西大荔縣）刺史。因足疾，遂返東都洛陽，改授太子賓客，又改秘書秘監；不久，又加檢校禮部尚書之官銜，直至生命結束。

劉禹錫於去世前，病中撰〈子劉子自傳〉〔註5〕。仍無所畏懼，肯定「永貞革新」，對唐順宗之死，提出疑惑。彼以爲王叔文「工言治道，能以口辯移人。既得用，自春至秋，其所施爲，人不以爲當非」。二十三年之貶遷，未曾改變其政治革新之理念，其堅定之信仰，誠難能可貴矣。

〔註2〕《劉禹錫集箋證》，（上海：上海古籍出版社 1989 年 12 月）卷 24〈元和十年自朗州承召至京戲贈看花諸君子〉、〈再遊玄都觀句〉，頁 308，1208。

〔註3〕同上註。

〔註4〕《劉禹錫集箋證》，卷 24〈再遊玄都觀句〉，頁 1208。

〔註5〕《劉禹錫集箋證》，外集卷 9，〈子劉子自傳〉，頁 150。

第二節　劉禹錫生平大事繫年簡表

近人編撰劉禹錫年譜者有三，依次爲羅聯添「劉夢得年譜」、卞孝萱「劉禹錫年譜」及張達人「劉禹錫年譜」。本節之寫作，乃以羅、卞二年譜爲藍本，多所採用。茲以簡表示，以供參考：

紀　年	西曆年	年 齡	事蹟摘要	備　註
代宗大曆七年	七七二	一	劉禹錫生。	唐詩紀事卷三九「白居易」
德宗貞元元年	七八五	一七	約此時起習醫術。	答薛郎中論方書（卷一四）
貞元七年	七九一	二〇	赴長安應舉。	劉氏集略說，子劉子自傳（自傳）
貞元九年	七九三	二二	登進士第。	舊唐書本傳，登科記考卷一三
貞元十一年	七九五	二四	登博學宏辭科，授太子校書。	自傳
貞元十四年	七九八	二七	父卒於揚州，辭官居喪。	自傳
貞元十六年	八〇〇	二九	六月，爲淮南節度使杜佑記事參軍，隨杜出征淮上。 九月，改爲揚州掌書記，杜佑加同平章事兼領泗濠節度使，委以討伐。入杜佑幕。夏爲徐泗濠節度使掌書記。經歷戎馬生活數月。	自傳，代謝赴行營表、代賀除虔王表（卷一五）代謝濠泗兩州割屬淮南表（卷一六）
貞元十七年	八〇一	三〇	投書權德輿，請求薦用。	獻權舍人書（卷一四）
貞元十八年	八〇二	三一	補京兆渭南主簿。 與韓泰聽施士丐講《詩經》	自傳
貞元十九年	八〇三	三二	王、韋黨形成，劉禹錫等被王叔文定爲死友，禹錫與韓愈、柳宗元等討論學術，切磋詩文。	通鑑卷二三六唐紀貞元十九年下
貞元二十年	八〇四	三三	任監察御史。娶河東薛謇女爲妻。本年五月，武元衡爲御史中丞。李程、韓泰爲監察御史。	薛公神道碑
順宗永貞元年（憲宗八月即位）	八〇五	三四	三月，爲崇陵使判官。 四月，授屯田員外郎兼判度支鹽鐵案。九月坐王叔文黨被貶爲連州刺史，再貶朗州司馬。時韋執誼、柳宗元、韓泰、韓曄、陳諫、程異、凌準同貶爲遠州司馬，史稱「八司馬」。	自傳、酬張員外賈詩（卷外五）武陵書懷（卷三）舊唐書卷一四永貞元年下、韓愈、韓昌黎集文集下卷、順宗實錄

憲宗元和元年	八〇六	三五	正月改元。順宗卒。在朗州司馬任。因讀《改元元和赦文》，致書杜佑，要求量移。八月，詔「降官韋執誼、韓泰、陳諫等八人，縱逢恩赦，不在量移之限」。禹錫殊爲失望。本年，王叔文賜死。	通鑑卷二三七唐紀永貞元年下
元和七年	八一二	四三	在朗州司馬任。禹錫謫朗州九年餘，與密友通訊，論學外，惟從事於寫作。十二月詔追江湘逐客，赴京。	問大鈞賦（卷二）
元和十年	八一五	四四	二月，抵長安。柳完元等人同於是月抵京。三月，因武元衡等排擠，禹錫復出爲播州刺史。柳完元出爲柳州刺史，柳因禹錫母老，播州遠，「將拜疏，願以柳易播」。時裴度已爲禹錫奏請，得改連州刺史。 五月，禹錫抵連州。 六月，武元衡被刺，卒。	新舊唐書本傳，吏隱亭述（卷外九）薛公神道碑
元和十二年	八一七	四六	在連州刺史任。與柳宗元通信，討論文字、醫學。是年八月，宰相裴度主持平淮西叛亂。	
穆宗長慶元年	八二一	五十	冬，除夔州刺史。韋執誼子韋絢自襄陽來從劉禹錫遊學。	舊唐書卷一二紀元和十二年下、劉賓客嘉話錄
長慶四年	八二四	五三	在夔州刺史任。在夔州二年餘，爲柳宗元編《遺集》。少逢賓客，勤於寫作。有〈因論七篇〉。 夏，轉和州刺史。沿途遊覽名勝古跡。 八月，抵和州。和州值旱災之後，禹錫頗關心人民疾苦。常與李德裕唱和。 本年正月，穆宗卒。敬宗即位。 六月，韓泰移睦州刺史。 十二月，韓愈卒。年五十七歲。	
敬宗寶曆二年	八二六	五五	在和州共二年餘。冬，罷和州刺史。返洛陽途中，與白居易相遇於揚州，結伴同行。過汴州，與令狐楚相會。 十二月，敬宗爲宦官劉克明所害。文宗即位。	
文宗大和二年	八二八	五七	春，爲主客郎中，至長安。裴度欲薦禹錫爲知制誥，未果。爲集賢殿學士。	自傳、再遊玄都觀詩（卷四）

大和五年	八三一	六〇	冬，二李朋黨事起，劉禹錫被貶爲蘇州刺史。經洛陽，與白居易等相會。本年七月，元稹卒，年五十三歲。	蘇州謝上表(卷一九、)白香山詩後集:「寄劉蘇州詩」
大和七年	八三三	六二	二月，禹錫將他與令狐楚的唱和詩篇，編爲《彭陽唱和集》。 十一，月以治水患救災有功，獲賜紫金魚袋。	謝分司東都表（卷二〇） 謝賜加章服表（卷二〇）
大和八年	八三四	六三	在蘇州刺史任。禹錫在蘇州兩年餘，政績爲世所稱。 七月，轉任汝洲刺史兼御史中丞，充本道防禦史。十一月，以兵部尚書李德裕檢校右僕射、充鎮軍節度，浙江西道觀察等使。	汝州謝上表（卷二〇） 首夏閒居詩（卷外三）
大和九年	八三五	六四	在汝州刺史任。 九月，白居易除同州刺史，辭疾不拜。十月，改授居易太子少傅分司；乃以劉禹錫爲同州刺史，兼御史中丞，充本州防禦，長春宮等使，經洛陽，與裴度、白居易等人相會。	舊唐書卷一七大和九年、同州謝上表（卷二〇）
文宗開成元年	八三六	六五	正月改元。 在同州刺史任。同州連遭旱損，禹錫請得朝廷賑貸，並放免開成元年夏季青苗錢及舊欠斛斗等。秋，因患足疾，遷太子賓客，分司東都，回洛陽。	謝分司東都表(卷二〇）汝洛集引（集卷三九）
開成二年	八三七	六六	仍爲太子賓客，分司東都。 十一月，令狐楚卒，年七十歲。禹錫將大和五年以後與令狐楚唱和詩篇，續編入《彭陽唱和集》中。	自　傳
開成三年	八三八	六七	仍爲太子賓客，分司東都。疾仍未痊。改秘書監分司。禹錫至洛陽後，將近年來與白居易等唱和詩篇，編爲《汝洛集》。	自　傳
開成四年	八三九	六八	仍爲太子賓客，分司東都。加尚書銜。 十二月，改祕書監，分司東都。患足疾， 本年三月，裴度卒，年七十五歲。 八月，牛僧孺爲山南東道節度使。	自　傳

武宗會昌元年	八四一	七十	春，加檢校禮部尚書，兼太子賓客。本年正月改元。	自　傳
會昌二年	八四二	七一	患病，病中自爲銘、傳。七月卒。贈兵部尚書。葬於滎陽縣西檀山原。白居易等有詩哭之。	自傳、舊唐書本傳、白集六九、感舊詩序、劉賓客嘉話錄

（依《劉禹錫年譜》、《劉禹錫集》、《劉禹錫集箋證》而製，製表者王偉忠）

附錄：劉禹錫古文寫作年表

※備註所標示者爲劉禹錫所引用之書名簡稱

篇　數	篇　名	時 間	地 點	備　註
卷一 1	問大鈞賦	元和	朗州	莊子、詩經、周禮、禮記、楚辭
2	砥石賦	貞元	朗州	史記、漢書、禮記、莊子
3	楚望賦	貞元	朗州	莊子、文選、詩經、左傳、易經
4	傷往賦	貞元	朗州	文選、詩經、莊子
5	何卜賦	元和	朗州	周禮、莊子
6	謫九年賦	元和	朗州	莊子、易經、漢書、史記
7	望賦	元和	朗州	文選、漢書、荀子、文選、晉書
8	山陽城賦	大和	朗州	史記、三國志
9	秋聲賦	大和	蘇州	漢書、文選、晉書
卷二 1	代郡開國公王氏先廟碑	大和		禮記、漢書
2	彭陽侯令狐氏先廟碑	大和	長安	漢書
3	高陵縣令劉君遺愛碑	大和	長安	史記、漢書
4	唐故朝議郎守尚書吏部侍郎上柱國賜紫金魚袋贈司空奚公神道碑	貞元	長安	漢書、儀禮
卷三 5	唐故福建等州都團練觀察處置使福州刺史兼御史中丞贈左散騎常侍薛公神道碑	開成	洛陽	史記、漢書
6	許州文宣王新廟碑	開成	洛陽	周禮
7	唐故朝散大夫檢校尚書吏部郎中兼御史中丞賜紫金魚袋清河縣開國男贈太師崔公神道碑	開成	洛陽	史記
8	唐故宣歙池等州都團練觀察處置使宣州刺史兼御史中丞贈左散騎常侍王公神道碑	開成	洛陽	史記

9	唐故邠寧慶等州節度觀察處置使朝散大夫檢校戶部尙書兼御史大夫賜紫金魚袋贈右僕射史公神道碑	開成	洛陽	
卷四 10	大唐曹溪第六祖大鑒禪師第二碑	元和	連州	
11	佛衣銘	元和	連州	晉書
12	唐故衡嶽大師湘潭唐興寺儼公碑	元和	連州	
13	牛頭山第一祖融大師新塔記	大和	長安	
14	袁州萍鄉縣楊岐山故廣禪師碑	元和	朗州	國語
15	夔州始興寺移鐵像記	長慶	夔州	國語
16	毗盧遮那佛華藏世界圖讚			
17	成都府修福成寺記	長慶	長安	
卷五 1	辯跡論	元和	朗州	
2	明贄論	元和	朗州	禮記
3	華佗論	元和	朗州	魏志
4	天論（上）	元和	朗州	
5	天論（中）	元和	朗州	
6	天論（下）	元和	朗州	書經、莊子
卷六 7	因論七篇			
1a	鑒藥	貞元	朗州	論語、左傳、禮記、穀梁傳、漢書
2a	訊毗	貞元	朗州	詩經、左傳
3a	歎牛	貞元	朗州	漢書
4a	儆舟	貞元	朗州	左傳、史記
5a	原力	貞元	朗州	文選、左傳、史記
6a	說驥	貞元	朗州	論語、禮記、史記
7a	述病	貞元	朗州	莊子
卷七 15	辯易九六論	貞元	朗州	易經、國語
卷八 1	天平軍節度使廳壁記	大和		禮記
2	汴州刺史廳壁記	大和	長安	
3	國學新修五經壁記	大和	蘇州	禮記
4	汴州鄭門新亭記	寶曆	和州	詩經
5	鄭州刺史東廳壁記	大和	洛陽	
6	管城新驛記	大和	洛陽	
7	和州刺史廳壁記	寶曆	和州	淮南子、通典
8	山南西道節度使廳壁記	開成	洛陽	周禮

9	山南西道新修驛路記	開成	洛陽	周禮
卷九 8	夔州刺史廳壁記	長慶	夔州	左傳
9	連州刺史廳壁記	元和	連州	禮記、書經
10	機汲記	長慶	夔州	易經
11	洗心亭記	長慶	夔州	
12	復荊門縣記	元和	朗州	詩經、左傳、史記、漢書
13	武陵北亭記	貞元	朗州	詩經、禮記、文選、左傳、史記
卷十 1	上杜司徒書	元和	朗州	列子、史記、漢書、莊子、文選、晉書、三國志
2	獻權舍人書	貞元	洛陽	
3	爲京兆李尹于襄州第一書	貞元	洛陽	漢書
4	爲京兆李尹于襄州第二書	貞元	洛陽	史記、漢書
5	答饒州元使君書	元和	朗州	史記、漢書、左傳、易經
6	答容州竇中丞書	元和	朗州	易經、漢書、禮記
7	答柳子厚書	元和	朗州	詩經、書經
8	與柳子厚書	元和	連州	文選
9	答道州薛郎中論方書書	元和	連州	易經
10	與刑部韓侍郎書	元和	連州	
11	答道州薛郎中論書儀書	元和	夔州	禮記、晉書、史記
卷十一 1	讓同平章事表	貞元	徐、泗	史記、漢書
2	謝平章事表	貞元	徐、泗	史記
3	謝手詔表	貞元	徐、泗	漢書
4	謝貸錢物表	貞元	徐、泗	禮記、漢書、易經
5	請赴行營表	貞元	徐、泗	論語
6	謝兵馬使朱鄭等官表	貞元	徐、泗	易經
7	賀復吳少誠官爵表	貞元	徐、泗	
8	賀除虔王等表	貞元	徐、泗	
9	慰義陽公主薨表	貞元	徐、泗	
10	慰王太尉夢表	貞元	徐、泗	
卷十二 11	謝冬衣表	貞元	徐、泗	
12	謝濠泗兩州割屬淮南表	貞元	徐、泗	
13	謝曆日脂口脂表	貞元	徐、泗	
14	謝墨詔表	貞元	徐、泗	
15	論廢楚州營田表	貞元	徐、泗	

16	謝朝覲表	貞元	徐、泗	
17	謝春衣表	貞元	徐、泗	
18	謝賜門戟表	貞元	徐、泗	
19	謝男師損等官表	貞元	徐、泗	
20	謝端午日賜物表	貞元	徐、泗	
21	謝墨詔表	貞元	徐、泗	
卷十三 22	爲杜司徒讓度支鹽鐵等使表	貞元	徐、泗	左傳
23	爲杜司徒謝追贈表	貞元	徐、泗	
24	爲杜司徒讓淮南立去思碑表	貞元	徐、泗	漢書
25	爲京兆李尹賀遷獻懿二祖表	貞元	洛陽	詩經、漢書
26	爲京兆韋尹賀雨止表	貞元	洛陽	
27	爲京兆韋尹賀祈晴獲應表	貞元	洛陽	
28	爲京兆韋尹謝許折糴表	貞元	洛陽	
29	爲京兆韋尹賀元日祥雪表	貞元	洛陽	
30	爲京兆韋尹賀春雪表	貞元	洛陽	
31	爲京兆李尹賀雨表	貞元	洛陽	
32	爲李中丞謝賜紫雪面脂等表	貞元	洛陽	
33	爲李中丞謝鍾馗曆日表	貞元	洛陽	
34	爲杜相公謝鍾馗曆日表	貞元	洛陽	
35	爲武中丞再謝新茶表	貞元	洛陽	
36	爲武中丞謝春衣表	貞元	洛陽	
37	爲武中丞再謝新茶表	貞元	洛陽	
38	爲武中丞謝新橘表	貞元	洛陽	
39	爲武中丞謝柑子表	貞元	洛陽	
40	爲武中丞謝冬衣表	貞元	洛陽	
卷十四 41	爲容州竇中丞謝上表	元和	朗州	
42	謝中使送上表	元和	連州	
43	賀收蔡表州表	元和	連州	
44	賀赦表	元和	連州	
45	賀赦牋	元和	連州	
46	賀雪鎮州表	元和	連州	
47	賀平淄青表	元和	連州	
48	夔州謝上表	長慶	夔州	史記
49	賀冊皇太子表	長慶	夔州	

50	慰國哀表	長慶	夔州	
51	賀龍飛表	長慶	夔州	
52	賀皇太子牋	長慶	夔州	
53	賀赦表	長慶	夔州	
54	賀冊太皇太后表	長慶	夔州	
55	賀冊皇太后表	長慶	夔州	後漢書
56	和州謝上表	長慶	夔州	
57	賀改元赦表	寶曆	和州	
58	夔州論利害表	長慶	夔州	
59	夔州論利害表二	長慶	夔州	
卷十五 60	爲裴相公賀冊魯王表	大和	洛陽	史記
61	爲裴相公讓官第一表	大和	洛陽	
62	爲裴相公讓官第二表	大和	洛陽	
63	爲裴相公讓官第三表	大和	洛陽	
64	蘇州謝上表	大和	蘇州	
65	蘇州謝賑賜表	大和	蘇州	
66	蘇州賀冊皇太子表	大和	蘇州	
67	蘇州賀冊皇太子牋	大和	蘇州	易經
卷十六 68	蘇州謝恩賜賀章服表	大和	蘇州	詩經、書經
69	蘇州賀皇帝疾愈表	大和	蘇州	
70	汝州謝上表	大和	汝州	
71	同州謝上表并批答	大和	同州	
72	賀梟斬鄭注表	大和	同州	
73	賀德音表	大和	同州	
74	賀赦表	大和 開成	同州	
75	謝恩賜粟麥表	開成	同州	
76	慰淄王薨表	開成	同州	
77	謝恩放先貸斛斗表	大和	同州	
78	謝分司東都表	開成	洛陽	
卷十七 1	爲淮南杜相公論新羅請廣利方狀	貞元		周禮、漢書
2	爲京兆韋尹降誕日進衣狀	貞元	洛陽	
3	爲京兆李尹降誕日進衣狀	貞元	洛陽	
4	爲京兆韋尹進野豬狀	貞元	洛陽	
5	爲杜相公自淮南追入長安至長樂驛謝賜酒食狀	貞元	長安	

6	爲杜相公謝就宅賜食狀	貞元	長安	
7	爲東都韋留守謝食狀	貞元	長安	
8	爲裴相公進東封圖狀	貞元	長安	
9	舉崔監察群自代狀	貞元	長安	
10	舉開州柳使君公綽自代狀	貞元	洛陽	
11	舉姜補闕倫自代狀	大和	洛陽	
12	蘇州舉韋中丞自代狀	大和	蘇州	
13	蘇州上後謝宰相狀	大和	蘇州	莊子
14	蘇州加章服謝宰相狀	大和	蘇州	
15	汝州上後謝宰相狀	大和	汝州	
16	汝州舉裴大夫自代狀	大和	汝州	
17	汝州進鷹狀	大和	汝州	
18	同州舉蕭諫議自代狀	大和	同州	
19	上宰相賀德音狀	大和	同州	
20	上宰相賀改元赦書狀	開成	同州	
21	薦處士嚴毖狀	大和	汝州	
22	薦處士王龜狀	開成	洛陽	國語、史記、晉書
卷十八 1	上杜司徒啓	元和	朗州	詩經
2	上淮南李相公啓	元和	朗州	詩經
3	上門下武相公啓	元和	朗州	詩經、周禮、
4	上中書李相公啓	元和	朗州	論語、三國志
5	謝門下武相公啓	元和	連州	書經、孟子
6	謝中書張相公啓	元和	連州	史記、後漢書
7	賀門下裴相公啓	元和	連州	漢書、文選
8	上門下裴相公啓	元和	連州	詩經、史記、漢書
9	賀門下李相公啓	貞元	朗州	
10	上僕射李相公啓	貞元	朗州	莊子、淮南子
11	謝裴相公啓	大和	和州	
12	謝竇相公啓	大和	洛陽	
卷十九 1	唐故相國李公集紀	大和	蘇州	書經、史記
2	唐故中書侍郎平章事韋公集紀	開成	洛陽	漢書、北史
3	唐故相國贈司空令狐公集紀	開成	洛陽	儀禮、漢書、詩經、公羊傳、穀梁傳、晉書
4	唐故尚書主客員外郎盧公集紀	大和	洛陽	史記
5	唐故衡州刺史呂君集紀	大和	洛陽	書經、穀梁傳

6	唐故尚書禮部員外郎柳君集紀	元和	朗州	宋書
7	董氏武陵集紀	元和	朗州	宋書、文選
8	澈上人文集紀	元和	朗州	詩經、 世說新語
卷二十 1	傷我馬詞	貞元	朗州	
2	口兵戒	元和	朗州	呂氏春秋、穀梁傳、漢書、文選
3	猶子蔚適越戒	大和	和州	書經
4	觀博	元和	朗州	書經、穀梁傳漢書、魏書
5	觀市	元和	朗州	論語、周禮、左傳、穀梁傳史記
6	論書	大和	蘇州	論語、禮記、齊書、晉書
7	劉氏集略說	大和	蘇州	史記
8	名子說	大和	朗州	三國志
9	奏記丞相府論學事	長慶	夔州	詩經、史記、漢書
10	澤宮詩			
11	魏生兵要述	大和	蘇州	
12	救沉志	貞元	朗州	
外卷九 1	爲淮南杜相公論西戎表	貞元	朗州	詩經、書經
2	謝上連州刺史表	元和	連州	漢書
3	含輝洞述	元和	連州	論語、爾雅
4	吏隱亭述	元和	連州	
5	傳信方述	元和	連州	
6	彭陽唱和集引	大和	長安	
7	彭陽唱和集後引	大和	長安	
8	吳蜀集引	長慶	汝州	
9	汝洛集引	大和	汝州	
10	子劉子自傳	會昌	洛陽	
11	唐故監察御史尚書右射王公神道	開成		
卷十 1	故荊南節度推官董府君墓誌	元和	朗州	易經、史記
2	絕編生墓表	元和	朗州	詩經、莊子、史記、漢書
3	祭柳員外文	元和	連州	周易
4	重祭柳員外文	元和	連州	
5	爲鄂州李大夫祭柳員外文	元和	連州	
6	祭韓吏部文	長慶	和州	

7	祭興元李司空文	大和	洛陽	
8	代裴相公祭李司空文	大和	洛陽	禮記
9	代諸郎中祭王相國文	大和	洛陽	
10	祭福建桂尚書文	大和	蘇州	
11	祭虢州楊庶子文	大和	蘇州	詩經、漢書

（依《劉禹錫年譜》、《劉禹錫集》而製，製表者王偉忠）

結　語

由年表可知劉禹錫與友人唱和詩文，非限於白居易而已。其與令孤楚唱和詩篇則爲《彭陽唱集》時歲於六十餘，居洛陽時年已六十七與白居易唱和之詩集爲《汝洛集》亦曾與李德裕唱和，然其文集之創作皆於貶後而爲。然於朗州九載時，大量創作，於夔州刺史任內勤於寫作，不爲環境、時間所限，其毅力之堅定，概因其個性始然也。

第三章　劉禹錫古文寫作之背景與淵源

第一節　劉禹錫古文寫作之背景

劉禹錫古文之孕育，自有其寫作背景，蓋由時代激盪、環境影響、友朋切磋，以及貶謫刺激等，四種因素所致耳。茲分節敘述如次：

一、時代激盪

劉禹錫生於中唐時代。此期之文字，就文章言，正爲古文運動之高潮時期。所謂古文運動，其含義係指反對六朝華靡不實、氣象委靡之駢儷文，要求文體復古（用散文體表現），內容復古（文以載道），氣格復古（渾浩氣象），而不是文辭之復古（文辭乃是創新的）。「韓愈提倡古文運動所以成功其最主要因素，乃韓愈能將理論付諸實踐。古文運動理論方面是以文章載道、文體復古、氣格復古、辭句創造爲主。韓愈本自己理論實體復古、氣格復古、辭句創造爲主。韓愈本自己理論實踐創作，終於寫出許多傑出古文作品。世人因而群起仿作，輔佐推展，終使古文盛行一時」〔註 1〕。此運動於初唐時已始然，唐初文章尚承襲六朝選風，喜好駢儷。自陳子昂始，首先攻擊齊梁駢體，提倡文章復古，然未能形成風氣。玄宗開元時，燕國公張說、許國公蘇頲改革駢文，化柔靡爲渾茂壯偉，時稱「燕許大手筆」。天寶以降至貞元時代，陸宣公（贄）以散句入駢體，所作諸詔書，文字平易，說理通達剴切，駢文本身改革，至此遂告完成，

〔註 1〕羅聯添《韓愈・第十五節・古文運動》，（臺北：學生書局 1977 年 11 月）頁 221。

而古文運動此時逐漸開展。理論方面，有柳冕提出以文字教化合一之主張；實踐方面，有蕭穎士、李華、獨孤及、梁肅等人寫作載道及含有教化作用之古文。彼輩努力雖未能完全成熟，然已爲古文運動開闢徑途。及韓愈、柳宗元繼起，順此已有兩百餘年之歷史潮流，承前人遺緒，終使古文之理論與寫作蔚爲大觀，並使古文運動推展至另一新階段，而達至高峰。

劉禹錫與韓愈、柳宗元同時，又與二人結爲好友，在此古文潮流朋友影響下，其文章之寫作必以古文爲主；其古文之聲望，亦相當崇隆。劉禹錫對其文章頗自負，在（祭韓吏部文）中云：

> 昔遇夫子，聰明勇奮；常操利刃，開我混沌。子長在筆，予長在論；持矛舉楯，卒不能困。時惟子厚，竄吾其間；贊詞愉愉，固非顏顏。磅礴上下，羲農以還；會於有極，服之無言。〔註2〕

劉禹錫自認文長於論說，韓愈長於散文，二人各有所長，不能互困，唯柳宗元之文章足以抗衡其間。此語雖遭宋王應麟「劉夢得，文不及詩、祭韓退之文，乃謂子長左筆，予長在論；持矛舉楯，卒不能困。可笑，不自量也」之譏〔註3〕，然與劉禹錫同時代之李翱則頗爲肯定其古文之成就，禹錫（唐故中書侍郎平章事韋公集紀）文中云：

> 初蕃既纂修父書，咨於先執李習之，請文爲領袖，許而未就。一旦習之撫然謂蕃曰：「翱昔與韓吏部退之爲文章盟主，同時倫輩，惟柳儀曹宗元、劉賓客夢得耳！韓、柳之逝久矣，今翱又被病，慮不能自述，有孤前言，齎恨無已，將子薦誠子劉君乎！」無何習之夢奠於襄州，蕃具道其語。〔註4〕

李翱是韓門兩大弟子之一，自稱與其師韓愈同爲文章盟主，雖不免有誇大之嫌，但其所言「同時倫輩惟柳儀曹宗元、劉賓客夢得爾」，以劉禹錫與韓、柳並提，足見禹錫在當時文壇之地位。

《舊唐書》卷一六〇本傳云：「禹錫精於古文……文章復多才麗」，同卷史臣贊：」貞元、大和之間，以文學聳動搢紳之伍者，宗元、禹錫而已。其巧麗淵博，屬辭比事，誠一代之宏才。如俾之詠歌帝載，黼藻王言，足以平

〔註2〕《劉禹錫集箋證》，外集卷10〈祭韓吏部文〉，（上海：上海古籍出版社1989年12月）頁1537。

〔註3〕王應麟《困學紀聞》，卷17〈評文〉，（臺北：商務印書館1971年3月）頁1306。

〔註4〕《劉禹錫集箋證》，卷19〈唐故中書侍郎平章事韋公集紀〉，頁487。

揖古賢，氣吞時輩。而蹈道不謹，昵比小人；自致流離，遂隳素業。故君子群而不黨，戒懼愼獨，正爲此也。」〔註 5〕由此可知，禹錫與柳宗元恒爲人相提並論，推爲一代宏才，甚而取以比美「古賢」，其評價可謂高矣。

二、環境影響

據（子劉子自傳）云，劉禹錫之父於唐代宗大曆七年（西元七二二年），正爲浙西從事本府，禹錫之童年在蘇州度過。兒時，禹錫對文學即有濃厚興趣，經常前往拜訪當時住在蘇州之有名文士，〔註 6〕及當代著名之詩僧皎然與靈澈；兩位名僧居於吳興何山，禹錫曾「以兩髦執筆硯，陪其吟詠，皆曰『孺子可教。』」〔註 7〕可見幼年時期之劉禹錫已被視爲可造之才。又中唐名臣、名相、名文學家權德輿，爲劉禹錫之長輩，曾指導稱讚禹錫云：

始多見其，已習詩書，佩觿韘，恭敬詳雅，異乎其倫。〔註 8〕

可見「世爲儒而仕」，「臣本儒素，業在藝文」〔註 9〕及生長地之山靈水秀，使幼年之劉禹錫具有超群不凡之氣質，對未來走向詩文創作之途徑，已提供良好之開始。中唐，乃古文最興盛之時期，劉禹錫與韓愈、柳宗元爲好友，在古文潮流影響下，彼亦擅長寫作散文。禹錫在唐代及以後之文壇，均享有相當隆盛之讚譽，對文章亦頗自負，前節引其（祭韓吏部文），即可見一斑。

因仕途無法順遂，劉禹錫在寫作文章時，恒以蘊藏之筆法，寫其言外之意，正如（辯跡論）所云「觀書者當觀其意，慕賢者當慕其心」。〔註 10〕然，在其文章中，又不難瞭解其因懷才不遇而期盼當政者重用人才之想法〔註 11〕及對法制之期許〔註 12〕。此種行文之方法與純粹以事論理之古文傳統作法，略

〔註 5〕《舊唐書》，卷 160 列傳 110〈劉禹錫〉，（臺北：鼎文書局印行 1979 年 12 月）頁 4211。

〔註 6〕《劉禹錫集箋證》，（上海：上海古籍出版社 1989 年 12 月）卷 20〈劉氏集略說〉載：「始余爲童兒，居江湖間，喜與屬詞者游，謬以爲可教，視長者所行止，必操觚從之」，頁 540。

〔註 7〕《劉禹錫集箋證》，卷 19〈瀧上人集紀〉，頁 519～520。

〔註 8〕《權載之文集》，卷 38〈送別秀才登科後侍從走東京覲省序〉，頁 248。

〔註 9〕《劉禹錫集箋證》，外集卷 9〈子劉子自傳〉云：「世爲儒而仕」，頁 1501；卷 14〈夔卅謝上表〉：「臣本儒素，業在藝文」，頁 3580。

〔註 10〕《劉禹錫集箋證》，卷 5〈辯迹論〉，頁 129。

〔註 11〕參考本論文〈劉禹錫古文之淵源〉，「淵源儒家」。

〔註 12〕同前註〈劉禹錫古文之思想〉〈政治之思想〉。

有不同。劉禹錫將其憤恨不滿之政治思想形緒文章，異乎他人寄情山水之創作。禹錫於論說之散文中時將其政治理想、關心百姓之仁慈思想，積極表現於字裏行間，充滿活力與希望。要之，禹錫散文之創作，自有其特色：勇於創新，善用典故及寓言諷刺等。

劉禹錫受政治迫害，被貶爲朗洲司馬；與其同時遭貶爲遠州司馬者共八人，史稱「八司馬」。甚而唐憲宗亦怒，而有「逢恩不原」之令〔註 13〕。然禹錫於強大壓力之下，其政治熱情猶未稍減，仍留意治道，除有不少政治諷刺詩外，尚有與柳宗元討論哲學，而撰寫〈天論〉三篇；與元藇討論政治經濟問題，而有〈答饒冊元使君書〉，堅持「稽其弊而矯之」之革新思想。

劉禹錫長期貶居邊遠少數民族地區，且有意採擷當地風土人情，改編民歌民謠，從中汲取營養，創作出不少反映當地百姓勞作婚嫁、賽舟踏潮、語言物產等風土民俗之詩歌，具有寶貴之史料價値與審美價値，而其文集所錄〈因論〉七篇，及其賦體之創作，與其最爲自豪之議論文章，咸爲貶官流放時，關心民生之作，亦爲其對政治之熱情反應所使然。

三、友朋切磋

貞元二十一年（八〇五）正月，順宗即位，王叔文用事，黨人皆受重用。柳宗元所擔任之職位爲禮部員外郎，頗受王叔文信任。惜爲時五月，順宗遂迫禪位，黨人失勢。憲宗即位，即貶逐黨人於南荒。宗元貶永州司馬，劉禹錫貶朗州司馬。

永州（今湖南零陵）、朗州（今湖南常德）當時皆屬蠻荒之地，民風卑劣，又是待罪之身，不得越州界一步，劉禹錫有「江山坐兮不可越」之嘆〔註 14〕，而柳宗元亦有「囚山賦」之恨〔註 15〕。困頓抑鬱、憂悲憤激之情，唯發之於文章，藉書信往來，以互勸互勉。元和三年（八〇八）劉禹錫（答柳子厚書）云：

> 禹錫曰：零陵守以函置足下書，爰來屑末三幅，小章書僅千言，申申亹亹，茂勉甚悉。相思之苦懷，膠結贅聚，至是泮然以銷，所不如晤言者無幾。書竟獲新文二篇，且戲余曰：」將子爲巨衡，以揣其鈞石銖黍。「余吟而繹之，顧其詞甚約而味淵然以長。氣爲幹，文

〔註 13〕《舊唐書》，卷 160 列傳 110〈劉禹錫傳〉，頁 4210。
〔註 14〕《劉禹錫集箋證》，卷 1〈楚望賦〉，頁 8。
〔註 15〕《柳河東集》，（臺北：河洛圖書出版社 1975 年 12 月）卷 2〈囚山賦〉，頁 39。

爲支；跨躒古今，鼓行乘空。附離不以鑿枘，咀嚼不以文字。端而曼，苦而腴，佶然以生，癯然以清。余之衡誠懸於心，其揣也如是。子之戲余，果何如哉！夫矢發乎羿彀而中微存乎他人，子無曰必我師而能我衡，苟能則譽羿者皆羿也，可乎！索居三歲，理言蕪而不治，臨書軋軋不具。禹錫曰。〔註16〕

劉禹錫收悉柳宗元」申申亹亹，茂勉甚悉「之信，讀後不但相思苦懷泮然冰消，且如會面晤談般暢快。

劉禹錫與柳宗元交誼篤厚，有善固推許之，有過亦規勸有加，不肯敷衍。如劉禹錫處朗州時，有名董侹者善於易，禹錫常與之論調周易，信服其言，而作（辯易九六論）稱美之，文云：

余與董生言九六之義，信與理會，爲不誣矣。餘又於左氏二書參焉，若合形影然。而世人往往攘臂于其間曰：」生之名孰與穎達者邪！而材與元凱賢邪！「歷載曠日，未嘗有聞人明是說者，雖余憤然用口舌爭，特貌從者什一二焉。嗟乎！由數立文，所如皆合，昭昭乎若覩三辰，其不晦也如此。然猶貴聽而賤視，齗齗然莫可更也。矧無形之理不可見之道邪！余獨悲而志之以俟夫後覺。初，董生言本畢中和，中和本其師，師之學本一行云。〔註17〕

劉禹錫稱贊董侹對周易獨到見解，以爲世人貴古而賤今，盲從權威，不信實證，令人感慨。柳宗元閱畢此文，頗有不同意見，與劉禹錫（論周易九六書）云：

見與董生論周易九六義，取老而變，以爲畢中和承一行僧得此説，異孔穎達疏而以爲新奇。彼畢子董子何膚末於學而遽云云也！都不知一行僧承韓氏、孔氏説，而果以爲新奇，不亦可笑矣哉！……君子之學，將有以異也，必先究窮其書，究窮而不得焉，乃可以立而正也。今二子尚未能讀韓氏註、孔氏正義，是見其道聽途説者，又何能知其所謂易者哉？足下取二家言觀之，則見畢子董子膚末於學而遽云云也。足下所爲書，非元凱兼二易者則諾，若曰孰與穎達者，則此説乃穎達説也。非一行僧、畢子、董子能有異者也。無乃即其謬而承之者歟！觀足下出入筮數，考校左氏，今之世罕有如足下求

〔註16〕《劉禹錫集箋證》，卷10〈答柳子厚書〉，頁265～266。
〔註17〕《劉禹錫集箋證》，卷7〈辯易九六論〉，頁174。

易之悉者也。然務先窮昔人書，有不可者而後革之，則大善，謹之勿遽。宗元白。〔註 18〕

董子、畢子承一行僧而來，其實皆在周易韓康伯註、孔穎達疏之中。董子、畢子未熟究古人之說，自以為新奇創見。柳宗元對此」膚末於學而遽云云「之學問態度頗為反對；同時對禹錫加以勸誡，新奇創見固然可貴，然而於未窮究古人書之前，不宜倉卒間濫發議論，以免輕率，造成錯誤。

元和八（八一三）、九年間，韓愈、柳宗元之間曾論辯天人關係。韓愈以為天能「賞功罰禍」，宗元「作天說以析韓退之之言」〔註 19〕，主張「功者自功，禍者自禍」。禹錫認為宗元「文信美矣，蓋有激而云，非所以盡天人之際，故余作天論以極其辯」〔註 20〕，而主張「天與人交相勝」。當宗元讀畢（天論）三篇後，發覺禹錫「天與人交相勝」之說並無異於其所主張之「功者自功，禍者自禍」之意見，而認為禹錫之「天說」乃彼之「傳疏」也，未有新見解。其（答劉禹錫天論書）云：

發書得（天論）三篇，以僕所為〈天說〉為未究，欲畢其言。始得之，大喜，謂有以開吾志慮。及詳讀五六日，求其所以異吾說，卒不可得，其歸要曰：非天預乎人也。凡子之論，乃吾〈天說〉傳疏耳，無異道焉。諄諄佐吾言，而曰有以異，不識何以為異也？〔註 21〕

劉禹錫（天論）其主幹無異宗元之說，而洋洋灑灑，書寫三篇，宗元讀畢，以為不過羨言餘論，以益枝葉之文章。因謂：「姑務本之為得，不亦裕乎？〔註 22〕」其意蓋以為主要意思表達完善，整篇文章不顯枯瘠，加枝添葉，似無必要。於此，又見宗元對文章頗自負，亦可見與劉禹錫之間砥礪學問之嚴謹。

四、貶謫刺激

貞元十九年（八〇三），劉禹錫擢監察御史，與王叔文、韋執誼等始有過從。德宗以貞元二十一年（八〇五）正月卒，太子李誦即位，是為順宗，改

〔註 18〕《柳河東集》，卷 31〈與劉禹錫論周易九六書〉，（臺北：河洛圖書出版社 1975 年 12 月）頁 501。

〔註 19〕《劉禹錫集箋證》，卷 5〈天論上〉，頁 139。附〈柳宗元天說〉，頁 136。

〔註 20〕《劉禹錫集箋證》，卷 5〈天論上〉，頁 139。附〈柳宗元天說〉，頁 136。

〔註 21〕《柳河東集》，卷 31〈與劉禹錫天論書〉，頁 503；又同《劉禹錫集箋證》，卷 5〈天論上〉附〈柳宗元答劉禹錫天論書〉，頁 147～148。

〔註 22〕《劉禹錫集箋證》，卷 5〈天論上〉，頁 139。與卷 20〈劉氏集略說〉，頁 540。

元永貞。時韋執誼爲相，王伾、王叔文爲翰林學士，叔文旋爲戶部侍郎度支鹽鐵副使。柳宗元、劉禹錫諸人均擢居要職，宗元爲禮部員外郎；禹錫遷屯田員外郎，實當度支鹽鐵使之文案。正當吏治革新之時，宦官集團與藩鎮勢力內外勾結，逼迫順宗遜位，擁立李純爲憲宗。於是，革新集團成員盡遭迫害。禹錫初貶連州刺史，再貶朗州司馬，遂居朗州十年。

劉禹錫於朗州十年間，主要古文創作有：〈砥石賦〉、〈楚望賦〉、〈何卜賦〉等，無論內容、形式，皆與《楚辭》有密切關係。其〈劉氏集略說〉中云：

> 及謫於沅、湘間，爲江山風物之所蕩，往往指事成歌詩，或讀書有感，輒立評議。窮愁著書，古儒者之大同，非高冠長劍之比耳。〔註23〕

所謂「高冠長劍」，乃用屈原〈涉江〉：「帶長鋏之陸離兮，冠切雲之崔嵬」之意〔註24〕，此藉指屈原也。彼以不及屈原爲說，實質而言，正表明其有意追攀屈原，以屈原頑強之奮鬥意志，激勵己向上之心，故有上述之創作。又如〈砥石賦〉，係藉寶刀銹澀後，經磨礪而重新爲鋒利一事，借題發揮云：

> 霧盡披天，萍開見水。拭寒焰以破眦，擊清音而振耳。故態復還，寶心再起。既賦形而終用，一蒙垢焉何恥？感利鈍之有時兮，寄雄心於瞪視。〔註25〕

此將己遭貶之不幸，喻寶刀蒙垢，不足爲恥，表現對來自朝廷之無理責罰之蔑視。且堅信己之行徑，正確不移，且表示欲恢復故態，保持雄心，繼續奮鬥；此與屈原堅持理想，「雖九死其猶未悔」〔註26〕之執著，境界極相似。

元和元年（西元八〇六年）劉禹錫接連遭雙重打擊。一爲憲宗下詔云：

> 左降官韋執誼、韓泰、陳諫、柳宗元、劉禹錫、韓曄、凌準、程異等八人，縱逢恩赦，不在量移之限。〔註27〕

二爲王叔文被殺，此事件，劉禹錫極震驚。蓋對王叔文十分敬重，對王叔文之冤屈十分了解，然朝廷竟以「罪人」待之，禹錫乃於〈華佗論〉中，以悲抑之言道其心中之憤恨：

> 夫以佗之不宜殺，昭昭然不可言也。獨病夫史書之義，是將推此而廣耳。……吾觀自曹魏以來，執死生之柄者，用一恚而殺材能眾矣。

〔註23〕《劉禹錫集箋證》，卷5〈天論上〉，頁139，卷20〈劉氏集略說〉，頁540。
〔註24〕《楚辭補注》，卷4〈九章・涉江〉，（臺北：長安出版社1978年12月）頁128。
〔註25〕《劉禹錫集箋證》卷5〈天論上〉，頁139，卷1〈砥石賦〉，頁9。
〔註26〕同註24，頁540。
〔註27〕《舊唐書》，（臺北：鼎文書局印行1979年12月）頁4210。

又烏用書佗之事爲？嗚乎！前事之不忘，期有勸且懲也，而暴者復藉口以快意。〔註28〕

此對當時執政者之殘暴輕殺，表示極大之憤慨。其次，（天論）上中下三篇，亦爲劉禹錫於朗州時期所作之哲學論著。（天論上）述其寫作之緣起云：

余之友河東解人柳子厚作《天說》以折韓退之之言，文信美矣，蓋有激而云，非所以盡天人之際。故余作（天論）以極其辯云。〔註29〕

蓋禹錫撰寫（天論），乃爲補充並發展柳宗元（天說）中之唯物主義哲學思想，俾便將柳宗元及韓愈於「天人」關係上之哲學辯論引向深入。「禹錫在朗州十年，唯以文章吟詠，陶冶情性。」故創作乃其排憂解愁之道也。

元和十年，自朗州承召至京，因作（戲贈看花諸君子）一首七絕詩：

紫陌紅塵拂面來，無人不道看花回。玄都觀裏桃千樹，盡是劉郎去後栽。〔註30〕

此詩乃劉禹錫與好友至玄都觀看桃花，本屬平常事。一、二兩句對長安看花之盛況作形象生動之描繪，三、四兩句用幽默之語言，寫一時之感慨。執政者以此詩爲把柄，謂「語涉譏刺」，再將禹錫貶至播州，後因親老不宜遠行及友人相助，始改授連州刺史。

唐時連州爲荒涼之地，風景如畫，氣候宜人。其（連州刺史廳壁記）云：

山秀而高，靈液滲漉，故石鐘乳爲天下甲，歲貢三百銖。原鮮而膴，卉物柔澤，故紵蕉爲三服貴，歲貢十笥。林富桂檜，土宜陶瓬，故侯居以壯聞。石侔琅玕，水孕金碧，故境物以麗聞。環峰密林，激清儲陰。海風毆溫，交戰不勝，觸石轉柯，化爲涼颸。城壓赭岡，踞高負陽。土伯噓濕，抵堅而散。襲山逗谷，化爲鮮雲。故罕罹嘔泄之患，亟有華皓之齒。信荒服之善部，而炎裔之涼墟也。〔註31〕

此篇爲禹錫抵連州約一年所作。禹錫六任刺史，除蘇、汝、同州外，連、夔、和州皆有壁記，此其首篇。文中描繪連州風物，十分可愛。從內容言，劉禹錫已注意調查研究，如山川、地形、物產、職貢、氣候、疾病等，確實掌握爲政之道。就形式言，文章語言優美、狀物鮮明。其中對氣候之描繪，

〔註28〕《劉禹錫集箋證》，卷5〈華佗論〉，頁134。

〔註29〕《《劉禹錫集箋證》，卷5〈天論上〉，頁139。與卷20〈劉氏集略說〉，頁540。

〔註30〕《劉禹錫集》，卷24〈元和十年自朗州承召至京戲贈看花諸君子〉，（北京：中華書局出版1990年3月）頁308。

〔註31〕《劉禹錫集箋證》，卷9〈連刺史廳壁記〉，頁218～219。

雖寥寥數筆，已見生動形象之畫面，予人有身臨其境之感，此乃禹錫寄情山水、專注寫作之最佳表現也。

劉禹錫在夔州任內，爲柳宗元編遺集，少逢賓客，勤於寫作，此期重要散文之創作有〈因論〉七篇，並有序釋其題旨云：

> 子劉子閒居作因論，或問其旨曷歸歟？對曰：因之爲言有所自也。夫造端乎無形，垂訓於至當，其立言之徒。放詞乎無方，措旨於至適，其寓言之徒。蒙之智不逮於是，造形而有感，因感而有詞，匪立匪寓，以因爲目，因論之旨也云爾。〔註32〕

命之爲「因」，蓋以其所云皆有其因及出處，非鑿空之談。其自謙不能像立言之人，一空依傍而重訓於正當；亦不能像寓言之人，放言高論而合於至要之旨。唯能將其所接觸之事物，所生之感想，發而爲辭，既非立言，亦非寓言，端因事而生，有感而發。〈因論〉七篇爲〈鑒藥〉、〈訊甿〉、〈嘆牛〉、〈儆舟〉、〈原力〉、〈說驥〉、〈述病〉。每一篇之事因，且略而不述，以免支蔓。僅將〈原力〉〈述病〉二篇主旨概述於後：

> 〈原力〉旨云：「屠羊於肆，適味於衆口也；攻玉於山，俟知於獨見也。貪日得則鼓刀利，要歲計而韞櫝多。」〔註33〕

此乃禹錫感事而發，用心治道術之法則，而藉「原力」之文，以道其理想也。

> 〈述病〉旨云：「樂於用則豫章貴，厚其生則社櫟賢，唯理所之，曾何膠於域哉？」〔註34〕

此文乃藉以慨嘆能者之艱於遇而庸者易全其生也。

以上二篇大旨，雖各繫於事因，實著眼於治道，可謂禹錫治世之法則；亦爲貶謫後與百姓接觸，有感而發，抒情於文章，並將其政治理念行諸篇章也。

唐代，詩文並擅之作者不多，劉禹錫爲其中之一。詩歌而外，其散文之成就，亦可列入屈指可數之大家。除〈天論〉、〈因論〉等哲學寓言、政論著作應爲後人注意外，其碑、記、表、狀、啓、銘、集紀、祭文等，均即體成勢，因時制宜，顯示禹錫文學之全面才華。其作品往往具想像豐富、說理透闢、比喻精巧、徵引貼切、論證嚴密、文氣暢達之特點；甚而自豪「子長在

〔註32〕《劉禹錫集箋證》，卷6〈因論〉，頁149。
〔註33〕《劉禹錫集箋證》，卷6〈原力〉，頁164。
〔註34〕《劉禹錫集箋證》，卷6〈述病〉，頁170。

筆，予長在論」〔註 35〕，道出其文長于說理之優點。禹錫在唐代古文運動中之地位，正如李翱所云：

> 翱昔與韓吏部退之爲文章盟主，同時倫輩，惟柳儀曹宗元、劉賓客夢得耳。〔註 36〕

總之，劉禹錫文章係以客觀事務中廣泛存在有禍福、小大、利鈍、聲實等互相對立、矛盾之現象，爲其撰寫散文立論之依據，且可考察其間之變化。足證禹錫〈因論〉之創作，雖短小精悍，而隱微深切：或借題發揮，影射現實；或託古諷今，抨擊弊政，此皆貶謫時期，關心民瘼使然也。要之，在唐代散文史上，劉禹錫之文章確能於韓、柳之外，自爲軌轍，別樹一幟也。

結　語

文學以時代爲疆場，環境爲搖籃，友朋爲染缸，貶謫爲內涵，如此方能反映作者寫作之人生。劉禹錫自幼生長在文風鼎盛之江南，又有良師提攜教誨，故有驚人之創作。時值古文運動正如荼如火進行之際，復有友人韓愈、柳宗元相互砥礪影響。其散文之表現，自以古文爲主：技巧之應用，亦更純熟精湛。貶謫時期，身處江湖，與百姓共度生活，進而體察民情，深知百姓疾苦；加以自身去國懷鄉、憂讒畏譏之情，其憤恨不滿之語，自易流露於篇章之中。而如此人生，更豐富其作品之內容。綜此四者，即可見劉禹錫散文寫作之背景。

第二節　劉禹錫古文之淵源

「爲文有本，無不厚其所資」，劉禹錫爲文喜用儒家孟荀思想，引經典、史傳等入文句中，探其淵源，則有「淵源儒家」「祖述經典」「繼軌史傳」三項，茲說明如次：

一、淵源儒家

劉禹錫於所撰〈唐故衡州刺史呂君集紀〉云：

> 古之爲書者，先立言而後體物。賈生之書首〈過秦〉，而荀卿亦後其賦。〔註 37〕

〔註 35〕《劉禹錫集箋證》，外集卷 10〈祭韓吏部文〉，頁 1537。

〔註 36〕《劉禹錫集箋證》，卷 19〈唐故中書侍郎平章事韋公集紀〉，頁 487。

〔註 37〕《劉禹錫集箋證》，卷 19〈唐故衡薊史呂君集紀〉，頁 509。

文中「立言」乃指有關政治教化之言論，亦即論政、論禮樂教化等文章；「體物」則指所重描寫外界物象之詩賦等作品。由此可見，劉禹錫秉承儒家傳統之思想，以爲士人文章宜有裨於政教，而將體狀物象之作品置於次要地位；亦即文章當表現作者之志向也。其〈獻權舍人書〉云：

乃今道未施於人，所蓄者志；見志之具，匪文謂何？是用顓顓懇懇於其間，思有所寓。非篤好其章句，泥溺於浮華。時態眾尚，病未能也，故拙於用譽；直繩朗鑒，樂所趨也，故銳於求益。〔註38〕

此處所謂志，乃劉禹錫希冀在政治上有所作爲之志向，濟時及物；所謂道，則主要指有益於國計民生之政治理想，此乃儒家政治之思想。

劉禹錫於〈因論〉七篇之〈鑒藥〉一文中云：

劉子閒居有負薪之憂，食精良弗知其旨，血氣交沴，煬然焚如。〔註39〕

按：《孟子・公孫丑》下有「采薪之憂」，爲有疾之謙辭；今云「負薪」，意亦相同也。又在〈論書〉一文中有「語曰：飽食終日，無所用心，難乎哉！不有博弈者乎，爲之猶賢乎已！」此乃《論語・陽貨篇》之語詞！可見禹錫爲文之思想係源自儒家。

劉禹錫天人之思想發軔於荀、孟，其論天之思想近於荀子，論人之思想則近於孟子。荀子云：

不可學，不可事，而在人者，謂之性；可學而能，可事而成之在人者，謂之爲。是性僞之分也。〔註40〕

是謂人性之中，本無道德、禮樂等原則，而劉禹錫《天論》上云：

天之道在生植，其用在強弱；人之道在法制，其用在是非。〔註41〕

所謂「法制」之觀念，乃人與生俱來。人有判別是非之價值觀，是以「義制強訐，禮分長幼，右賢尚功，建極閑邪」等，乃人本此價值觀而爲，「人之能也」。孟子云：

人皆有不忍人之心。先王有不忍人之心，斯有不忍人之政矣。以不忍人之心，行不忍人之政，治天下可運之掌上。……惻隱之心，仁之端也。羞惡之心，義之端也。辭讓之心，禮之端也。是非之心，智之端也。……凡有四端於我者，皆知擴而充之矣，若火之始然，泉之始達。

〔註38〕《劉禹錫集箋證》，卷10〈獻權舍人書〉，頁248。
〔註39〕《劉禹錫集箋證》，卷6〈鑒藥〉，頁150。
〔註40〕《荀子集解》，卷17第23篇〈性惡篇〉，（臺北：蘭臺書局1983年9月）頁3。
〔註41〕《劉禹錫集箋證》，卷5〈天論上〉，頁139。

苟能充之，足以保四海；苟不充之，不足以事父母。〔註42〕

是謂仁義禮智之端乃人與生俱來，而存於人性之中，此與劉禹錫之論「法制」相同，夢得所謂「其用在是非」，即以「是非」乃「法制」之根本，若能擴而充之，則「法制」得以大行，是爲「足以保四海」；若不能充之，則「法制」將大弛，是爲「不足以事父母」。故劉禹錫之論人與孟子近。《荀子・天論篇》云：

天行有常，不爲堯存，不爲桀亡。應之以治則吉，應之以亂則凶。〔註43〕

是知荀子以天爲無意識之自然存在，劉禹錫所作天論與其相同，所異者，荀子以「制天而用之」重在取資；劉禹錫所謂「人務勝」說，則重在人道。由上述可知，禹錫散文之創作，其思想淵源來自儒家顯矣！

劉禹錫自傳謂其先人「世爲儒士」，至其父「亦以儒學」。貞元中，父卒，而禹錫得所謂「承風訓，稟遺教」者，無非在儒學。故禹錫行文之中，每「儒」者自稱於文集處處可見。

二、祖述經典

儒家經典，乃儒者所必讀之書，行文言談之間，徵引其文句以贊說解，爲歷代文人所共有之事也。劉禹錫爲文，亦加以沿習，其引諸《周易》者，如〈答道州薛郎中論方書〉：

愚獨心有慨焉，以爲君子受乾陽健行之氣，不可以息。苟吾位不足以充吾道，是宜寄餘術百藝以洩神用。〔註44〕

「受乾陽健行之氣」句，乃《周易・乾卦》之文句，〔註45〕

再如〈答容州竇中丞書〉：

所謂養賢以及萬民，頤之時義，不可不順。苟以有待及物爲心，則養己與養民，非二道也。〔註46〕

〔註42〕《十三經注疏・孟子集解》，卷3下〈公孫丑上篇〉，（臺北：中華書局1979年2月）頁26～27。

〔註43〕《荀子集解》，卷11第17篇〈天論篇〉，（臺北：蘭臺書局1983年9月）頁21。

〔註44〕《劉禹錫集箋證》，卷10〈答道州薛郎中論方書〉，頁27。

〔註45〕《十三經注疏・周易》卷1，（臺北：中華書局1979年2月）頁14。象曰：「天行健，君子以自強不息。」

〔註46〕《劉禹錫集箋證》，卷10，頁263。

按：《周易・頤卦》：「天地養萬物，聖人養賢以及萬民」〔註 47〕，即頤卦彖辭也。再如〈答饒州元使君書〉：

視陰陽慘舒之節，取震虩澤濡之象。知天而不泥於神怪，知人而遺於委瑣。先鄉社之治以浹於舉郡，首隊伍之法以及於成師。〔註 48〕

「震虩」，出自《周易・震卦》：「震來虩虩，笑言啞啞。震驚百里，不喪匕鬯。」〔註 49〕又〈大過〉：「象曰：澤滅木，大過。君子以獨立不懼，遯世无悶。」〔註 50〕即「澤濡」之義。引諸尚書者，如〈天論下〉云：

堯、舜之書，首曰「稽古」，不曰稽天；幽、厲之詩，首曰「上帝」，不言人事。〔註 51〕

以上所引用經典，咸以易爲主要依據，由此可知禹錫「天論」之說，除其才學外，來自易學之啓示頗夥矣！

再如〈答柳子厚書〉云：

禹錫白：零陵守以函置足下書爰來，屑末三幅，小章書僅千言，申申亹亹，茂勉甚悉。相思之苦懷，膠結贅聚，至是泮然以銷。〔註 52〕

「爰來」，按：《書、秦誓》「若弗員來」。〔註 53〕今本「員」誤作「云」。疏云：「員，即云也。」足徵唐人所見本爲「員來」。此文即用其語。引諸詩經者，如〈武陵北亭記〉云：

百壺先韋之餞迎，退食私辰之宴嬉。觀民風於嘯詠之際，展宸戀於天雲之末。〔註 54〕

「百壺」，出〈〈詩・大雅・韓奕〉〉：「韓侯出祖，出宿于屠。顯父餞之，清酒百壺。」〔註 55〕再如《復荊門縣記》云：

公爲駐錯衡而勞之。有以文從公者，紀事於牘，且曰：民可懷也，盍命夫學舊史之事以志焉！〔註 56〕

〔註 47〕《十三經注疏・周易》，卷 3〈頤卦〉，頁 40。
〔註 48〕《劉禹錫集箋證》，卷 10〈答饒州元使君書〉，頁 256。
〔註 49〕《十三經・周易》，卷 5〈震卦〉，頁 61～62。
〔註 50〕《十三經・周易》，卷 3〈大過〉，頁 41。
〔註 51〕《劉禹錫集箋證》，卷 5〈天論下〉，頁 146。
〔註 52〕《劉禹錫集箋證》，卷 10〈答柳子厚書〉，頁 265。
〔註 53〕《十三經注疏・書經》，卷 20《秦誓》，頁 313。
〔註 54〕《劉禹錫集箋證》，卷 9〈武陵北亭記〉，頁 233。
〔註 55〕《十三經注疏・詩經》，卷 18《大雅・韓交》，571。
〔註 56〕《劉禹錫集箋證》，卷 9〈復荊門縣記〉，頁 228～229。

「錯衡」，出《詩・小雅・采芑》：「方叔率止，約軝錯衡。」〔註 57〕謂公侯之車也。再如〈訊甿〉云：

今爾曹之來也，欣欣然似恐後者，其聞有勞倈之簿歟，蠲復之條歟，振贍之格歟，碩鼠亡歟，瘈狗逐歟？〔註 58〕

「碩鼠」，《詩・魏風・碩鼠》：「刺重歛也，國人刺其君重歛，蠶食於民，不修其政，貪而畏人，若碩鼠也。」〔註 59〕

引諸禮記者，如〈鑒藥〉云：

予受藥以餌，過信而能輕，痺能和；涉旬而苛癢絕焉，抑搔罷焉。踰月而視分纖，聽察微，蹈危如平，嗜糲如精。〔註 60〕

「苛癢」，出《禮記・內則》：「以適父母舅姑之所及所，下氣怡聲，問衣、燠寒、疾痛、苛癢，而敬抑搔之」。〔註 61〕《爾雅・釋言》云：「苛，妎也。」〔註 62〕，即疥字之由來。再如〈天平軍節度使廳壁記〉云：

蓋承天威以平暴悖，志動揚休，昔稱爲雄。新邦始倈，污俗猶用。朝廷革之以漸，故命功臣或辨吏以帥焉。〔註 63〕

「志動揚休」，出《禮記・玉藻》：「盛氣顛實揚休。」孔疏「：顛，塞也；實，滿也；揚，陽也；休，養也。言軍士宜怒其氣，塞滿身中，使氣息出外，咆勃如盛陽之氣，生養萬物也。」〔註 64〕再如〈國學新修五經壁記〉云：

申命國子能通法書者，分章揆日，遜其業而繕寫焉。筆削既成，讎校既精，白黑彬斑，瞭然飛動。〔註 65〕

「遜其業」，出《禮記・學記》：「入學鼓篋，遜其業也。」〔註 66〕引諸周禮者，如〈山西道新修驛路記〉云：

鼛鼓以程之，糗醪以犒之。說使之令既下，奮行之徒坌集。〔註 67〕

〔註 57〕《十三經注疏・詩經》，卷 10《小雅・采已》，頁 426。
〔註 58〕《劉禹錫集箋證》，卷 6〈訊甿〉，頁 155。
〔註 59〕《十三經注疏・詩經》，卷 5〈碩鼠〉，（台北：中華書局 1979 年 2 月）頁 359。
〔註 60〕《劉禹錫集箋證》，卷 6〈鑒藥〉，頁 150。
〔註 61〕《十三經注疏・禮記》，卷 27〈內則〉，頁 1461。
〔註 62〕《十三經注疏・爾雅》，卷 3〈釋言〉，頁 37。
〔註 63〕《劉禹錫集箋證》，卷 8〈天平軍節度使廳壁記〉，頁 183。
〔註 64〕《劉禹錫集箋證》，卷 30〈玉藻〉，頁 1485。
〔註 65〕《劉禹錫集箋證》，卷 8〈國學新修五經壁記〉，頁 192。
〔註 66〕《十三經注疏・禮記》，卷 36〈學記〉，頁 1522。
〔註 67〕《劉禹錫集箋證》，卷 8〈山西道新修驛路記〉，頁 210。

「鼛鼓」，出《周禮地官・鄉大夫・鼓人》：「以鼛鼓役事。」〔註 68〕再如〈觀市〉云：

由命士已上不入於市，周禮有焉。乃今觀之，蓋有因也。〔註 69〕

「命士」，出《周禮・地官・司市》：「命夫過市罰一蓋，命婦過市罰一帷。」〔註 70〕夫，即士也。又如《何卜賦》云：

同藝于野，其時在澤。伊穜之利，乃穋之厄。〔註 71〕

「伊穜」：出《周禮・內宰》鄭司農注：「先種後熟謂之穜，後種先熟謂之稑。」〔註 72〕似即今早稻、晚稻之別。

引諸論語者，如〈傷我馬詞〉云：

由德稱者鮮焉。曩予知善馬之難遭也，不求於肆而於其鄉。〔註 73〕

「德稱」，出《論語・憲問》：「驥不稱其力，稱其德也。」〔註 74〕

再如〈論書〉引《論語・陽貨篇》之語云：

語曰：「飽食終日，無所用心，難矣哉！不有博弈者乎？爲之猶賢乎已。」〔註 75〕

由上述引文可知，劉禹錫散文之創作，皆以儒家經典爲其行文之依據又如〈說驥〉云：

予遂言曰：馬之德也，存乎形者也，可以目取，然猶爲之若此；矧德蘊于心者乎？斯從古之歎，予不敢歎。〔註 76〕

「馬之德」，按：此用《論語》「驥不稱其力，稱其德」〔註 77〕之意。

又如〈鑒藥〉云：

醫大吒曰：「吾固知夫子未達也」。促和蠲毒者投之，濱於殆而有喜，異日進和藥乃復初。」〔註 78〕

〔註 68〕《十三經注疏・周禮》，卷 12〈地官鄉大夫・鼓人〉，頁 72。
〔註 69〕《劉禹錫集箋證》，卷 10〈觀市〉，頁 535。
〔註 70〕《十三經注疏・周禮》，卷 14〈地官・司市〉，頁 735。
〔註 71〕《劉禹錫集箋證》，卷 1〈何卜賦〉，頁 23。
〔註 72〕《十三經注疏・周禮》，卷 7〈內宰〉，頁 686。
〔註 73〕《劉禹錫集箋證》，卷 20〈傷我馬詞〉，頁 525。
〔註 74〕《十三經注疏・論語》，卷 14〈憲問篇〉，頁 2512。
〔註 75〕《劉禹錫集箋證》，卷 20〈論書〉，頁 538。
〔註 76〕《劉禹錫集箋證》，卷 6〈說驥〉，頁 167。
〔註 77〕《十三經注疏・論語》卷 14〈憲問〉，頁 2512。
〔註 78〕《劉禹錫集箋證》，卷 6〈鑒藥〉，頁 150。

「未達」，出《論語‧鄉黨》：「康子饋藥，拜而受之，曰：丘未達，不敢嘗。」〔註 79〕疏云：「孔子未達其藥之故，不敢先嘗。」此云未達，亦謂未曉醫藥之理也。

以上所舉，不過犖犖大者，足證劉禹錫散文能融化經書以爲己用，思想實多自經典中得來。

三、繼軌史傳

清章學誠云：「夫史有三長，才、學、識也。古文辭而不由史出，是飲食不本於稼穡也。夫識，生於心也；才出於氣也；學也者，凝心以養氣鍊識而成其才者也。」〔註 80〕故論文不溯於史，是謂不知其本。然觀劉禹錫文集其所習史者以《穀梁傳》、《史記》、《漢書》爲務，且能應用自如，藉史事舒發己見，宣洩其憤恨不滿之志或寄情於文中。如〈因論〉七篇之〈鑒藥〉云：

> 乃今我里有方士淪跡於醫，厲者造焉而美肥，輒者造焉而善馳。〔註 81〕

按《穀梁傳》昭公二十年：「輒者何也？曰：兩足不能相過，齊謂之綦，楚謂之踂，衛衛之輒。」〔註 82〕此文正用此義。禹錫深於《穀梁》之學，於文中常見之。又「厲者，造焉而美肥」，厲者癩也，〈史記刺客列傳〉「漆身爲厲」〔註 83〕，即引《史記》之語也。又如〈因論〉七篇之〈說驥〉云：

> 繇是而言，方之於士，則八十其緡也，不猶踰於五羖皮乎？〔註 84〕

按：「五羖皮」一語，即是〈史記秦本紀〉：「繆（穆）公聞百里奚賢，欲重贖之，恐楚人不與，乃使人謂楚曰：「吾媵臣百里奚在焉，請以五羖羊皮贖之。」〔註 85〕五羖皮者，言其値賤甚也。由此可知，禹錫爲文，自有所承，洵不欺也。又如〈因論〉七篇之〈嘆牛〉云：

> 是以員能霸吳屬鏤賜，斯既帝秦五刑具，長平威振杜郵死，垓下敵擒鐘室誅。〔註 86〕

〔註 79〕《十三經注疏‧論語》，卷 10〈鄉黨篇〉，頁 2495。
〔註 80〕章學誠《文史通義》，內篇 2〈文德〉，（臺北：史學出版社 1972 年 4 月）頁 60～61。
〔註 81〕《劉禹錫集箋證》，卷 6〈鑒藥〉，頁 150。
〔註 82〕《十三經注疏‧穀梁傳》，卷 18，頁 75、總頁 2439。
〔註 83〕《史記》，卷 86 第 26〈刺客列傳〉，（臺北：鼎文書局印行 1979 年 12 月）頁 2515。
〔註 84〕《劉禹錫集箋證》，卷 6〈說驥〉，頁 167。
〔註 85〕《史記》，卷 5〈秦本紀〉，（臺北：鼎文書局印行 1979 年 12 月）頁 173。
〔註 86〕《劉禹錫集箋證》《劉禹錫集》，卷 6〈嘆牛〉，頁 159。

又〈儆舟〉云：

「越子膝行吳君忽，晉宣尸居魏臣怠，白公厲劍子西哂，李園養士春申易」。〔註 87〕

文法倣漢書蒯通等傳贊之作。故宋洪邁《容齋隨筆》卷九〈作文句法〉條云：

作文旨意句法，固有規仿前人，而音節鏘亮嫌於同者。如前漢書贊云：「豎牛奔仲叔孫卒，……宰嚭譖胥夫喪，李園進妹春申斃。」新唐書效之云：「三宰嘯凶牝奪辰，林甫將蕃黃屋奔，鬼質敗謀興元蹙，崔、柳倒持李宗覆。……劉夢得因論〈儆舟〉云：「越子膝行吳君忽，晉宣尸居魏臣怠，白公厲劍子西哂，李園養士春申易」，亦效班史語也。然其模範，本自荀子〈成相篇〉〔註 88〕

又其人物傳記之寫作，亦繼承《史記》司馬遷之創作，如〈高陵令劉君遺愛碑〉云：

計相愛其能，表爲檢校屯田郎中兼侍御史，幹池鹽子蒲，錫紫衣金章。歲餘，以課就加司勳正郎中，執法理人爲循吏，理財爲能臣，一出于清白故也。先是高陵人蒙被惠風而惜於捨去，發于胸懷，播爲聲詩。〔註 89〕

涇水經流之地，鄉里豪族，倚恃權勢，壟斷水源，蓋已非一日事。此乃歌頌敢於擿奸犯豪之「循吏」，筆飽墨酣，是繼承《史記‧循吏列傳》之傑作也。〔註 90〕

劉禹錫在〈彭陽令狐氏先廟碑〉云：

愛穀梁子清而婉，左丘明國語辯而工，司馬遷史記文而不華。咸乎筆朱墨，究其微旨。愷悌以肥家，信誼以急人。德充齒耋，獨享天爵。故休祐集于身後，徽章流乎佳城。〔註 91〕

由文中可知，劉禹錫對先秦、兩漢歷史散文頗有研究，亦可知，劉氏對春秋時代之文章及司馬遷《史記》極爲重視。《穀梁傳》與《國語》存有三代

〔註 87〕《劉禹錫集箋證》《劉禹錫集》，卷 6〈儆舟〉，頁 161。
〔註 88〕宋‧王應麟《容齋隨筆四》，卷 9〈作文句法〉，（上海：上海古籍出版社 1996 年 3 月）頁 721。
〔註 89〕《劉禹錫集箋證》，卷 2〈高陵令劉君遺愛碑〉，頁 57～58。
〔註 90〕《史記》，卷 29 列傳 59〈循吏列傳〉，頁 3099。
〔註 91〕《劉禹錫集箋證》，卷 2〈彭陽令狐氏先廟碑〉，頁 47。

以來之史事，重視文字運用及其功能與精神。而漢初最具代表性之文人著作，即是《史記》。《史記》文筆簡樸，且能活躍動人，筆鋒銳利，更能表現褒貶之意，於是禹錫努力學習史公之筆法，力求應用於散文之創作。

結　語

清朱仕琇云：「經濬其源，史覈其情，子通其指，文選詞賦博其趣。」〔註 92〕此古今能士莫不兼賅，劉禹錫又焉能自外？溯其散文淵源，則推宗六經，志在淑世濟民，惟持儒術立本，所以下筆皆根仁苗義，取合乎古道。進而勤研《穀梁》、《史記》、《漢書》等；雖以儒爲宗，尤沉浸史書，使其創作更爲精湛，其作品之內內涵更爲豐富，自鑄偉篇，所以卓成一家。昔劉勰曾云：「若夫鎔鑄經典之範，翔集子史之術，洞曉情變，曲昭文體，然後能孚甲新意，雕畫奇辭。」〔註 93〕，衡諸劉禹錫散文，足以當之矣！

〔註 92〕朱任生《古文法纂要》，上篇第 4 輯引，頁 106。
〔註 93〕劉勰《文心雕龍，風骨二八》，卷 6，（臺北：明倫出版社 1971 年 10 月）頁 514。

第四章　劉禹錫古文之思想與文論

第一節　劉禹錫古文之思想

劉禹錫嘗自述早年之問學云：「紛吾本孤賤，世業在逢掖；九流宗指歸，百氏旁捃摭。」〔註 1〕此固與其思想體系之建立有關，然今所欲探討者，有儒家、佛家、天人、宿命及政治等思想。其政治主張，則本諸儒家；其宿命之論，則兼採佛家，試分節討論於後：

一、儒家之思想

劉禹錫自傳謂其先人「世爲儒而仕」，至其父「亦以儒學」。貞元中，父卒，而禹錫所謂「承風訓，稟遺教」者，無非於儒學。故禹錫於行文之中，每以此自稱，有自稱爲「儒者」者，如〈奏記丞相府論學事〉云：

> 今夫子之教日頽靡，而以非禮之祀媚之，斯儒者儒所宜憤悱也。〔註 2〕

有自稱爲「儒臣」者，如〈蘇州謝上表〉云：

> 儒臣之分，甘老於典墳；優詔忽臨，又委之符竹。〔註 3〕

有自稱爲「書生」者，如〈蘇州謝上表〉云

> 臣本書生，素無黨援。謬以薄伎，三登文科。〔註 4〕

〔註 1〕《劉禹錫集箋證》，卷 23〈遊桃源一百韻〉，（上海：上海古籍出版社 1989 年 12 月）頁 653。

〔註 2〕《劉禹錫集箋證》，卷 20〈奏記丞相府論學事〉，頁 545。

〔註 3〕《劉禹錫集箋證》，卷 15〈蘇州謝上表〉，頁 387。

〔註 4〕《劉禹錫集箋證》，卷 15〈蘇州謝上表〉，頁 387。

亦有自稱「學古者」者，如〈汴州鄭門新亭記〉云：

公遂條白其所以然，遠命學古者書之。〔註 5〕

或有以「劉子」、「子劉子」自稱者，如《因論、鑒藥》云：

劉子閒居，有負薪之憂，食精良弗知其旨，血氣交沴，煬然焚如。〔註 6〕

亦有自稱「子劉子」者，如〈救沈志〉云：

子劉子曰：余聞善人在患，不救不祥；惡人在位，不去亦不祥。〔註 7〕

以上六稱，名雖異而實則一也。當時之人，如竇群，亦嘗以「希儒之徒」稱禹錫〔註 8〕，而禹錫亦喜以儒稱人，如稱姜倫則云：「有儒學士行」〔註 9〕，稱蕭俶則云「伏膺儒門」〔註 10〕，此蓋與其篤行儒學有關。

二、佛家之思想

佛學大盛於唐代，劉禹錫生於其間，自然有所接觸。觀其終身雖未皈依佛門，然與僧徒交往，可謂斷續而不絕。其所接受佛學者，除時代背景外，另有三因：一則以性情有相似之處；禹錫自謂其性情云：「性靜本同和」〔註 11〕，而佛家主張寂靜乃一切法之根本，如寶篋經云：「一切諸法，皆是寂靜門」是也。禹錫貶朗州時，嘗登枉山謁會禪師，聽講佛法，而作詩云：「靜見玄關啓，歆然初心會」（詩見下引），是謂性情與佛法有相近之處。二則以平生遭遇多困躓之故；此由〈謁枉山會禪師詩〉可知，詩云：

我本山東人，平生多感慨。……淹留郢南鄙，摧頹羽翰碎；安能咎往事？且欲去沈痗。吾師得眞如，自在人寰內；哀我墮名網，有如翾飛輩。曈曈揭智炬，照使出昏昧；靜見玄關啓，歆然初心會。夙尚一何微，今得信可大！覺路明證入，便門通懺悔。悟理言自忘，處屯道猶

〔註 5〕《劉禹錫集箋證》卷 15〈蘇州謝上表〉，頁 387，卷 8〈汴州鄭門新亭記〉，頁 197。

〔註 6〕《劉禹錫集箋證》，卷 6〈因論・鑒藥〉，頁 150。

〔註 7〕《劉禹錫集箋證》，卷 20〈救沈志〉，頁 552。

〔註 8〕《劉禹錫集箋證》，卷 10〈答容卅竇中丞書〉，頁 262。

〔註 9〕《劉禹錫集箋證》，卷 17〈舉姜補闕倫自代狀〉，頁 432。

〔註 10〕《劉禹錫集箋證》，卷 17〈同卅舉蕭俶自代狀〉，頁 442。

〔註 11〕《劉禹錫集箋證》，卷 20〈奏記丞相府論學事〉，頁 545。

泰。色身豈吾寶？慧性非形礙。思此靈山期，未來何年載。〔註 12〕

劉禹錫於佛學素無排斥之意，然於佛學之深切體會，則在貶朗州之後。雖然禹錫於〈贈別君素上人〉詩引云：「不知余者誚予困而後援佛，謂道有二焉。」〔註 13〕然〈送僧元暠遊詩〉引云：「予策名二十年，百慮而無一得。然後知世所謂道無非畏途，唯出世間法可盡心耳。」〔註 14〕「出世間法」即佛法，吾人固不得謂其貶謫之後，盡去儒學，然其以獲貶而深體佛學，則昭然明矣。三則以佛學與儒學可以融會貫通，〈袁州萍鄉縣楊岐山故廣禪師碑〉云：

> 素王立中區之教，懋建大中；慈氏起西方之教，習登正覺。至哉！乾坤定位，有聖人之道參行乎其中，亦猶水火異氣，成味也同德；輪轅異象，致遠也同功。〔註 15〕

是謂二家雖不同，然皆以拯世救民為懷，故其「成味也同德」。夢得〈贈別君素上人〉詩引進一層論云：

> 曩予習禮之中庸，至「不勉而中，不思而得」，懼然知聖人之德，學以至于無學。然而斯言也，猶示行者以室廬之奧耳，求其徑術而布武，未易得也。晚讀佛書，見大雄念物之普，級寶山梯之。高揭慧火，巧鎔惡見；廣疏便門，旁束邪徑。其所證入，如舟沿川，未始念於前而日遠矣，夫何勉而思之邪？是余知突奧於中庸，啓鍵關於內典，會而歸之，猶初心也。〔註 16〕

是謂佛法可補充儒學之不足也，一則示人以目標，一則示人以方法，二者雖不同，然亦不相悖。禹錫以儒者自居，其貴取於佛學者，則在與儒學有可會通之處也。

劉禹錫可謂篤信佛學者也，嘗自謂：「雅聞予事佛而佞，亟來相從」〔註 17〕，更有甚者，其上皇帝表云：「唯讀佛經，願延聖壽」〔註 18〕。禹錫篤信佛學，始於貶謫朗州之時，其自述謫居之生活云：「在硯席者，多旁行四句之書；備將

〔註 12〕《劉禹錫集箋證》，卷 23〈謁枉山會禪師詩〉，頁 289。

〔註 13〕《劉禹錫集》，卷 29〈贈別君素上人詩〉，（北京：中華書局出版 1990 年 3 月）頁 389。

〔註 14〕《劉禹錫集》，卷 29〈送僧元暠南遊詩引〉，頁 393。

〔註 15〕《劉禹錫集箋證》，卷 4〈袁州萍鄉縣楊岐故廣禪師碑〉，頁 118。

〔註 16〕《劉禹錫集》卷 29〈贈別君素上人詩〉，頁 389。

〔註 17〕《劉禹錫集》，卷 29〈送僧元暠南遊詩引〉頁 392。

〔註 18〕《劉禹錫集箋證》卷 21〈飛鳶操〉，（上海：上海古籍出版社 1989 年 12 月）頁 582。

迎者，皆赤髭白足之侶。」〔註 19〕語雖誇張，然不無實情。〈送慧則法歸上都因呈廣宣上人〉詩引云：「顧予有社內之因，故言別之日，愛緣暫起。」〔註 20〕是知禹錫嘗與僧徒結社，講論佛學。廣宣嘗寄與韋令公唱和詩卷，禹錫答詩云：「一時風景添詩思，八部人天入道場；若許相期共結社，吾家本自有柴桑。」〔註 21〕其與廣宣交誼之好，由此可盡見矣！

三、天人之思想

元和中，柳宗元作〈天說〉以駁韓愈論天人之關係，柳子因而為之說，謂天地元氣陰陽不能賞善而罰惡，要其歸，欲以仁義自信，其說當矣。然曰天不能賞善罰惡者，何自而勸沮乎？韓文曰：「今之言性者，雜佛老而言，正為柳子設也。」劉禹錫云：「子厚作〈天說〉以折退之之言，非所以盡天人之際，故作〈天論〉三篇以極其辯。然公繼與禹錫書云：『凡子之論乃吾〈天說〉注疏耳。』」〔註 22〕宗元不以其言為盡然，〈答夢得天論書〉云：

> 宗元白：發書得〈天論〉三篇，以僕所為〈天說〉為未究，欲畢其言。始得之，大喜，謂有以開吾志慮。及詳讀五六日，求其所以異吾說，卒不得。其歸要曰：「非天預乎人也」，凡子之論，乃吾〈天說〉傳疏耳，無異道焉！諄諄佐五言，而曰有以異，不識何以為異也。〔註 23〕

實則劉禹錫所探討者，遠較〈天說〉精微，不得僅謂其為〈天說〉作傳疏耳。劉禹錫以為人之所以能成為人者，在能超越乎天所賦予，其〈天論上〉云：

> 大凡入形器者，皆有能有不能，天、有形之大者也；人、動物之尤者也。天之能，人固不能也；人之能，天亦有所不能也。故余曰：天與人交相勝耳。〔註 24〕

人之能者，天未必能，故人得以超越天所賦予者也。其所超越者，法制

〔註 19〕《劉禹錫集箋證》，卷 23〈遊桃源一百韻〉，頁 653。

〔註 20〕《劉禹錫集》，卷 29〈送慧則法上都因呈廣宣上人詩引〉，（北京：中華書局出版 1990 年 3 月）頁 393～394。

〔註 21〕《劉禹錫集箋證》，卷 29〈送僧二四首之一，廣宣上人寄在蜀與韋令公唱和詩卷因以令公手札答詩示之〉，頁 309。

〔註 22〕《柳河東集》，卷 16〈天說〉，頁 285 或《劉禹錫集箋證》，卷 5 柳宗元〈天說〉，（臺北：河洛圖書出版社 1975 年 12 月）頁 138。

〔註 23〕《柳河東集》，卷 31〈與禹錫天論書〉，頁 503。

〔註 24〕《劉禹錫集》，卷 5〈天論上〉，頁 139。

是也。若人不能實行法制，則失其所以爲人，萬物無法制，不足爲害；人無法制，則將稟天所賦予之智以爲害也，故〈天論上〉又云：

> 人能勝乎天者，法也，法大行，則是爲公是，非爲公非。天下之人蹈道必賞，違善必罰。當其賞，雖三旌之貴，萬鍾之祿，處之咸曰宜，何也？爲善而然也；當其罰，雖族屬之夷，刀鋸之慘，處之咸曰宜。何也？爲惡而然也。〔註 25〕

治世之時，是非分明而法制大行，是人人皆能超越天所賦予者，此乃人之能，非天使之能。人能行法則治，是謂「人勝天」；人不行法則亂，人不能行法，則與方物幾無別矣，是可謂爲「天勝人」，故〈天論中〉又云：

> 是非存焉，雖在野，人理勝也；是非亡焉，雖在邦，天理勝也。然則天非務勝乎人者也，何哉？人不宰則歸乎天也。人誠務乎天者也，何哉？天無私，故人可務手勝也。吾於一日之途而明乎天人，取諸近也已。〔註 26〕

是知禹錫所謂「天人交相勝」者，全以「人事」而言，乃欲提升「自然」之人而爲「法制」之人，亦可謂欲使失其本能之人重新獲得其本能。故禹錫之「論天」，皆以天爲無意識，然則此純粹以論天而言，亦即人世之治亂，非天預乎人也。

四、宿命之思想

儒家罕言命，蓋以命不可知之故也。劉禹錫深究易卜之學，且兼採佛家因果之說，以爲萬物皆稟陰陽二氣以賦形，可由易筮推知其生滅正變之數，而於人之命，亦可卜而知之。禹錫深信此說，殆與遭遇有關。

卜筮之學，所以預知命者也。禹錫自以爲居於困頓之境已極矣，當如周易所示「剝極則賁」、「否極受泰」〔註 27〕，然處南荒之地既久，未見遷引，故復提出「時」以自遣，如〈何卜賦〉云：

> 屠龍之伎，非曰不偉，時無所用，莫若履豨；作俑之工，非曰可珍。時而有用，貴於斲輪。絡首縻足兮，驥不能踰跬。前無所阻兮，跛鼈千里。同涉于川，其時在風。沿者之吉，泝者之凶。同蓺于野，

〔註 25〕《劉禹錫集箋證》，卷 5〈天論上〉，（上海：上海古籍出版社 1989 年 12 月）頁 139。

〔註 26〕《劉禹錫集箋證》，卷 5〈天論中〉，頁 142。

〔註 27〕《十三經注疏・周易》，（臺北：中華書局 1979 年 2 月）頁 43、63。

其時在澤。伊穡之利，乃穋之厄。〔註28〕

〈偶作二首之一〉云：

燕石何須辨，逢時即至珍。〔註29〕

是謂人之遇與不遇，乃「時」使之然，與「命」無關，故有修身以俟時之言。卜筮之學，可以推知今生今世之命；而普修陰德，則可惠及己身或子孫之命也。禹錫以爲儒家未能如佛家談因果，而儒家罕言命之故也。故其〈袁州廣禪師碑〉云：

儒以中道御群生，罕言性命，故世衰而寖息；佛以大悲救諸苦，廣啓因業，故劫濁而益尊。〔註30〕

而欲求善果者，先植善因，即所謂陰德是也。禹錫文集中，時時勸人普修陰德，如〈上門下武相公啓〉云：

伏惟發膚寸之陰，成彌天之澤；回一瞬之念，致再造之恩。誠無補於多事之時，庶有助於陰施之德。無任懇悃之至。〔註31〕

又〈上門下裴相公啓〉云：

持盈之術，古所難也，實在陰施拯物，厚其德基，以左右功庸而百祿是荷。人所欽戴，久而愈宜。〔註32〕

禹錫以爲陰德既施，報應必來，故其〈謝中書張相公啓〉云：

袁公之平楚獄，不忍錮人；晏子之哀越石，乃伸知己。所以慶垂胤祚，言成春秋；神理孔昭，報應斯必。身侔蟬翼，何以受恩？死輕鴻毛，固得其所。卑身有限，拜謝末由。〔註33〕

正因「神理孔昭」之故，不植善因者，必無善果。故知禹錫所言之命，雖爲既定，且可由卜筮測之，然亦特隨所植之因，而有所改變也。

五、政治之思想

劉禹錫以爲各代治世之君主，所以或張或弛者，乃因時俗之不同爾，故主張因時立政，因俗制法。〈答饒州元使君書〉云：

〔註28〕《劉禹錫集箋證》，卷1〈何卜賦〉，（上海：上海古籍出版社1989年12月）頁23。

〔註29〕《劉禹錫集》，卷21〈偶作二首〉，（北京：中華書局出版1990年3月）頁259。

〔註30〕《劉禹錫集箋證》，卷4〈袁州萍鄉縣楊岐故廣禪師碑〉，頁118。

〔註31〕《劉禹錫集箋證》，卷18〈上門下武相公啓〉，頁456。

〔註32〕《劉禹錫集箋證》，卷18〈上門下裴相公啓〉，頁467。

〔註33〕《劉禹錫集箋證》卷18〈謝中書張相公啓〉，頁464。

不知法斂重輕之道，雖歲有順成，猶水旱也。不知自用樂成之義，雖俗方阜安，猶蕩析也。〔註34〕

是以禹錫論政之宗旨，歸結在因俗而立之法。禹錫以爲人之所能超越萬物者，法制是也，故〈天論上〉云：

人能勝乎天者，法也。法大行，則是爲公是，非爲公非，天下之人蹈道必賞，違善必罰。……法小弛則是非駁，賞不必盡善，罰不必盡惡。……法大弛，則是非易位，賞恒在佞而罰恒在直。義不足以制其強，刑不足以勝其非，人之能勝天之具盡喪矣。夫實已喪而名徒存，彼昧者方挈挈然提無實之名，欲抗乎言天者，斯數窮矣。〔註35〕

又〈砥石賦〉云：

石爲砥焉，化鈍爲利；法以砥焉，化愚爲智。武王得之，商俗以厚；高帝得之，傑材以湊。得既有自，失豈無因？漢氏以還，三光景分。〔註36〕

是謂法制行，則一切政事皆可得其所。其〈答饒州元使君書〉云：

徙木之信必行，則民不惑，此政之先也。置水之清必勵，則人知敬，此政之本也。鉅筩之機或行，則姦不敢欺，此政之助也。〔註37〕

所謂「政之先」、「政之本」、「政之助」者，皆指法制而言，故可知禹錫於政事所主張者，法制而已。

劉禹錫雖倡言法治，然此法乃以民爲主，與孟子所主張之「仁政」相近。其政治之思想有四焉：曰養民；曰教民；曰治民；曰用人。其〈答饒州元使君書〉又云：

夫民足則懷安，安則自重而畏法。乏則思濫，濫則迫利而輕禁。故文景之民厚其生，爲吏者率以仁恕顯；武宣之民亟於役，爲吏者率以武健稱。〔註38〕

是謂百姓生活日用足，雖不以法治之，仍能自安而合於法。人能自安而

〔註34〕《劉禹錫集箋證》，卷10〈答饒州元使君書〉，（上海：上海古籍出版社1989年12月）頁256～257。

〔註35〕《劉禹錫集箋證》，卷5〈天論上〉，頁139～140。

〔註36〕《劉禹錫集箋證》，卷1〈砥石賦〉，頁9。

〔註37〕《劉禹錫集箋證》，卷10〈答饒州元使君書〉，頁256～257。

〔註38〕《劉禹錫集箋證》，卷10〈答饒州元使君書〉，（上海：上海古籍出版社1989年12月）頁256～257。

合於法，乃是法大行之時，亦即其理想之治世也。彼盛稱文景之治，以為文景之民厚其生，為吏者率以仁恕顯，是知國欲稱治，養民為先。其養民之法則為重農輕賦稅，其〈和州刺史廳壁記〉云：

究其所從來，生植有本。女工尚完，堅一經一緯，無文章交錯之奇；男夫尚墾闢，功苦戀本，無即山近鹽之逸。市無蚩眩，工無雕形。無遊人異物以遷其志。副徵令者率非外求。凡百為一出於農桑故也。繇是而言，瘠天下者其在多巧乎！〔註 39〕

由是而言，人民重本而從事農桑，國用將足矣！故扶持農業，乃劉禹錫論養民之重要主張。

劉禹錫以為治民之道，在因俗而異之法。而於執法治民之道有二：簡廉守法及治理之才。其〈訊甿論〉記貞元中汴州之政云：

故其上也子視卒而芥視民，其下也鶩其理而蛑其賦。民弗堪命，是軼于他土。然咸重遷也，非阽危擠壑不能違之。〔註 40〕

是謂百姓之出走，乃以牧守僚吏不能簡廉守法之故也。然禹錫以為簡廉奉法，尚不足以稱治，〈答饒州元使君書〉云：

其或材拘於局促，智限於罷懦，不能斟酌盈虛，使人不倦。以不知事為簡，以清一身為廉，以守舊弊為奉法。是心清於棖闑之內，而柄移於胥吏之手。歲登事簡，偷可理也；歲札理叢，則潰然攜矣。故曰身脩而不及理者有矣。〔註 41〕

故主張執法以治民者，應有治理之才，有才斯有術，治理之術，善用「聲實」故也。至若教民之目的，欲使成材而能用也。〈奏記丞相府論學事〉云：

凡今能言者，皆謂天下少士，而不知養材之道，鬱堙而不揚，非天不生材也；亦猶不耕者而歎廩庾之無餘，非地不產百穀也。〔註 42〕

又〈砥石賦〉云：

播生在天，成器在君。天為物天，君為人天。安有執礪世之具而患乎無賢歟！〔註 43〕

〔註 39〕《劉禹錫集箋證》，卷 8〈和州刺史廳壁記〉，頁 204。
〔註 40〕《劉禹錫集箋證》，卷 6〈訊甿〉，頁 155～156。
〔註 41〕《劉禹錫集箋證》，卷 10〈答饒州元使書〉，頁 257。
〔註 42〕《劉禹錫集箋證》，卷 20〈奏記丞相府論學事〉，頁 544。
〔註 43〕《劉禹錫集箋證》，卷 1〈砥石賦〉，頁 9。

此劉禹錫以教民爲當世之急務也。其論教民之法，在廣興學舍，〈奏記丞相府論學事〉云：

> 然後籍具資，半附益所隸州，使增學校，其半率歸國庠，猶不下萬計。築學室，具器用，豐食，增掌固以備使令。凡儒官各加稍食，其紙筆鉛黃視所出州，率令折入。學徒既備，明經日課繕書若干紙，進士命雠校亦如之。則貞觀之風粲然不殊。其他郡國，皆立程督。投紱懷璽，棫樸菁莪，良可詠矣。〔註44〕

此「養材」極佳之良方，惜當時執政者不用其言。

劉禹錫論用人，以才德並重。蓋貪暴者治民，民將「軼于他土」；才智罷懦者治民，民將不爲所治。故舉姜倫自代，則云其「有儒學士行」〔註45〕，是謂有德；「執心不回，臨事能斷」〔註46〕，是謂有才。其〈薦處士王龜狀〉云：

> 是知古之取士，不專寒族，必參用世冑，以廣得人之路。〔註47〕

「得人之路」既廣，則國家何患不治。是知劉禹錫論用人，在視其具備才德與否，而不論其出身貴賤。此即其所云：「夫舉無他，唯善所在」〔註48〕是也。

結　語

綜合各節所述，劉禹錫古文實蘊含豐富之思想，而其本人亦爲中唐時期主要之思想家，〈天論〉之說，異乎韓、柳所言，以人而言超越天所賦予之論，可謂思想之先進。又其思想以儒學爲宗，誠如裴延翰所謂「纂緒造端，必不空言，言之所及，則君臣禮樂教化，賞罰無不包焉」；故所論必「栽培教化，翻正治亂、變醨養瘠，堯醲舜薰，斯有意趨賈馬、劉班之藩墻者耶」〔註49〕，而有助於政教，能裨乎民生。其佛家之思想，不爲迷信所惑，對其寫作，尤能增益其行文思維。以政治而言，其法制之觀念，在當時可謂一針見血道出時弊。惜執政者勇以內鬥，未能採納雅言，終步入衰弱之途。

〔註44〕《劉禹錫集箋證》，卷20〈奏記丞相府論學事〉，頁546。
〔註45〕《劉禹錫集箋證》，卷17〈舉姜補闕倫自代狀〉，頁432。
〔註46〕《劉禹錫集箋證》，卷17〈蘇州舉韋中丞自代狀〉，頁434。
〔註47〕《劉禹錫集箋證》，卷17〈薦處士王龜狀〉，頁447。
〔註48〕《劉禹錫集箋證》，卷17〈薦處士嚴毖狀〉，頁445。
〔註49〕《全唐文》，卷79，裴延翰〈樊川文集後序〉，頁9967。

第二節　劉禹錫古文之文論

中唐文學，於古文有韓柳之古文運動，在詩歌則有新樂府運動，二者名目雖不同，然其載道諷諭之說，則無二致，而劉禹錫於詩文二者，皆有與焉。茲先就中唐時期韓、柳二大家之文論，簡述如次：

一、韓愈之文論

唐古文運動之作家中，韓愈最爲重要。其論文主張，大抵前有所承，其所倡導之「文以載道」乃儒家「仁義之道」。今分析韓愈之論文主張於後：

（一）文以載道

所謂「載道」者，非謂韓愈不重文，惟其所重者，尤在道而已。其〈送陳秀才彤序〉云：

> 讀書以爲學，纘言以爲文，非以誇而鬥靡也。蓋學所以爲道，文所以爲理耳。苟行事得其宜，出言適其要，雖不吾面，吾將信其富於文學也。〔註 50〕

是謂文者，乃「載道」之器，其〈答尉遲生書〉云：

> 夫所謂文者，必有諸其中，是故君子愼其實，實之美惡，其發也不揜。本深而末茂，形大而聲宏，行峻而言厲，心醇而氣和。昭晰者無疑，優游者有餘。體不備不可以爲成人，辭不足不可以爲成文。〔註 51〕

韓愈謂己所操持之道，即孔孟一貫相承之道，即仁義是也。〈答李翊書〉云：

> 行之乎仁義之途，游之乎詩書之源。無迷其途，無絕其源，終吾身而已矣。〔註 52〕

是知其所謂道者，眞儒家仁義之道也。

（二）氣盛言宜

韓愈之古文，主張氣盛之宜，其〈答李翊書〉云：

〔註 50〕《韓昌黎集》，卷 4〈送秀才彤序〉，（臺北：河洛圖書出版社 1975 年 3 月）頁 152。

〔註 51〕《韓昌黎集》，卷 2〈答尉遲生書〉，頁 84。

〔註 52〕《韓昌黎集》，卷 3〈答李翊書〉，（臺北：河洛圖書出版社 1975 年 3 月）頁 99。

> 氣，水也；言，浮物也。水大而物之浮者大小畢浮，氣之與言猶是也，氣盛則言之短長與聲之高下者皆宜。〔註 53〕

其所謂「氣盛」之因有二：一爲自身之修養，一爲不平之遭遇，其〈荊潭唱和集序〉云：

> 夫和平之音淡薄；而愁思之聲要妙；歡愉之辭難工，而窮苦之言易好也。是故文章之作，恆發於羈旅草野。至若王公貴人，氣滿志得，非性能而好之，則不暇以爲。〔註 54〕

有無眞實強烈之感情，乃文字是否感人之關鍵。「羈旅草野」之人多憤懣不平之氣，情不可遏，發而爲文，自易感人。

（三）陳言務去

意需師古，詞必己出，韓愈〈答劉正夫書〉云：

> 或問：「爲文宜何師？」必謹對曰：「宜師古聖賢人。」曰：「古聖賢人所爲書具存，辭皆不同，宜何師？」必謹對曰：「師其意，不師其辭。」又問曰：「文宜易宜難？」必謹對曰：「無難易、惟其是爾。」如是而已。〔註 55〕

韓愈非不好古人之言辭，其所以有「不師其辭」者，貴能「自樹立」而創新辭，即是〈南陽樊紹述墓志銘〉中所云之「詞必己出」，以不襲蹈前人一言一句爲貴也。銘文中云：

> 惟古於詞必己出，降而不能乃剽賊。後皆指前公相襲，從漢迄今用一律，寥寥久哉莫覺屬。神徂聖伏道絕塞，既極乃通發紹述。文從字順各識職，有欲求之此其躅。〔註 56〕

此正是韓文所謂爲文有新意，「當其取於心而注於手也，惟陳言之務去，戛戛乎其難哉！」也。〔註 57〕

（四）反對六朝華靡駢儷之辭

韓愈排斥時文，視時文爲綺靡而非專用，其〈送孟東野序〉云：

〔註 53〕同前註。

〔註 54〕《韓昌黎集》，卷 4〈荊譚唱和集〉，頁 153～154。

〔註 55〕《韓昌黎集》，卷 3〈答劉正夫書〉，頁 121。

〔註 56〕《韓昌黎集》，卷 8〈南陽樊紹述墓志銘〉，（臺北：河洛圖書出版社 1975 年 3 月）頁 312。

〔註 57〕同上註。

其下魏晉氏，鳴者不及於古，然亦未嘗絕也。就其善者，其聲清以浮，其節數以急，其辭淫以哀，其志弛肆，其爲言也，亂雜而無章。將天醜其德莫之顧邪？何爲乎不鳴其善鳴者也。〔註 58〕

韓愈自謂「非三代兩漢之書不敢觀」者，殆與反對六朝文有關；以駢儷之文，不合乎古道也。其〈題歐陽生哀辭後〉云：

愈之爲古文，豈獨取其句讀不類於今者邪？思古人而不得見，學古道則欲兼通其辭。通其辭者，本志乎古道也，古之道不句譽毀於人。〔註 59〕

是知「古文」者，指「志乎古道」且散行之文也。其所以不取周易文言駢行之文者，則在反對六朝駢儷之文也。

二、柳宗元之文論

柳宗元文章與韓愈並稱於後世，亦爲唐古文運動中一重要作家，然其論文意見，與韓愈未盡相同。今分三點說明之：

（一）文以明道

在文與道之關係上，柳宗元以「明道」爲務，其〈答韋中立論師道書〉云：

始吾幼且少，爲文章，以辭爲工。及長，乃知文者以明道。是固不苟爲炳炳烺烺、務采色、誇聲音而以爲能也。〔註 60〕

又〈報崔黯秀才論爲文書〉云：

然聖人之言，期以明道，學者務求諸道而遺其辭。辭之傳於世者，必由於書。道假辭而明，辭假書而傳。要之之道而已耳。道之及，及乎物而已耳。斯取道之內者也。今世因貴辭而矜書，粉澤以爲工，遒密以爲能，不亦外乎？〔註 61〕

「明道」乃宗元之語，其義與「文以載道」無別。以道爲內，辭爲外，從文以明道出發，反對以采色、聲音之形式主義之文風，於古文運動中，柳

〔註 58〕《韓昌黎集》，卷 4〈送孟東野〉，頁 137。
〔註 59〕《韓昌黎集》，卷 5〈題歐陽生哀辭後〉，頁 178。
〔註 60〕《柳河東集》，卷 34〈答韋中立論師道書〉，（臺北：河洛圖書出版社 1975 年 3 月）頁 542。
〔註 61〕《柳河東集》，卷 34〈報崔黯秀才論爲文書〉，（臺北：河洛圖書出版社 1975 年 3 月）頁 550。

宗元主張與韓愈同。

（二）立文以誠

文以明道乃爲文之宗旨；立文以誠爲作文之態度也。宗元〈答韋中立論師道書〉云：

> 故吾每爲文章，未嘗敢以輕心掉之，懼其剽而不留也；未嘗敢以怠心易之；懼其弛而不嚴也；未嘗敢以昏氣出之，懼其昧沒而雜也；未嘗敢以矜氣作之，懼其偃蹇而驕也。抑之欲其奧，揚之欲其明，疏之欲其通，廉之欲其節，激而發之欲其清，固而存之欲其重，此吾所以羽翼夫道也。〔註62〕

所謂未嘗以「輕心」、「怠心」、「昏氣」、「矜氣」行文者，誠心之謂也。宗元〈報袁君陳秀才避師名書〉亦云：

> 文以行爲本，在先誠其中。其外者當先讀六經，次論語、孟軻書皆經言。左氏、國語、莊周、屈原之辭，稍采取之；穀梁子、太史公甚峻潔，可以出入，餘書俟文成異日討也，其歸在不出孔子。〔註63〕

其立文以誠爲先，惟誠不斤斤於務去陳言。所立既以誠爲先，於古書之辭「稍采取之」，仍不失其爲誠也。惟其立文以誠，故不流於奇怪嬉罵之詞也。

（三）駢散並重

宗元以中庸立道，以誠行文，故不廢駢以重散，惟求其當而已。〈柳宗直西漢文類云〉云：「魏晉以降，則盪而靡，得其中者漢氏，漢氏之東，則既衰矣！」〔註64〕，然所致意者，在其不能以文明道；而於駢行之文，則未嘗棄之；此由柳集中，時見駢散互用者，可知其文論。

第三節　劉禹錫之文論

劉禹錫雖與韓愈、柳宗元列爲當代古文作家，然其論文意見，與二人有所不同。今分五項討論於後。

〔註62〕《柳河東集》，卷34〈答韋中立論師道書〉頁543。

〔註63〕《柳河東集》，卷34〈報袁君君陳秀才避師名書〉，頁547。

〔註64〕《柳河東集》，卷21〈柳宗直・西漢文類序〉，（臺北：河洛圖書出版社1975年3月）頁371。

一、文章與時高下

劉禹錫以爲文章一代有其一代之所勝者，各代文章之高下，視其政事分合而定〔註65〕。政事一統者，則山川之氣凝，大音完備，故文章爲高；政事分歧者，則山川之氣散，大音不完，故文章爲下。又極重視社會生活對文學之影響，故而強調國家統一與強盛，方能帶動文學之繁榮。其〈唐故柳州刺史柳君集紀〉文中云：

> 八音與政通，而文章與時高下。三代之文，至戰國而病，涉秦漢復起；漢之文、至列國而病，唐興復起。夫政龐而土裂，三光五岳之氣分，大音不完，故必須一而後大振。初貞元中，上方嚮文章。〔註66〕

國家之分合盛衰對文學影響各有不同，文學之發展雖有其自身規律之作用，而國家統一強盛，文學必繁榮。戰國與六朝之文章所以不如三代、兩漢及唐者，以其政事未能一統之故也。

劉禹錫論文，有時代與個人之分，論個人則重才氣，以爲才高者之文，非博學者所能比擬，其〈唐故衡州刺史呂君集紀〉文中云：

> 五行秀氣得之居多者爲俊人。其色潋灩於顏間，其聲而爲文章。天之所與，有物來相。彼由學而致者，如工人染夏以視羽畎，有生死之殊矣。初貞元中，天子之文章煥乎垂光。慶霄在上，萬物五色。天下文人爲氣所召，其生乃蕃。靈芝蓮莆，與百果齊坼。然煌煌翹翹出乎其類終爲偉人者幾希矣。〔註67〕

劉禹錫以爲萬物皆稟陰陽二氣笙，故皆有氣存於其中，得氣之多者，是爲俊人，其才氣稍低者，則或可借於山川之氣以爲文，海陽湖別浩初師詩引云：「瀟湘間・無土山，無濁水，民乘是氣，往往清慧而文。」〔註68〕

以時代而論，禹錫雖以戰國、六朝之文章爲下，以個人而論，則其中亦有才高可取者，是知劉禹錫以才高者之文，無論時代，其文皆高。而一時代之文章，則視政事與山川之氣而定，合政事與山川之氣，即其所謂「文章與

〔註65〕張長臺《劉夢得研究》〈劉夢得之文學論〉，（東吳大學71年碩士論文）頁150。

〔註66〕《劉禹錫集箋證》，卷19〈唐故柳州刺史柳君集紀〉，（上海：上海古籍出版社1989年12月）頁513。

〔註67〕《劉禹錫集箋證》，卷19〈唐故衡州刺史呂君集紀〉，（上海：上海古籍出版社1989年12月）頁508。

〔註68〕《劉禹錫集》，卷29〈海陽湖別浩初師詩并引〉，（北京：中華書局出版1990年3月）頁397。

時高下」者也。

二、爲文以感情爲務

以個人之文學思想而言，劉禹錫強調文學，必以生活遭遇，決定其鑑賞之能力，其〈上杜司徒書〉云：

> 昔稱韓非善著書，而〈說難〉、〈孤憤〉尤爲激切。故司馬子長深悲之，爲著於篇，顯白其事。夫以非之書可謂善言人情，使逢時遇合之士觀之，固無以異於他書矣。而獨深悲之者，豈非遭罹世故，益感其言之至邪？〔註69〕

文學，總以生活血肉爲務，浸潤作者之感情。故文學之鑑賞非純理性之邏輯思維所能爲，必使讀者同作者之生活遭遇、思想感情相近，有其密切關係，方能產生共鳴。

三、文與道爲是

以文章爲載道之具，乃唐古文作家之通論。劉禹錫論文與道之關係，亦不能脫離是說。故其〈集略說〉云：「道不加益，焉用是空文爲」〔註 70〕然劉禹錫亦非輕文者。其〈獻權舍人書〉云：

> 禹錫在兒童時已蒙見器，終荷薦寵，始見知名。眾之指目，忝閣下門客，懼無以報稱。故厚自淬琢，靡遺分陰。乃今道未施於人，所蓄者志。見志之具，匪文謂何？〔註71〕

其所謂「道」，殆指「識度」而言，識度大者，所爲文之用亦大，而識度之大小，則視才與位而定，其〈唐故相國李公集紀〉文中云：

> 天以正氣付偉人，必飾之使光耀於世。粹和絪緼積于中，鏗鏘發越形乎文。文之細大視道之行止。故得其位者，文非空言，咸繫於訏謨宥密，庸可不紀？〔註72〕

又〈唐故相國贈司空令狐公集紀〉文中云：

> 嗚乎！咫尺之管，文敏者執而運之，所如皆合。在藩聳萬夫之觀望，

〔註69〕《劉禹錫集箋證》，卷 18〈上杜司徒書〉，頁 237。

〔註70〕《劉禹錫集箋證》，卷 20〈劉氏集略說〉，頁 540。

〔註71〕《劉禹錫集箋證》，卷 10〈獻權舍人書〉，（上海：上海古籍出版社 1989 年 12 月）頁 248。

〔註72〕《劉禹錫集箋證》，卷 19〈唐故相國李公集紀〉，頁 479。

立朝貫群寮之頰舌，居內成大政之風霆。導畎澮於章奏，鼓洪瀾於訓誥。筆端膚寸，膏潤天下。文章之用，極其至矣。而又餘力工於篇什，古文士所難兼焉。〔註73〕

又〈唐故中書侍郎平章事韋公集紀〉文中云：

謹按公未爲近臣已前，所著詞賦、讚論、記述、銘志，皆文士之詞也，以才麗爲主。自入爲學士至宰相以往，所執筆皆經綸制置財成潤色之詞也，以識度爲宗。觀其發德音，福生人，沛然如時雨；褒元老，諭功臣，穆然如景風。〔註74〕

由上可知，禹錫以爲文章之用能大者，本諸高位，位高者則識度隨之而大，亦即〈明贊論〉所謂：「是故食愈重而志愈卑，位彌尊而道彌廣」〔註75〕之意也。位高而識度者所爲之文，劉禹錫視爲「文士之詞」。至於位未高而具識度者之文，劉禹錫則視爲「立言之文」，此與才學有關，故文有高下之分也。〈因論七篇序〉云：「夫造端乎無形，垂訓於至當，其立言之徒。放詞乎無方，措旨於至適，其寓言之徒。」〔註76〕，而能「垂訓於至當」者，豈非以其識度大乎？

四、受禪宗影響，重意境描繪

劉禹錫師事皎然，其意境說實受禪宗之影響。其〈董氏武陵集紀〉文中云：

片言可以明百意，坐馳可以役萬里。工於詩者能之，風雅體變而興同，古今調殊而理異，達於詩者能之。工生於才，達生於明。二者還相爲用，而後詩道備矣……心源爲鑪，筆端爲炭，鍛鍊元本，雕礱群形，糺紛舛錯，逐意奔走。因故沿濁，協爲新聲。……詩者其文章之蘊邪？義得而言喪，故微而難能；境生于象外，故精而寡和。千里之繆，不容秋毫，非有的然之姿，可使戶曉。必俟知者，然後鼓行於時。〔註77〕

〔註73〕《劉禹錫集箋證》，卷19〈唐故相國贈司空令狐公集紀〉，頁499。
〔註74〕《劉禹錫集箋證》，卷19〈唐故中書侍郎平章事韋公集紀〉，頁487。
〔註75〕《劉禹錫集箋證》，卷5〈明贊論〉，頁131。
〔註76〕《劉禹錫集箋證》，卷6〈因論七篇序〉，頁149。
〔註77〕《劉禹錫集箋證》，卷19〈董氏武陵集紀〉，（上海：上海古籍出版社1989年12月）頁516～517。

又〈秋日過鴻舉法師寺院便送歸江陵并引〉文中云：

> 能離欲則方寸地虛，虛而萬象入，入必有所泄，乃形乎詞。詞少而深者，必依于聲律。故自近古而降，釋子以詩聞于世者相踵焉。因定而得境，故脩然以清；由慧而遣辭，故粹然以麗。〔註78〕

其受皎然、受禪之影響深矣，〈故廣禪師碑〉中所云：「味眞實者，即清淨以觀空；存相好者，怖威神而遷善，厚於求者，植因以覬福；罹於苦者，證業以銷冤。」此意境之境界也。

五、重視文采，提倡不同風格

劉禹錫注意形式對表達之重要作用，重視藝術之構思想象與修辭藻飾，並對不同文體提出不同之要求〔註79〕。其〈唐故尚書主客員外郎盧公集紀〉文中云：

> 心之精微，發而爲文，文之神妙，詠而爲詩。猶夫孤桐朗玉，自有天律，能事具者，其名必高。名由實生，故久而益大〔註80〕又〈上淮南李相公啓〉云：古之所以導下情而通比興者，必文其言以表之，雖甿謠俚音，可儷風什。伏惟降意詳擇，斯大幸也。」〔註81〕

又〈唐故中書侍郎平章事韋公集紀〉文中云：

> 觀其發德音，福生人，沛然如時雨。褒元老，諭功臣，穆然如景風。命相之冊和而莊，命將之誥昭而毅。荐賢能其氣似孔文舉，論經學、其博似劉子駿；發十難以摧言利者，其辯似管夷吾。噫！逢時得君，奮智謀以取高位，而令名隨之，豈不偉哉！〔註82〕

劉禹錫是具有進步唯物思想，故其政治、思想於中唐思想而言，係一大家也。其論說文則有政見卓越，史識拔俗，哲理深邃之特點。換言之，其散文長于論析說理，或據現實，或引史典，不尚空論，蓋有其堅定之文論所然。

〔註78〕《劉禹錫集箋證》，卷29〈秋日過鴻舉法師寺院便送歸江陵并引〉，頁394。

〔註79〕郭預衡《中國古代文學史長編》第10章第三節〈劉禹錫 文學思想〉（北京：北京師範學院出版社，1993年11月），頁416「受禪宗影響，重意境描繪」

〔註80〕《劉禹錫集箋證》，卷19〈唐故尚書主客員外郎盧公集紀〉，頁505。

〔註81〕《劉禹錫集箋證》，卷18〈上淮南李相公啓〉，（上海：上海古籍出版社1989年12月）頁453。

〔註82〕《劉禹錫集箋證》，卷19〈唐故中書侍郎平章事韋公集紀〉，頁487。

結　語

韓愈所倡之古文運動係以文章載道爲理論中心。韓愈以爲古聖先賢之文章皆以載道爲主，故學古文即學古道〔註83〕在寫作上，主張「陳言務去」、「氣盛言宜」、「反對駢儷之辭」等，甚而要求奇異、創新。韓愈之文章因而成爲詰屈聱牙之奇怪風格，此種文學理論發展，每下愈況，晚唐時走向極端，古文運動遂漸消沈。

柳宗元論文以「文以明道」「立文以誠」「駢散並重」爲主，與韓愈並無不同，但兩人所指之道，實有相異。柳宗元曾批評韓愈斥佛是「忿其外而遺其中，是知石而不知韞玉」，故而爲「浮圖誠有斥者，往往與易、論語合，誠樂之，其於性情奭然，不與孔子異道。」〔註84〕足證其所謂「道」較韓愈所指爲廣泛。文辭方面，柳宗元則是反怪誕。

劉禹錫生於文學理論與實踐鼎盛之中唐時代，對於文學，有其獨特之見解。年輕時，受韓愈影響〔註85〕，亦主張復古；同時認爲文學應與學術貫通，不能無病呻吟。後因仕途不順遂，故而轉向純爲表達情感心緒之文學，對於古文與詩歌有新認識。其〈彭陽唱和集引〉云：

> 鄙人少時亦嘗以詞藝梯而航之，中途見險，流落不試。而胸中之氣伊鬱蜿蜒，泄爲章句，以遣愁沮，悽然如焦桐孤竹，亦名聞於世間。雖窮達異趣，而音英同域，故相遇甚歡。〔註86〕

足見劉禹錫已視詩文爲表達情緒之工具；於失意落魄之際，一股不平、抑鬱之情感，均可藉此宣洩。

劉禹錫認爲文章具有抒解情懷之功用，與時代治亂關係極大，彼以爲「八音與政通，而文章與時高下」〔註87〕故唐代因社會安定而文盛。

蓋文章乃人民喉舌，無論章奏、訓詁，皆具極大之功用，每一下筆處，皆爲天下百姓謀福利，所以「故得其位者，文非空言，咸繫於訏謨宥密，庸

〔註83〕《韓昌黎文集》，卷3〈答陳生書〉，頁103；〈答李秀才書〉，（臺北：河洛圖書出版社1975年12月）頁102；〈答侯繼書〉，頁95。

〔註84〕《柳河東集》，卷二五〈送僧浩初序〉，（臺北：河洛圖書出版社1975年12月）頁425。

〔註85〕《劉禹錫集箋證》，外集卷10〈祭韓吏部文〉，頁1537。

〔註86〕《劉禹錫集箋證》，外卷9〈彭陽唱和集引〉，（上海：上海古籍出版社1989年12月）頁1496。

〔註87〕《劉禹錫集箋證》，卷19〈唐故柳君集〉，頁513。

可不紀？」〔註 88〕，由此可知爲文欲博得天下人之敬重，尤宜成就其大政，拯救蒼生，此乃文章最大之功效也。

〔註 88〕《劉禹錫集箋證》，卷 19〈唐故相國李公集紀〉，頁 479。

第五章　劉禹錫古文之體裁與風格

第一節　劉禹錫古文之體裁

劉禹錫古文之創作是多方面無論論說、敘述、抒情、應用、寓言等，可謂全方位之作家，其古文之體裁有：論說、書牘、傳記、公牘、雜記、贈序、寓言、賦等，今分述如後：

一、論說古文

論說文即說理之文章，爲古代古文中之大宗。古人據其內容、用途、寫作等不同，而分若干種類，如論、史論、設論、議、辯（辨）說、解、駁、考、原、詳等，總稱論說或云論辨。然而首先以論說文之性質與寫作特點說明者，劉勰《文心雕龍‧論說篇》云：「論也者，彌綸群言，而研精一理者也。」〔註1〕其意蓋謂論說文，即概括各種言論、意見，精密研求唯一之道理也。而論及文章之體制與寫作之特點則云：

> 原夫論之爲體，所以辨正然否：窮于有數，追于無形，鑽堅求通，
>
> 鉤深取極：乃百慮之筌蹄，萬事之權衡也。〔註2〕

其大意乃云，論文此體，本屬明辨是非之文章。須對客觀事物現象深入觀察，推求其隱藏于現象背後之道理。要之，寫作者宜以艱苦鑽研之精神求貫通，深入認識，而後以此種手段，權衡各種事物是非得失。劉勰此一闡述，已將論說文體之本質說盡矣！

〔註1〕《文心雕龍》〈論說一八〉，（臺北：明倫出版社1971年10月）頁327～328。
〔註2〕同上註。

劉禹錫論說古文，於唐代已占有一席之地，彼對於所爲文章，亦頗自負，其〈祭韓吏部文〉云：「昔遇夫子，聰明勇奮，常操利刃，開我混沌。子長在筆，予長在論，持矛舉楯，卒不能困。時惟子厚，竄吾其間。贊詞愉愉，固非顏顏。磅礴上下，羲農以還。會於有極，服之無言。」〔註 3〕蓋自認爲長於論說文，而韓愈長於散文，實則二人各有所長，不能互困，唯柳宗元之文章足以抗衡其間。今就其論說散文分類概述於後：

（一）哲理古文

〈天論〉三篇爲劉禹錫最得意之創作，其論源自荀子之〈天論〉，故其思想與荀子近。此三篇文章，針對柳宗元之〈天說〉提出反駁，並一一舉證其說之荒謬，而提出己之意見，期破除當時對天命迷信之說。其言云：

> 世之言天者二道焉。拘於昭昭者則曰：「天與人實影響：禍必以罪降，福必以善來，窮阨而呼必可聞，隱痛而祈必可答，如有物的然以宰者。」故陰騭之說勝焉。泥於冥冥者則曰：「天與人實剌異：霆震于畜木，未嘗在罪；春滋乎堇荼，未嘗擇善。跖、蹻焉而遂，孔、顏焉而厄，是茫乎無有宰者。」故自然之說勝焉。余之友河東解人柳子厚作〈天說〉，以折韓退之之言，文信美矣，蓋有激而云，非所以盡天人之際。故余作〈天論〉，以極其辯云。
>
> 大凡入形器者，皆有能有不能。天，有形之大者也；人，動物之尤者也。天之能，人固不能也；人之能，天亦有所不能也。故余曰：天與人交相勝耳。其說曰：天之道在生植，其用在強弱；人之道在法制，其用在是非。陽而阜生，陰而肅殺；水火傷物，木堅金利；壯而武健，老而耗眊；氣雄相君，力雄相長：天之能也。陽而藝樹，陰而揫斂；防害用濡，禁焚用光；斬材窾堅，液礦硎鋩；義制強訐，禮分長幼；右賢尚功，建極閑邪：人之能也。
>
> 人能勝乎天者，法也。法大行，則是爲公是，非爲公非。天下之人蹈道必賞，違之必罰。當其賞，雖三旌之貴，萬鍾之祿，處之咸曰宜。何也？爲善而然也。當其罰，雖族屬之夷，刀鋸之慘，處之咸曰宜。何也？爲惡而然也。故其人曰：「天何預乃事邪？唯告虔報本、

〔註 3〕《劉禹錫集箋證》，外集卷 10〈祭韓吏文〉，（上海：上海古籍出版社 1989 年 12 月）頁 1537。

肆類授時之禮，曰天而已矣。福兮可以善取，禍兮可以惡召，奚預乎天邪？」法小弛則是非駁。賞不必盡善，罰不必盡惡。或賢而尊顯，時以不肖參焉。或過而僇辱，時以不辜參焉。故其人曰：「彼宜然而信然，理也。彼不當然而固然，豈理邪？天也。福或可以詐取，而禍亦可以苟免。」人道駁，故天命之說亦駁焉。法大弛，則是非易位，賞恒在佞而罰恆在直，義不足以制其強，刑不足以勝其非，人之能勝天之具盡喪矣。夫實已喪而名徒存，彼昧者方挈挈然提無實之名，欲抗乎言天者，斯數窮矣。

故曰：天之所能者，生萬物也；人之所能者，治萬物也。法大行，則其人曰：「天何預人邪？我蹈道而已。」法大弛，則其人曰：「道竟何爲邪？任天而已。」法小弛，則天人之論駁焉。今以一己之窮通，而欲質天之有無，惑矣！

余曰：天恆執其所能以臨乎下，非有預乎治亂云爾；人恆執其所能以仰乎天，非有預乎寒暑云爾。生乎治者人道明，咸知其所自，故德與怨不歸乎天。生乎亂者人道昧，不可知，故由人者舉歸乎天。非天預乎人爾！〔註4〕

劉禹錫之論天人，雖似天與人對立，但以天爲自然之規律，人則順應自然之規律以治人事。人事有不盡而歸怨於天，是常人之淺見也。此與宗元所云：「功者自功，禍者自禍，欲望其賞罰者大謬；呼而怨，欲望其哀且仁者，愈大謬矣。」〔註5〕皆屬相同之見解，故宗元認爲與其說無異。劉禹錫立「天人交相勝」一義，於其初意有不盡符，反易令人疑惑，是宗元以不以爲然。

文中「天之道在生植，其用在強弱」，而以「水火傷物，木堅金利，壯而武健，老而耗眊；氣雄相君，力雄相長；天之能也。」爲例，即自然之規律也，禹錫所謂「天之能」也。「人之道在法制，其用在是非。陽而阜生，陰而肅殺。」，即順應自然之規律以治人事也。禹錫所謂「人之能」也。然若法制壞而不修，則賞罰禍福皆顛倒，宜賞而罰，當福而禍，人之所以勝天者既失，則本由人者皆歸之於天矣。宗元與禹錫皆以非罪而得禍，故深慨於人事之自紊而非天道之有知，其言之痛切者，有由也。

〔註4〕《劉禹錫集箋證》，卷5〈天論〉，（上海：上海古籍出版社 1989年12月）頁138～140。

〔註5〕《柳河東集》，卷16〈天說〉，（臺北：河洛圖書出版社 1975年12月）頁285。

此爲禹錫對柳宗元之「唯物主義觀」表示呼應與支持。首先肯定天之物質性，而後指出自然界與人類社會，各有其職能，彼此之間係「交相勝」之關係。天之職能在生萬物，人之職能在治萬物，人之所以能治萬物，乃依「法制」而來。於是文章進一步由「法大行」「法小弛」「法大弛」三種情況，分析「天命論」，因而產生社會根源，指出「人道明」，法制暢行，自不會產生「天命論」；「人道昧」，法制廢弛，必然產生「天命論」之對等情事。此種觀點在當時而言，誠然積極而進步，對破除天命迷信之說，具有極重要之意義。

> 問者曰：「吾見其駢焉而濟者，風水等耳，而有沈有不沈，非天曷司歟？」答曰：「水與舟，二物也。夫物之合并，必有數存乎其間焉。數存，然後勢形乎其間焉。一以沈，一以濟，適當其數，乘其勢耳。彼勢之附乎物而生，猶影響也。本乎徐者其勢緩，故人得以曉也；本乎疾者其勢遽，故難得以曉也。彼江、海之覆，猶伊、淄之覆也。勢有疾徐，故有不曉耳。」
>
> 問者曰：「子之言數存而勢生，非天也，天果狹於勢邪？」答曰：「天形恆圓而色恆青，周迴可以度得，晝夜可以表候，非數之存乎？恆高而不卑，恆動而不已，非勢之乘乎？今夫蒼蒼然者，一受其形于高大，而不能自還於卑小；一乘其氣于動用，而不能自休於俄頃。又惡能逃乎數而越乎勢邪？吾固曰：萬物之所以爲無窮者，交相勝而已矣，還相用而已矣。天與人，萬物之尤者耳。」
>
> 問者曰：「天果以有形而不能逃乎數，彼無形者，子安所寓其數邪？」答曰：「若所謂無形者，非空乎？空者，形之希微者也。爲體也不妨乎物，而爲用也恆資乎有，必依於物而後形焉。今爲室廬，而高厚之形藏乎內也；爲器用，而規矩之形起乎內也。音之作也有大小，而響不能踰；表之立也有曲直，而影不能踰。非空之數歟？夫目之視，非能有光也，必因乎日、月、火炎而後光存焉。所謂晦而幽者，目有所不能燭耳。彼狸，狌，犬，鼠之目，庸謂晦爲幽邪？吾固曰：以目而視，得形之粗者也；以智而視，得形之微者也。烏有天地之內有無形者邪？古所謂無形，蓋無常形耳，必因物而後見耳。烏能逃乎數邪？」〔註6〕

〔註 6〕《劉禹錫集箋證》，卷 5〈天論〉中篇，（上海：上海古籍出版社 1989 年 12 月）頁 142～144。

此篇之精粹在「物之合并必有數存乎其間焉，數存然後勢形乎其間焉」以下。其釋數與勢亦具於下文，其意以天之周回晝夜可以測而知者即數也，其屬於人之所見高而且動者即勢也。數者規律之必然，勢者由規律而形之於外。然常人每謂無形可求者必無規律。禹錫則深探其理而斷之，以爲世無無形之物，其無形者，特微眇而不及察耳。且所謂無形者，若不附於有形，亦非人之思慮所能到。例如高與厚必附於室廬，方與圓必附於器用。高厚方圓雖似無形，然必因室廬器用而得見，故無常形耳。既因物而得見，則仍是可測之規律也。宗元於此亦服其見解之精，故答書云：「所謂無形爲無常形者甚善。〔註 7〕」禹錫既見及此，惜乎文之前半猶謂：「彼行乎江河淮海者，疾徐不可得而知，次舍不可得而必也鳴條之風，可以沃日；車蓋之雲，可以見怪。恬然濟，亦天也；黯然沈；亦笑也。」〔註 8〕似猶以天爲有權者，故宗元以爲「愚民恒說」。又文首以旅爲喻，證「天與人交相勝」之說，宗元亦駁之，以爲皆人而非天也。實則禹錫所以言此，乃舉恒言恆事爲譬，其一篇之主旨仍在數與勢之必然，而所以測數與勢者全繫乎人事。

> 或曰：「古之言天之曆象，有宣夜、渾天、周髀之書，言天之高遠卓詭，有鄒子。今子之言有自乎？」答曰：「吾非斯人之徒也。大凡入乎數者，由小而推大必合，由人而推天亦合。以理揆之，萬物一貫也」。
>
> 「今夫人之有顏，目，耳，鼻，齒，毛，頤，口，百骸之粹美者也，然而其本在乎腎，腸，心，腹。天之有三光，懸寓，萬象之神明者也，然而其本在乎山川五行。濁爲清母，重爲輕始。兩位既儀，還相爲庯，嘘爲雨露，噫爲雷風。乘氣而生，群分彙從，植類曰生。動類曰蟲。倮蟲之長，爲智最大。能執人理，與天交勝，用天之利，立人之紀。紀綱或壞，復歸其始。」
>
> 「堯、舜之書，首曰『稽古』，不曰稽天；幽、厲之詩，首曰『上帝』，不言人事。在舜之進，元凱舉焉，曰『舜用之』，不曰天授；在殷高宗，襲亂而興，心知説賢，乃曰『帝賚』。堯民之餘，難以神誣；商俗已訛，引天而毆。由是而言，天預人乎？」〔註 9〕

〔註 7〕《劉禹錫集箋證》，卷 5〈天論〉中篇，（上海：上海古籍出版社 1989 年 12 月）頁 148。

〔註 8〕《劉禹錫集箋證》，卷 5〈天論〉中篇，頁 142。

〔註 9〕《劉禹錫集箋證》，卷 5〈天論〉中篇，頁 145～146。

此篇即複述中篇之意而括以四語曰：「用天之利，立人之紀，紀綱或壞，復歸其始。」即順應自然之規律以治人事也。人事未盡，則復歸於任天矣。然人之智與時俱進，其初但能小勝乎天而已，其漸則有加焉，又其漸則更有加焉。故後必勝於前，今必勝於古。文末舉幽、厲之詩曰「上帝」，殷高宗舉傳說曰：「帝賚」，是紀綱壞之時則歸於任天。然必以堯、舜不曰稽天，不曰天授，爲難以神誣，是則天命神道之說皆起於後世而不於古昔矣。事理亦必不然，其詞頗失檢。

（二）政論古文

劉禹錫曾作〈答饒州元使君書〉，言及其對政治之思想：

> 蓋豐荒異政，繫乎時也。夷夏殊法，牽乎俗也。因時在乎善相，因俗在乎使安。不知法斂重輕之道，雖歲有順成，猶水旱也。不知日用樂成之義，雖俗方阜安，猶蕩析也。徙木之信必行，則民不惑，此政之先也；置水之清必勵，則人知敬，此政之本也，鉅筩之機或行，則姦不敢欺，此政之助也。則有以其弛張雄雌，唯變所適。古之賢而治者，稱謂各異。非至當有二也，顧遭時不同耳。夫民足則懷安，安則自重而畏法。乏則思濫，濫則迫利而輕禁。故文景之民厚其生，爲吏者率以仁恕顯；武宣之民亟於役，爲吏者率以以武健稱，其寬猛迭用，猶質文循環，必稽其弊而矯之，是宜審其究奪耳。〔註10〕

文中主張「法歛重輕之道」及「日用樂成之義」，以爲當政者宜用此觀念治理百姓。又認爲政治之先機，有根本，有天助百姓，方能成功。雖各朝代有其不同之政治問題，若爲政者能先獲百姓之信任，並以清廉行政，再與百姓投訴、申冤之機會，用此監督政治之運作；若更能因此制宜、寬猛互濟，則任何弊病皆可消除，而國家必可大治。

劉禹錫以爲有心從政者，應以瞭解百姓之所惡所善爲何？認爲治理百姓應先以廉潔爲務。然而吾人往往「其或材拘於局促，智限於罷懦，不能斟酌盈虛，使人不倦。以不知事爲簡，以清一身爲廉，以守舊弊爲奉法。是心清於根闈之內，而柄移於胥吏之手。〔註11〕」若值太平理明之時，此種人居官位

〔註10〕《劉禹錫集箋證》，卷10〈答饒州元使君書〉，（上海：上海古籍出版社1989年12月）頁256～257。

〔註11〕《劉禹錫集箋證》卷10〈答饒州元使君書〉，頁257。

尙可；假使遇亂世理昧時，大權易落入此人手中，必然百事無成。故「身修而不及理者有矣〔註 12〕」之人寡矣。至於劉禹錫心中理想之政治及官吏形象爲何？〈答饒州元使君書〉又云：

> 簡而通，和而毅，其修整非止乎一身，必將及物也；其程督非務乎一切，心將經遠也。防民之理甚周，而不至於皎察。字民之方甚裕，而不使侵蛑。知革故之有悔，審料民多撓。厚發姦之賞，峻欺下之誅。調賦之權，不關於猾吏；逋亡之責，不遷於豐室。因有年之利以補販，汰不急之用以畚財，爲邦之要，深切著明，若此其悉也。推是言、按是理、而篤行之，烏有不及治邪？〔註 13〕

此外，劉禹錫在〈明贄論〉已說明自天子至士人，各階層有規定贄禮，其中各有涵義，若有所僭越或差誤，則一切制度將形同虛設。影響所及，國家之法制、刑賞亦亂，故執贄需明確，不可逾越，此爲達治國理想之另一間接作法。〈明贄論〉云：

> 古之人，動必有以將意，故贄之道，自天子達焉。夫芬芳在上，臭達于下，而溫粹無擇，有似乎聖人者，鬯也：故用於天子。清越而瑕不自揜，潔白而物莫能污，內堅剛而外溫潤，有似乎君子者，玉也：故用乎諸侯。執之不鳴，刑之不嗥，似死義，乳必能跪，似知禮者，羔也：故卿執焉。在人之上而有先後行列者，雁也：故大夫執焉。耿介而一志者，雉也：故士執焉。視其所執而知其任。是故食人愈重而志愈卑，位彌尊而道彌廣。耿介之志：唯士得以行之。何也？務細而所試者寡，齒卑而所蔽者眾。言未足以動聽，故必激發以取異：行未足以應遠，故必砥礪以沽聞。借令由士爲大夫，捨雉而執雁，其志也隨之，故耿介之名不施於大夫矣，況其上乎？然則爲士也，不思雉之介：爲卿也，能思羔之禮歟？今夫或者不明分推理而觀之，則曰，此居下而嗜直者，是必得志而稔其訐矣。彼當介而務弘者，是必處高而肥其德矣。曾不知訐當其分，則地易而自遷：弘非其所，則志遠而無制矣。於戲！責士以卿大夫之善，猶諭君以士之行耳。予以執贄之道得

〔註 12〕《劉禹錫集箋證》卷 10〈答饒州元使君書〉，頁 257。

〔註 13〕《劉禹錫集箋證》卷 10〈答饒州元使君書〉，（上海：上海古籍出版社 1989 年 12 月）頁 257。

其分，苟推分明矣，求刑賞之僭濫乎？〔註14〕

對於用才、愛才，劉禹錫亦有一番見解，並分別在〈辯迹論〉、〈華佗論〉、〈砥石賦〉等篇中闡述。〈辯迹論〉認爲「上材之道，非務所舉必的然可使戶曉爲迹〔註15〕」之人，在用才時應「觀書者當觀其意，慕賢者當慕其心，循迹而求，雖博寡要，信矣！〔註16〕」如同太宗時宰相房云齡要李靖戰渾戎，能盡材、能捍患、能去忌、能照私，且心相見久、道相籠才是；而後李敬玄、李林甫父子，即不知此道理，終失敗。又〈華佗論〉以曹操輕易殺華佗，終至悔恨不已，抒發其對愛才之憐惜。

劉禹錫以爲史家記載華佗件事，乃欲使後代之人減輕能者之刑罰，故接納賢者之勸諫，亦警惕殘暴統治者之濫殺。〔註17〕其作〈砥石賦〉，則認爲人才有如利金，須砥石磨利；爵祿正爲天下人才之砥石，所謂「石以砥焉，化鈍爲利。法以砥焉，化愚爲智」，在位可借此磨練人才，故「武王得之，商俗以厚；高帝得之，傑材以湊。」更何況「播生在天，成器在君，天爲物天，君爲人天，安有執礪世之具而患無賢歟？〔註18〕」，由此可知，劉禹錫對用人、愛才及磨練人才之見解。

劉禹錫有〈因論〉七篇，自序云：

> 子劉子閒居作〈因論〉，或問其旨曷歸歟？對曰：「因之爲言、有所自也。夫造端乎無形，垂訓於至當，其立言之徒。放詞乎無方，措旨於至適，其寓言之徒。蒙之智不逮於是，造形而有感，因感而有詞，匪立匪寓，以因爲目。〈因論〉之旨也云爾。〔註19〕

可知劉禹錫將七篇作品題名「因」，是指所論所說皆有緣由、出處，絕非空穴來風。七篇爲〈鑒藥〉、〈訊甿〉、〈嘆牛〉、〈儆舟〉、〈原力〉、〈說驥〉、〈述病〉，論中均有事因、有感想〔註20〕，表面係以病或其他事物爲因，實則著眼於政治之道，提出對當時社會政治狀況之批判，亦可知劉禹錫對政治所持之立場。

〔註14〕《劉禹錫集箋證》卷5〈天論〉，頁131～132。
〔註15〕《劉禹錫集箋證》，（上海：上海古籍出版社1989年12月）頁128～129。
〔註16〕《劉禹錫集箋證》卷5〈辯跡論〉，頁128～129。
〔註17〕《劉禹錫集箋證》卷5〈華佗論〉，頁133～134。
〔註18〕《劉禹錫集箋證》，卷1，頁9。
〔註19〕《劉禹錫集箋證》卷6〈因論七篇〉，頁149。
〔註20〕《劉禹錫集箋證》，卷6，頁167、170、1501、1556、1585、1601、1643。

劉禹錫除哲學、政論之論說古文外，尚有論醫學者，如〈鑒藥〉篇以治病用藥須劑量適中爲喻，說明辦事應實事求是；若憑主觀想像，必將招致危害。又有論書者，如〈答道州薛郎中論方書書〉〔註21〕及〈答道州薛母郎中論書儀書〉〔註22〕，皆徵引豐富，推理縝密，巧麗淵博，雄健曉暢。此等作品在當時皆有一定現實意義，足見劉禹錫在論說散文方面有其獨到之處，其論述範圍之廣泛，亦非他人所能及也。

劉禹錫具有進步唯物思想傾向之政治家、思想家，故其論說文則有政見卓越、史識撥俗、哲理深邃之特點。又長於論析說理，或據現實、或引史典，不尚空論。故劉禹錫之古文創作以論說文之成就爲最。其在〈祭韓吏部文〉中云：「子長在筆，予長在論。持矛舉楯，卒不能困。〔註23〕」此一說法，大致符合實際情況，事實亦是如此。

二、書牘古文

古代臣下向皇帝陳言進詞所寫之公文，與親朋間往來之私人信件，均稱爲「書」。故古代以「書」名篇之文字，實包括兩種文體。爲區別兩者間之不同，前者稱「上書」或「奏書」，屬公牘文「奏疏」（亦稱奏議）類；后者則稱「書」或稱「書牘」、「書札」、「書簡」，屬應用文之「書牘」類。明吳訥在《文章辨體》中云：「按昔臣僚敷奏，朋舊往復，皆總曰「書」。近世臣僚上言，名爲「表奏」；惟朋舊之間，則曰「書」而已。〔註24〕」「書」乃古代書信之總名，而又稱簡、箋、札、牘，係由其所用之工具（如寫於竹簡、木板上）而得名；稱尺牘、尺素、尺翰，係因所用以書寫之木簡、絹帛等約爲一尺左右；至於又稱「函」，則是古代傳遞書信時所使用之封套而得名。

書牘是常用之一種應用文，已成古代文章中重要文件。歷代作家文士皆重視書信之寫作。劉勰《文心雕龍》有〈書記〉篇，其中對書信之源流、寫作特點、要求、有系統論述，換言之，已將書牘視爲一種重要之文體看待。書信最突出之特點，是其實用性與內容之廣泛性。書信乃人與人交際之工具，最具實用價值；而書信所涉及之內容，並無限定，無論軍國大事，討論學術，

〔註21〕《劉禹錫集箋證》，卷10〈答道州薛郎中論方書書〉，頁270～272。
〔註22〕《劉禹錫集箋證》，卷10〈答道州薛郎中論書儀書〉，（上海：上海古籍出版社1989年12月）頁276～277。
〔註23〕《劉禹錫集箋證》，外集卷10〈祭韓吏部文〉，頁1537。
〔註24〕吳訥《文章辨體序說》書類，（臺北：長安出版社1978年12月）頁41。

評述人物，推舉自荐，傾訴個人境遇，以至日常所感所思，皆可入書，其內容可謂包羅萬象。故在所有文體中，書信所可容納之內容最爲廣泛，而其寫作，亦最爲靈活，可以敘事，可以說理，可以言情；可以長，亦可以短，全視作者需要而定。

書信體古文，在當時除社交作用外，其本身尚有文學味道，故而形成一種常見之重要文體。劉禹錫〈答柳子厚書〉一文，即其文藝思想及見解之發表，其言曰：

> 禹錫白：零陵守以函置足下書爰來，屑末三幅，小章書僅千言，申申亹亹，茂勉甚悉。相思之苦懷，膠結贅聚，至是泮然以銷。所不如晤言者無幾。書竟獲新文二篇。且戲余曰：將子爲巨衡，以揣其鈞石銖黍。余吟而繹之，顧其詞甚約而味淵然以長。氣爲幹，文爲支。跨轢古今，鼓行乘至。附離不以鑿枘，咀嚼不以文字。端而曼，苦而腴佶然以生，癯然以清。余之衡誠懸于心，其揣也如此。子之戲余，果何如哉！夫矢發乎羿彀而中微存他人，子無曰必我之師而能我衡，苟能則譽羿者皆羿也，可乎！索居三歲，理言蕪而不治，臨書軋軋不具。禹錫白。〔註25〕

信中自開頭「所不如晤言者無幾」，係云得宗元來信喜悅心情。屑末，碎末、短小；三幅，古代書信或以帛書寫，屑末三幅即尺幅短小之三塊帛，故下文言「小章」。「申申疊疊」，形容來信詳盡而娓娓陳述。「茂勉甚悉」，即勉勵之意十分詳盡。「膠結贅聚」，猶如膠般聚心中。「泮然以銷」，頓時消散。上述幾句，係謂零陵太守用封套裝成汝之書信已送至，短簡三幅，雖僅千字，內容詳盡娓娓陳述，勉勵之意十分周全。見到來信，平時積聚胸懷之相思之苦，頓時消除殆盡。閱讀來函有如當面晤談，雖是回信般寫法，然已表現出劉、柳二人之友誼不同尋常，故有見信如見人，解除相思之苦及無限喜悅之情。

由「書竟獲新文二篇」至「苟然則譽羿者皆羿心，可乎」爲復信之體。此段爲作者評論柳宗元兩篇新作，並申述己之文學見解。行文可分三：一爲柳完元欲劉禹錫評論其兩篇新作，二爲劉禹錫對宗元文章高度評價與肯定，三爲結語，示己貶後之心境。然於文中時時表現一己之文學觀點，如「氣」「文」

〔註25〕《劉禹錫集箋證》，卷10〈答柳子厚〉，（上海：上海古籍出版社 1989年12月）頁265～266。

之主張。氣乃作者爲文道德修養與文章思想內容之表現；「文」者係指文章之辭章表達與藝術技巧。氣爲幹，文爲支，意即作者道德修養與文章之思想內容爲主幹，文字表達與藝術技巧爲枝葉。

劉禹錫細細吟味且認眞思考，以爲柳文詞約事豐，意味深長。充分體現出氣爲主幹，文爲枝葉之理論主張。此言柳文思想純正，文字優美略帶苦澀，且十分豐滿，健康而富有生氣，瘦削而清新可喜。禹錫特意強調其評論乃發自內心之由衷之言。

三、傳記古文

我國傳記體文章，大致可分三種，一爲史書上之人物傳記，稱爲「史傳」，二爲史書之外，一般文人學者所撰寫之散篇「傳記」；三爲用傳紀體虛構之人物故事，實際是傳記小說。

最早之史書爲記言體與編年體，記傳體之史書，則創自漢司馬遷之《史記》。故劉勰《文心雕龍》云：「觀夫左氏綴事，附經間出，於文爲約，而氏族難明。及史遷各傳，人始區詳而易覽，述者宗焉」。然史遷所創者，亦非憑空產生，仍有其根據。先秦時期之《左傳》、《國語》、《戰國策》等歷史著作，以及其他諸子著作，仍有不少篇章已生動刻畫人物形象，如《左傳》「晉公子重耳之亡」，即生動刻劃之重耳之形象，並將其人物性格一一呈現；再如《戰國策》之〈馮諼客孑嘗君〉，則鮮明將馮諼之才幹、智謀之策士，予以形象表現。其他如《論語》、《孟子》等著作雖屬語錄體，然部份篇章已將人物之音容笑貌突現，且能將人物之性格特徵完全彰顯，此種情況不勝枚舉。書中之人物雖非傳記寫作，然已備有傳記散文之雛形。至司馬遷之《史記》產生以後，我國始正式出現以人物爲描寫中心之史傳文。

（一）傳記

「傳」者，紀載也。徐師曾言：「按字書云：『傳者，傳也，紀載人事以傳於後世也。』自漢司馬遷作《史記》，創爲〈列傳〉以紀一人之始終，而後世史家卒莫能易。嗣是山林里巷，或有隱德而弗彰，或有細人而可法，則皆爲之作傳以傳其事，寓其意；而馳騁文墨者，間以滑稽之術雜焉，皆傳體也」〔註 26〕。以文學人士所撰者言，其與正史之別，在於立傳對象不限

〔註 26〕徐師曾《文體明辨・傳》，（臺北：長安出版社 1978 年 12 月）頁 153。

帝王將相，達官顯宦，或高士名流，而擴及農夫工匠、老嫗等下層社會人物，對其主要事作突出式之敘寫。劉禹錫此體散文中頗有其獨特寫作方式，今就其自傳爲例：「會日二年（八四二）秋，七十一歲之劉禹錫臥病洛陽，自知不久於人世，作爲永貞「八司馬」中唯一幸存者與後死者，其感於有責任將永貞革新、內禪之眞相與自身之觀點公之於世，故寫下此篇自傳。文中除敘述家世、生平外，特將王叔文之政治才能與永貞革新作一肯定評價，揭發宦官操縱「永貞內禪」之內幕，爲革新與革新參加者恢復名譽，伸張正義。」其文云：

> 貞元二十一年春，德宗新棄天下，東宮即位。時有寒儁王叔文以善弈得通籍博望，因間隙得言及時事，上大奇之。如是者積久，眾未之知。至是起蘇州掾，超拜起居舍人、充翰林學士，遂陰薦丞相杜公爲度支鹽鐵等使。翊日，叔文以本官及內職兼副使。未幾，特遷户部侍郎，賜紫，貴振一時。愚前已爲杜丞相奏署崇陵使判官，居月餘日，至是改屯田員外郎，判度支鹽鐵等。按初叔文北海人，自言猛之後，有遠祖風，唯東平呂溫、隴西李景儉、河東柳宗元以爲言然。三子者皆與予厚善，日夕過言其能。叔文實工言治道，能以口辯移人。既得用，自春及秋，其所施爲，人不以爲當非。〔註 27〕

此乃劉禹錫敘述永貞革新政變事件，用字遣詞極有斟酌。其言王叔文爲「寒儁」者，首明叔文之爲南人，與中原士族無淵源。次言「如是積久，眾未之知」者，復明在貞元中叔文未嘗與政也。知叔文之爲寒儁，則知其所以招忌而不容於眾之故矣。

又其敘王叔文之爲人，雖未極言推許，然謂有王猛之風，則其素懷霸略，有用世之志，自在言外矣。當唐之中葉，德宗醉心文華，諱言建樹之風，而叔文輩以霸略自負，其遭時人側目，固無足異。謂呂溫、李景儉、柳宗元日夕言其能，明八司馬朋黨之爲是不足言也。溫與景儉皆不在八司馬之列，惟宗元與禹錫乃眞莫逆耳。凡此皆鄭重辯明叔文之爲時賢所可，非由私暱也。其下數語，既言其議論動人，復言其所設施能得人心，則叔文之負謗爲枉屈，無待申說矣。

〔註 27〕《劉禹錫集箋證》，外集卷 9〈子劉子傳〉，（上海：上海古籍出版社 1989 年 12 月）頁 1503。

> 時上素被疾，至是尤劇，詔下內禪，自爲太上皇。後謚曰順宗。東宮即皇帝位。是時，太上久寢疾，宰臣及用事者都不得召對。宮掖事秘，而建桓立順，功歸貴臣。於是叔文首貶渝州，後命終死。宰相貶崖州。予出爲連州。途至荊南，又貶朗州司馬。〔註28〕

敘順宗內禪事，云「太上久寢疾，宰臣及用事暫都不得召對，而宮掖事秘、建桓立順，功歸貴臣。」此數語關繫尤大。蓋順宗內禪之舉，不獨非宰相意，更非順宗意，宮掖已被隔絕，而順宗之存與亡，疾終之與被弑，皆成千古無從證實之疑案。十五年之後，憲宗之死也，宣宗以爲是郭后與穆宗之陰謀。憲宗以後，屢有宮闈之變亂，安見非習聞順、憲間之隱秘而襲爲故事乎？〔註29〕

（二）墓志銘祭文

墓志銘係古代墓碑文之一種，其前有一篇記述死者生平之傳記，後有一篇頌贊體之銘文。所謂「屬碑之體，資乎史才，其序則『傳』，其文則『銘』」〔註30〕此所云之「序」即是志也，是用散文撰寫死者生平事迹。依其體例，則有死者之世系、名字、爵位、行治、壽年、卒葬月日、子孫大略與葬地事宜。「志」后有「銘」，銘則用韻文體，其內容係對死者之褒揚頌贊。墓志銘有許多異名簡稱，如「葬志」、「埋銘」、「壙志」、「壙銘」等；又因墓葬之異而又有不同之名稱，如未葬而權寄靈櫬者稱「權厝銘」；死於外地而後歸葬者稱「歸祔志」；葬於外地而后遷歸者稱「遷祔志」。墓志銘以刻於石、刻於磚者稱「墓磚記」「墓磚銘」……等。

祭文，乃古代爲祭奠死者而寫之哀悼文章。古代祭祀天地山川時，皆有祝禱性之文字，稱祭文、祈文或祝文；而後喪葬親，有以祭文致追念哀悼之意。祭文是於祭奠時宣讀用，故有其表示祭享之格式，如劉禹錫〈祭柳員外文〉：

> 維元和十五年歲次庚子正月戊戌朔日，孤子劉禹錫銜哀扶力，謹遣所使黃孟萇具清酌庶羞之奠敬祭於亡友柳君之靈。
>
> 嗚呼子厚，我有一言，君其聞否！惟君平昔，聰明絕人，今雖化去，

〔註28〕同註上，外集卷9〈子劉子傳〉，頁1503。

〔註29〕司馬光《資治通鑑》，卷248，（北京：中華書局出版1997年11月）頁2030～2039。參考《唐紀六四、武宗至道昭肅孝皇帝下》

〔註30〕《文心雕龍》，卷3〈誄碑第十二〉，（臺北：明倫出版社1971年10月）頁214。

夫豈無物？意君所死，乃形質耳。魂氣何託？聽予哀詞。嗚呼痛哉！

嗟予不天，甫遭閔凶。未離所部，三使來弔。憂我哀痛，諭以苦言。情深禮至，款密重複。期以中路，更申願言。途次衡陽，云有柳使。謂復前約，忽承訃書。驚號大叫，如得狂病。良久問故，百哀攻中。涕洟迸落，魂魄震越。伸紙窮竟，得君遺書。絕絃之音，悽愴徹骨。初託遺嗣，知其不孤。末言歸輤，從祔先域。凡此數事，職在吾徒。永言素交，索居多遠。鄂渚差近，表臣分深。想其聞訃，必勇於義。已命所使，持書徑行。友道尚終，當必加厚。退之承命，改牧宜陽。亦馳一函，候於便道。勒石垂後，屬於伊人。安平宣英，會有還使。悉已如禮，形於其書。

嗚呼子厚，此是何事！朋友凋落，從古所悲。不圖此言，乃爲君發。自君失意，沈伏遠郡。近遇國士，方伸眉頭。亦見遺草，恭辭舊府。志氣相感，必踰常倫。顧予負釁，營奉萬里。猶冀前路，望君銘旌。古之達人，朋友製服。今有所厭，其禮莫申。朝晡臨後，出就別次。南望桂水，哭我故人。孰云宿草？此慟何極？嗚呼子厚，卿眞死矣。終我此生，無相見矣。何人不達？使君終否。何人不老？使君夭死。皇天厚土，胡寧忍此？知悲無益，奈恨無已？子之不聞，予心不理。含酸執筆，輒復中止。誓使周六，同於己子。魂兮來思，知我深旨。嗚呼哀哉！尚饗。〔註 31〕

此文作於元和十五年（八二〇）正月稱孤子，則禹錫丁母憂必在十四年（八一九）秋冬，此時方在扶柩北歸之途中。宗元以十四年（八一九）十一月卒，猶三使來弔禹錫，則禹錫之喪母當更早於是時，或竟在秋末，故一朞爲元和十五年（八二〇），再期爲長慶元年（八二一），冬間釋服，即得夔州之命。

又按：「鄂渚差近」二語，蓋以營護柳柩北歸之事望於方爲鄂岳觀察使之李程。「退之承命」二語，則以韓愈新得恩命，不日復登高位，以周恤孤寡之事望之也。後些人之於柳，恩紀何如，不可知矣。柳柩北歸，或未取道鄂州，以禹錫代程作祭文有「執紼禮乖，出疆路阻」〔註 32〕一語也。韓愈爲宗元作墓

〔註 31〕《劉禹錫集箋證》外集，卷 10〈祭柳員外文〉，（上海：上海古籍出版社 1989 年 12 月）頁 1528～1259。

〔註 32〕《劉禹錫集箋證》外集，卷 10〈爲鄂州李大夫祭柳員外文〉頁 1536。

誌而已。〔註 33〕

此文半用韻半不用韻，詞意眞摯，不假文飾，非但禹錫於親喪之中宜然，爲摯友嗚哀，固當異於尋常也。

（三）碑誌

碑誌文者，刻於石碑，紀事敘功之文也。劉禹錫此體散文有「廟碑」「遺愛碑」「神道碑」「佛衣銘」「記」「圖讚」「墓誌」等類別，共二十篇。「遺愛碑」者，頌德之碑也。唐封演云：「在官有異政，考秩已終，吏人立碑頌德者，皆須詳審事實，州司以狀聞奏，恩勒聽許，然後得建之，故謂之頌德碑，亦曰遺愛碑書，稱樹之風聲者，正此之謂。亦有身未去官，諷動群吏，外矯辭讓，密相督責前代，以來累有其事，斯有識者之所羞也。」〔註 34〕一般用散體者，前有序；用韻文者，後有銘。如〈唐故監察御史贈尚書右僕私王公神道碑銘〉、〈高陵縣令劉君遺愛碑〉等。

> 噫！涇水之逶迤，溉我公兮及我私。水無心兮人多僻，錮上游兮乾我澤。時逢理兮官得材，墨綬縈兮劉君來。能愛人兮恤其隱，心既公兮言既盡。縣申府兮府聞天，積憤刷兮沈痾痊。劃新渠兮百畝流，行龍蛇兮止膏油。遵水式兮復田制，無荒區兮有良歲。嗟劉君兮去翱翔，遺我福兮牽我腸。紀成功兮鐫美石，求信詞兮昭懿績。〔註 35〕

此文爲劉仁師作。涇水經流之地，鄉里豪族，倚恃權勢，壟斷水源，蓋非一日之事。劉仁師破豪家水碾，利民田頃凡百萬，事在大曆中。劉禹錫此文曲折述涇陽豪家挾制官吏，欺壓良民，行賄造謠，熒惑觀聽諸情狀，備見任事興利鋤姦破邪之難有如此者。固非高陵、涇陽二邑爲然。中唐之官政民瘼，舉此亦足概其餘矣。其次就〈鼓陽侯令狐氏先廟碑〉文而言：

> 唯彭陽以詞筆取科名，累參侍從。由博士主尚書牋奏，典內外書命，遂登樞衡，言文章者以爲冠。擁節總戎，率身和眾，留惠于盟津，變風于浚都，言方略者以爲能。夫浚師嚄唶難治，乘釁竊發，寖成

〔註 33〕《韓昌黎集》，卷 7《柳子原墓誌銘》，頁 294～297。

〔註 34〕《封氏聞見記》，卷 5，參考《叢書集成新編》第 11 冊〈頌德〉，（臺北：新文豐出版社 1975 年 6 月）頁 108。

〔註 35〕《劉禹錫集箋證》，卷 2〈高陵縣令劉君遺愛碑〉，（上海：上海古籍出版社 1989 年 12 月）頁 58。

> 習俗。蒞止五載，歙和革心。東馬來朝，能羆隕涕。問公還期，觴必祝之，留爲常伯，旋命居守。汴人聞公之東，近而愈懷，翹翹瞿瞿，盡西其首。言遺愛者可紀焉。〔註 36〕

大和元年（八二七），令狐楚立家廟於京師，並請劉禹錫撰寫此篇碑文。文章首敘立廟撰碑之經過，次敘令狐楚先世及楚之勳德，末言奉祀情景並頌祝楚之功德必昌於後。結構謹嚴，文辭洗煉典雅，風格凝重，被後人譽爲金石文之正軌。

四、公牘古文

公牘文，即是古代朝廷、官府通常所使用之公事文，亦簡稱「公文」。公文可分上行公文與下行公文兩大類，上行公文主要是指臣下與帝王之上書；下行公文主要是帝王與臣民之旨令。在古代此兩類文章名目繁多，如臣下與帝王之上書，然因時代或所陳述之內容不同，而有章、表、奏、議、疏、啓、箚子、彈事等不同體類與名稱。帝王與臣下之旨令，有詔、命、令、制、諭等不同體類與名稱。後世將前者歸爲「奏議類」，總稱之爲奏議文，將後者歸爲「詔令類」，總稱之爲詔令文。至於平行則有咨、函二種，咨有咨詢商洽之意，函則有申請與答覆時用之。

（一）啟文

「啓」者，本魏晉以後，臣對君陳情述事之表奏文書。劉勰《文心雕龍·奏啓第二十三》云：「啓者開也。高宗云：『啓乃心，沃朕心』蓋其義也。孝景諱啓，故兩漢無稱，至魏國箋記，始云啓聞；奏事之末，或云謹啓。自晉來盛啓，用兼表奏。陳政言事，既奏之異條；讓爵謝恩，亦表之別幹」唐宋以後，應用範圍漸廣，凡臣下私相對答，或向高位呈詞，無論言事、勸諫、賀嘉、謝賞、求官、薦才、獻文、投知己，比得用之。一般多爲駢體，劉禹錫則以散文書之，如〈謝中書張相公啓〉云：

> 某啓：某智乏周身，動必招悔。一坐飛語，如衡駭機。昨者詔書始下，驚懼失次。叫閽無路，擠壑是虞。草木賤軀，誠不足惜。……袁公之平楚獄，不忍錮人。晏子之哀越石，乃神知己。所以慶垂胤祚，言成春秋。神理孔昭，報應斯必。身侔蟬翼，何以受恩？死輕鴻毛，固得其所。卑身有限，拜謝末由。無任感激兢惶之至。謹勒

〔註 36〕《劉禹錫集箋證》，卷 2〈彭陽侯令狐氏先廟碑〉，頁 48。

軍事衙官守左威衛慈州吉昌府別將員外置同正員常懇奉啓起居，不宣。謹啓。〔註37〕

按：張相公謂張弘靖，《舊唐書》一二九、《新唐書》一二七均有傳。據紀，弘靖以元和九年（八一四）六月入相，十二月，守中書侍郎，故稱中書相公。此啓亦到連州後所上，及十一年（八一六）正月，即罷相出鎮河東矣。觀此啓知禹錫於時宰偏致謝書，乃循例徇情之虛文，非眞謂賴其力而移善地也。時在相位者尚有韋貫之，想亦有一啓已失耳。再如〈上門下裴相公啓〉：

曩者淮右逋誅，即戎歲久。天子齋戒，以命元臣。登壇之日，上略前定。從九天而下，縱以神兵。分六符之光，掃其長彗。授鉞於西顥之半，策勳於北陸之初。功成偃節，復執大柄。君臣相遇，播於樂章。山河啓封，載在盟府。上方注意，人益具瞻。因魚水之協符，極夔龍之事業。時屬四始，恩覃萬方。致君及物，其德兩大。古先俊賢所未備者，我從容而保之，殆非人事，抑有幽贊。〔註38〕

啓中有「時屬四始」之語，知爲元和十三年（八一八）改歲之際所作。十二年（八一七）冬，平淮西之露布已到連州，預料元旦必有赦音也。禹錫於度似交分已深，故詞頗質直，責望之意多，而懇祈之情略，既不敘恩，亦無溢美。「頃墮危厄，嘗受厚恩」〔註 39〕一語亦足證度爲禹錫力爭由播改連之爲事實。

（二）表

《文心雕龍》云：「漢定禮儀，則有四品：一曰章，二曰奏，三曰表，四曰議。章以謝恩，奏以按劾，表以陳請，議以執異。」〔註 40〕按韻書：「表，明也，標心，標著事緒使之明白以告乎上也。」〔註41〕漢晉皆尚散文，蓋陳達情事，唐宋以後多尚四六，其用則有慶賀、有辭免、有陳謝、有進書、有貢物，所用既殊，則其辭亦各異焉。

〔註37〕《劉禹錫集箋證》，卷 18〈謝中書張相公啓〉，（上海：上海古籍出版社 1989 年 12 月）頁 463～464。

〔註38〕《劉禹錫集箋證》，卷 1《上門下裴相公啓》，（上海：上海古籍出版社 1989 年 12 月）頁 467。

〔註39〕《劉禹錫集箋證》，卷 1《上門下裴相公啓》，頁 467。

〔註40〕《文心雕龍》，卷 5，第 22 篇〈章表〉，頁 406。

〔註41〕吳訥《文章辨體序說・表類》，（臺北：長安出版社 1978 年 12 月）頁 37。

表中眼目，全在破題，要見盡題意，又忌太露。貼題目處，須字字精確。且如進實錄，不可移於日錄。若汎濫不切，可以移用，便不爲工矣。大抵表文以簡潔精緻爲先，用事忌深僻，造語忌纖巧，鋪敘忌繁冗。唐書奏以「表」替代，當代古文家少有人注意此體之寫作，唯劉禹錫不以爲然，不落俗套，而創造一己特殊之寫作。洪邁曾特別將劉禹錫任刺史時謝上表之寫作方式，提出讚揚：「郡守謝上表，首必云：『伏奉制書，授臣某州，已於某月某日到任上訖』然後入詞。獨劉夢得數表不然。〔註42〕」如〈和州謝上表〉云：

> 善最。恩私勿降，慶抃失容。伏惟皇帝陛下，丕承寶祚，光闡鴻猷。有漢武天人之姿，稟周成叡哲之德。發言合古，舉意通神。委用得人，動植咸說。理平之速，從古無倫。微臣何幸？……臣聞一物失所，前王軫懷，今逢聖朝，豈患無位？臣即以今月二十六日到所任上訖。伏以地在江淮，俗參吳楚。災旱之後，綏撫誠難。謹當奉宣皇恩，慰彼黎庶。久於其道，冀使知方。伏乞聖慈，俯賜照鑒。臣遠守藩服，不獲拜舞闕庭，無任懇悃屏營之至。〔註43〕

他人之表首必云：「伏奉告命授臣某州，已於某月某日到任上訖」，然後入詞。獨劉禹錫數表不然，首尾敘述皆皆與他人不同。其夔州、汝州、同州、蘇州諸篇一體。如〈夔州論利害表〉云：

> 臣某言，伏準元和十二年四月十八日赦敕，諸州刺史如有利害可言者，不限持節，任自上表聞奏者。臣伏見貞觀中詔許群臣各上書言利便。馬周時一布衣，遂因中郎將常何，獻策二十餘事，太宗深奇之，盡行其言，擢周爲御史。至龍朔中，壁州刺史登弘慶進平索看精四字堪爲酒令……當陛下至明之時，是微臣竭節之日。伏以守在遐郡，不敢廣有所陳。謹準敕上利害及當州公務，各具別狀以聞，伏乞聖慈，俯賜昭鑒。無任感激屏營之至。〔註44〕

劉禹錫母喪三年期滿，即到夔州（今四川雲陽）刺史任，再次南行。於任內，曾兩度上此「論利害表」，說明天下學校廢墮，儒教頹靡，請在上者論

〔註42〕宋、洪邁《容齋隨筆四》第14〈劉夢得・謝上表〉，（上海：上海古籍出版社1996年3月）頁781～782。

〔註43〕《劉禹錫集箋證》，卷14〈和州謝上表〉，頁369。

〔註44〕《劉禹錫集箋證》，卷14〈夔州論利害表〉，頁373。

學，而當政者不採納其意見，可見其宦途之不順利，然禹錫並不爲意，仍關心天下之民瘼。宋人洪邁長子樺常稱誦劉禹錫表之寫作方式，及其爲太平州刺史，遂擬其體，代作一表。其詞云：「臣邁言：伏奉今年九月十七日制書，授臣知太平州者。一麾出守，方切兢危，三命滋共，弗容控避。仰皇天之大造，扣丹地以何言！〔註45〕」對劉禹錫極爲肯定。劉禹錫「表」之創作可謂推陳出新，亦匠心獨運，創造其特有之風格，不獨寫作方法不同，內容上亦豐富，無怪乎成爲後人模仿之範本。

五、雜記古文

古人將以「記」名篇之文章稱爲「雜記體」。雜記之內容極複雜。廣義言之，包括一切記事、記物之文，故劉勰《文心雕龍。書記篇》云：「書記廣大，衣被事體，筆箚雜名，古今多品」〔註 46〕，故劉氏將所有形諸文字而難以歸屬之雜品文字，皆曰「書記」類。後人則將書（即書牘，書信）另爲立類，稱書牘類，其他雜項文字，如狀牒、令疏等，亦皆分別歸屬他類，惟「記」名篇之文字，稱之「雜記文」，以其內容複雜之故也。然亦有文章不易歸屬者，而以雜記稱之。明・吳訥《文章辨體序說》引云《金石例》云：「記者，紀事之文也」〔註 47〕，而此說仍泛言之。由現存之「記」文言之，有記人、記事、記物、記山水風景者；亦有敘述、議論、抒情、描寫者，實複雜矣！近人亦曾留心於此，而主張以「記」文之內容爲主，另做劃分，以便說明其特點，研討其風格。清、林琴南《春覺齋論文》云：「然勘察、浚渠、築塘、修祠宇、記亭臺、當爲一類；記書畫、記古器物，又別爲一類；記山水又別爲一類；記瑣細奇駭之事，不能入正傳者，其名爲「書某事」，又別爲一類；學記則爲說理之文，不當歸入廳壁；至游讌觴詠之事，又別爲一類；綜名爲之，而體例實非一。〔註 48〕」此林氏根據雜記文之實際內容，而提出不同類別。然林氏之歸類，已將說理文、故事、小品含括在內，實欠允當。今依劉禹錫作「記」之文章內容與特點，似可簡約分類爲：

〔註45〕《容齋隨筆四》，卷 14，頁 782。

〔註46〕《文心雕龍》，卷 5，〈第 25・書記〉，（臺北：明倫出版社 1971 年 10 月）頁 457。

〔註47〕《文章辨體序說》記類，（臺北：長安出版社 1978 年 12 月）頁 41。

〔註48〕清、林琴南《春覺齋論文》，頁 467。參考褚斌杰《中國古代文體概論》，（北京：北京大學出版社 1990 年 10 月）頁 353。

（一）人事雜記

在古代雜記散文中，除記臺閣、山水、畫物品之文字以外，尚有一類專以記人敘事爲內容之文章，其亦「記」名篇，而少數則標爲「志」。其所謂「志」與「記」實同義，與刻石碑之「志」則名同，而性質與體制迥異矣。

劉禹錫之〈救沉志〉，乃一篇有名之記事文，寫熊、武（即武陵）、五溪水氾濫后之景象：

> 貞元季年夏大水，熊、武、五溪鬥決於沅，突舊防，毀民家。躋高望之，溟涬葩華，山腹爲坻，林端如莎。湍道駛悍，不風而怒。崩䆗前邁，浸淫旁掩。柔者靡之，固者脫之。規者旋環之，矩者倒顚之。輕而泛浮者踉磕之，重而高大者前卻之。生者力音，殪者弛形。蔽流而東，若木柹然。適有摯獸如鴟夷而前，攫持流柹，首用不陷，隅目傍睨，其姿弭然，甚如六擾之附人者。其徒將取焉，僧趣訶之曰：「第無濟是爲！」目之可里所，而不能有所持矣。舟中之人曰：「吾聞浮圖之救貴空，空生普，普生慈，不求報施之謂空，不擇善惡之謂普，不逆困窮之謂慈。鄉也生必救而今也窮見廢，無乃計善惡而忘普與慈乎！」僧曰：「甚矣問之迷且妄也！吾之教惡乎無善惡哉？六塵者在身之不善也，佛以賊視之。末伽聲聞者在彼之未寤也，佛以邪目之。惡乎無善惡邪？吾鄉也所援而出死地者眾矣。形乾氣還，各復本狀。蹄者躑躅然，羽者翹蕭然，而言者譊譊然。隨其所之，吾不尸其施也。不德吾則已，焉能害爲？彼形之乾，剡鬐之姿也，彼氣之還，暴悖之用也。心足反噬而齒甘最靈，是必肉吾屬矣。庸能躑躅譊譊之比歟？夫虎之不可使知恩，猶人之不可使爲虎也。非吾自貽患焉爾，且將貽患於眾多，吾罪大矣！」〔註 49〕

貞元末年，於武陵郡有水患，一僧從事救災。然於激流中有一虎，隨浪浮沈，眾人將救虎，僧人不許。眾人疑僧人背「普度眾生」之精神，僧乃言懲惡救善之理。救一不善反受其害，相較之下，孰重孰輕，儼然顯矣！文章末段，作者對此事發表評論，表示贊同僧人嚴格區分善惡之言行：「子劉子曰：『余聞善人在患，不救不祥。惡人在位，不去亦不祥。僧人之言遠矣，

〔註 49〕《劉禹錫集箋證》，卷 20〈救沈志〉，（上海：上海古籍出版社 1989 年 12 月）頁 551～552。

故志之。』」〔註 50〕劉禹錫此文，採用古賦句法，遣句用詞，凝重巧麗。記人記事，蘊寓深刻，文字表達，精煉雋永，是唐代「記」體文中之代表作品。

（二）集記

〈唐故尚書禮部員外郎柳君集記〉，選自《劉賓客文集》卷十九。「記」，《全唐文》作「序」，此從文集。《論衡》有〈自紀〉篇，劉禹錫父名緒，避嫌，故改「序」爲「紀」。柳宗元與禹錫同舉進士，同官監察御史、尚書郎，參與永貞革新，後又同貶，在長期交往中結下深厚友誼。元和十四年（八一九）十一月，柳宗元卒於柳州，臨終時遺書以撫孤、編集二事相託。長慶（八二一—八二四）中，劉禹錫編次柳文爲三十卷，並撰寫此篇序言，對柳宗元文學之成就予以高度評價：

> 八音與政通，而文章與時高下。三代之文至戰國而病，涉秦、漢復起，漢之文至列國而病，唐興復起。夫政龎而土裂，三光五嶽之氣分，大音不完，故必混一而後大振。初貞元中，上方嚮文章昭回之光，下飾萬物，天下文士，爭執所長，與時而奮，粲焉如繁星麗天，而芒寒色正，人望而敬者，五行而已。河東柳子厚，斯人望而敬者歟！〔註 51〕

其意蓋謂：音樂與政治相通，文章關乎國運與時代興衰。三代之文至戰國時期而衰退，經秦漢又再度興起。漢代之後至三國南北朝時期而衰退，唐代再次興起。斯乃政治紛雜，國土分裂，三光五嶽之氣分，盛世之音未完備，有以致之。本文於「上方嚮文章，昭回之光」句以下，特指子厚之文見重當時。

> 子厚始以童子有奇名於貞元初，至九年爲名進士，十有九年爲材御史，二十有一年以文章稱首，入尚書爲禮部員外郎。是歲以疎雋少檢獲訕，出牧邵州，又謫佐永州。居十年，詔書徵不用，遂爲柳州刺史。五歲不得召。病且革，留書抵其友中山劉某曰：「我不幸卒以謫死，以遺草累故人。」某執書以泣，遂編次爲三十通，行於世。〔註 52〕

〔註 50〕《劉禹錫集箋證》，卷 20〈救沈志〉，頁 551～552。
〔註 51〕《劉禹錫集箋證》，卷 19〈康故尚書禮部員外郎柳君集紀〉，（上海：上海古籍出版社 1989 年 12 月）頁 513～514。
〔註 52〕《劉禹錫集箋證》，卷 19〈康故尚書禮部員外郎柳君集紀〉，頁 513～514。

此段文字係讚嘆柳宗元之才華與個性，因其才華出眾，而又不拘小節，故遭誹謗，出爲邵州刺史，未到職，又貶爲永州司馬。歷經五年未被召回京師，於病危之際留書託孤與禹錫，並代爲整理文集共三十卷。由此可知，柳宗元與劉禹錫交往之密，友誼情深，非他人所能知也。此段亦爲子厚事跡之大略及爲其編次遺集之梗概。又云：

> 子厚之喪，昌黎韓退之誌其墓，且以書來弔曰：「哀哉若人之不淑。吾嘗評其文，雄深雅健似司馬子長，崔、蔡不足多也。」安定皇甫湜於文章少所推讓，亦以退之之書爲然。凡子厚名氏與仕與年暨行己之大方，有退之之誌若祭文在。今附於第一通之末云。〔註 53〕

柳宗元不幸而卒，韓愈爲之作〈柳子厚墓誌銘〉及〈祭柳子厚文〉〔註 54〕，曾評論其文章「雄深雅健似司馬遷，崔駰、蔡邕，不足比論」〔註 55〕；並敘述其家世及其爲人處世之態度。而此文風格雅健，與子厚個性相近，古人爲人作文集序，往往即肖其人之文，此文即是也。

（三）書畫雜物記

此類古文專爲記述書畫與其他器皿、物品而題寫之小文。而其內容，端記物件之形狀，以及其形式或藝術特點，得失之情況等。此類文章寫法多變，有偏重記物者，有記得失者；有記書畫而懷人者，或因記物而發議論感慨者。至於記器物古物者，多屬金石題跋類；尚有題寫或銘刻于器物之者屬銘文。唐劉禹錫〈機汲記〉一文即，寫於任夔州（今四川奉節）刺史之第二年。由所記內容觀之，乃古代科技之散文，文中生動記述汲水機械之結構與建造，使用之方法，反映古代先民高度智慧與作者對水利之重視。作者分析機械汲水成功之原因云：

> 工也儲思環視，相面勢而經營之。由是比竹以爲畚，寘于流中。中植數尺之臬，輂石以壯其趾，如建標焉。索綯以爲絙，縻於標垂，上屬數仞之端，亙空以峻其勢，如張弦焉。鍛鐵爲器，外廉如鼎耳，內鍵如樂鼓，牝牡相函，轉於兩端，走於索上，且受汲具。及泉而

〔註 53〕《劉禹錫集箋證》卷 19〈康故尚書禮部員外郎柳君集紀〉，（上海：上海古籍出版社 1989 年 12 月）頁 513～514。

〔註 54〕《韓昌黎集》，卷 31〈柳子厚墓誌銘〉，（臺北：河洛出版社 1975 年 3 月）頁 294；卷 22〈祭柳子厚文〉，頁 187。

〔註 55〕《韓昌黎集》，卷 31〈柳子厚墓誌銘〉，頁 294；卷 22〈祭柳子厚文〉，頁 187。

> 修綆下縋，盈器而圓軸上引，其往而建瓴之駛，其來有推轂之易。瓶繘不羸，如搏而升。枝長瀾，出高岸，拂林杪，踰峻防。刳蟠木以承澍，貫脩筠以達脈。走下潺潺，聲寒空中。通洞環折，唯用所在。周除而沃盥以蠲，入爨而錡釜以盈。飵餗之餘，移用於湯沐；湅澣之末，泄注於圃畦。雖瀵湧於庭，莫尚其霈洽也。
>
> 昔予嘗登陴，捫然念懸流之莫可遽挹，方勉保庸，督臧獲，＊而挈之，至於裂肩龜手。然猶家人視水如酒醪之貴。今也一任人之智，又從而信之，機發於冥冥而形於用物。浩渼東流，赴海為期。斡而遷焉，逐我頤指。繇之所謂阻且艱者，莫能高其高而深其深也。觀夫流水之應物，植木之善建。繩以柔而有立，金以剛而無固。軸卷而能舒，竹圓而能通。合而同功，斯所以然也。今之工咸盜其古先工之遺法，故能成之，不能知所以為成也。智盡於一端，功止於一名而已。噫，彼經始者其取諸小過歟！〔註 56〕

詳實說明用機械汲水之法，與人生活、生產之便利。儲思、環視，用詞考究，文意準確，思在前，視在后，工匠應用昔日豐富實踐之經驗，「儲思環視」，其目的為擇地形準備開工。於江流中豎起木樁，此為機械汲水工程之主體。先以竹編竹籠，置於江中，並於籠中豎起木樁，其次以石固基，有似標杆般。此層為豎樁，下一層為設索。一端繫於木樁，另一端接於岸上，橫貫空中，似拉緊弓弦然。其次敘汲水機械之原理。而後述汲水之方法。再次云盛水器至水面上，長繩下墜，汲滿水由轆轤往上牽引，下則似屋頂互槽流水迅速，上升似推輕便之輪轂，汲水繩不晃蕩而盛水器不傾倒，宛如物在騰空。盛水器離江面，升出高岸，擦過樹梢，跨越障礙，將水倒入蟠木椌成之水槽，再流過竹水管，於空中發出潺潺流水聲，聲音入耳，令人生清涼之感，而後過牆彎曲而行，直流需要用水之處。

此段敘述不僅言之有序，而句式又富於變化，散體中見整齊，如「及泉而修綆下縋，盈器而圓軸上引」「其往有建瓴之駛，其來有推轂之易」兩兩相對，既將機汲情況敘述唯妙唯肖，又具駢文語言之美，順口悅耳，非大手筆難以如此準確狀物敘寫。其後之「枝長瀾，出高岸，拂林杪，逾峻防」中之「枝」、「出」「拂」「逾」四字為動詞，選用極為精確，頗具匠心。「下走潺潺，

〔註 56〕《劉禹錫集箋證》，卷 9〈機汲記〉，（上海：上海古籍出版社 1989 年 12 月）頁 223～224。

聲寒空中」，既寫出水流之聲，又寫出聞聲之感受，增強其表達之感情色彩。

劉禹錫此文之特點，既詳實描述器物之形狀、構造、功用，同時抒寫讚嘆之情，並借觀此機械而發表深研物理，不墨守遺法，方有新創造，此篇散文，實屬具有說理性之記物小品。

（四）臺閣名勝記

古人修築亭臺、樓觀，以及觀覽某處名勝古跡時，常撰寫記文，以記敘建造修葺之過程，歷史沿革，以及作者傷今悼古之感慨等。此類記文記寫之對象爲某建築物或歷史名勝，然寫作方法亦未有定格、或發議論，或抒懷抱，或寫景物，仍未脫離所記寫之對象，或以所記寫之對象爲緣由，而做發揮。姚乃鼎云「雜記類者，亦碑文之屬」〔註57〕其所云之碑文，非指記事頌功之文，乃一般記事緣由，發揮議論，寫人懷抱，行文多變，未有銘文之謂「記」也。其性質屬文學小品文，常以議論風發，見其機趣；寫物狀景，情味雋永。

唐代古文家，曾撰寫不少臺閣名勝記文，如韓愈之〈新修滕王閣記〉〔註58〕，係受觀察使王仲舒之託而寫，韓愈當時尚未至滕王閣，雖爲例外，亦說明此類臺閣名勝記與一遊記不同，遊記乃作者本人記遊之作，臺閣名勝記則間接擷取資料而寫，與碑文實可相通也。劉禹錫之〈洗心亭記〉則不然，此記係以遊記碑文之法寫成，其文云：

> 天下聞寺數十輩，而吉祥尤章章。蹲名山，俯大江、荊、吳雲水，交錯如繡。始予以不到爲恨，今方弭所恨而充所望焉。既周覽讚嘆，於竹石間最奇處得新亭。形焉如巧人畫鼇背上物，即之四顧，遠邇細大，雜然陳乎前，引人目去，求瞬不得。〔註59〕

首段即以親臨觀覽爲務，先是地理位置之介紹與敘述，並描寫亭臺四週景物，由景而生情，以「即之四顧，遠邇細大，雜然陳乎前，引人目去，求瞬不得」之句，借景抒懷，生動感人，爲文章之首要。次段則以建臺之緣由爲行文之旨趣，並言不同人士遊亭，其心境自有其不同之感受，文曰：

> 徵其經始，曰僧義然。嘯侶爲工，即山求材，槃高孕虛，萬景坌來。

〔註57〕清、姚乃鼎著、王文濡評註《古文辭類纂》，（臺北：華正書局，1974年7月）頁1～5。

〔註58〕《韓昌黎集》，卷2〈新修滕王閣記〉，（臺北：河洛圖書出版社1975年3月）頁53。

〔註59〕《劉禹錫集箋證》，卷9〈洗心亭記〉，（上海：上海古籍出版社1989年12月）頁226。

> 詞人處之，思出常格。禪子處之，遇境而寂。憂人處之，百慮永息。
> 鳥思猿情，繞梁歷榱。月來松間，彫鏤軒墀。百列筍＊，藤蟠蛟螭。
> 修竹萬竿，夏含涼颸。斯亭之實錄云爾。〔註60〕

此段更深入道出亭臺景觀，並以「詞人」「禪子」「憂人」三種不同人士至此，覽物之情得無異乎？禹錫以寄情筆調，明白敘述心境之感受，雖無「洗心」字眼，然文中已將「心」字隱然其間。

末段點出題意，並將「洗心」亭之由來寫出，「余始以是亭圜、視無不適，始適乎目而方寸爲清，故名洗心。」〔註61〕

（五）雜著

雜著者，詞人所著之雜文也；以其隨事命名，不落體格，故謂之雜著。然名稱雖雜，而其本乎義理，發乎性情，則自有一致之道焉。劉勰所云：「總括其名，並歸雜文之區；甄則其義，各入討論之域；類聚有貫，故不曲述。」〔註62〕正謂此也。然劉禹錫雜著之文皆其有感而發，一事一議，不拘形式，文藝色彩濃厚，近似敘事之雜文；而內容與寫法多變，此亦其雜著文筆之特點。如〈口兵戒〉一文，即是有感而發，形式雖短簡，然寓意頗深，富有諷刺意味。其文云：

> 余讀蒙莊書曰：「兵莫慘於志，莫邪爲下。」缺然知志士之傷夫生也。他日讀遠祖中壘校尉書：「口者，兵也。」蠹然知言之爲兵，又慘乎志。因博考前載，極其兩端。夫志兵之薄人，激烈抗憤，不過無從容於世耳。口兵之起，其刑渥焉。繇是知吾祖之言爲急，作戒以書於盤盂。
>
> 五刃之傷，藥之可平；一言成痾，智不能明。人或罹兵，道途奔救，投方效技，思恐其後。人或罹譖，比肩狐疑。借有解紛，毀輒隨之。故曰：舌端之孽，慘乎楚鐵。夷竈誠謀，執戈以驅。掩人誠智，折笄以詈。賢者誨子，信有其旨。發言之難，伸舌猶爾。辯爲詐媒，默爲德基。玉櫝不啓，孰能瑕疵？肇麋深居，孰謂可嗤？戒哉我口

〔註60〕《劉禹錫集箋證》，卷9〈洗心亭記〉，頁226。

〔註61〕《劉禹錫集箋證》，卷9〈洗心亭記〉，（上海：上海古籍出版社1989年12月）頁226。

〔註62〕劉勰《文心雕龍》，卷3〈雜文第十四〉，（臺北：明倫出版社1971年10月）頁256。

之啓，爾心之門。無爲我兵，當爲我藩，以愼爲鍵，以忍爲閽。可以多食，勿以多言。〔註63〕

文中「人或罹譖，比肩狐疑，借有解紛，毀輒隨之」數語，蓋深慨讒人之罔極。劉禹錫本集卷十〈上杜司徒書〉中亦痛陳此意當時朋輩中必有坐視禹錫之困阨甚至落井下石者，《呂溫集》中〈由鹿賦〉亦猶此意〔註64〕，所指何人，今不可知矣！

劉禹錫遭貶謫，期朋友相助，然無人爲其說項，反而遭讒，故有「口兵戒」之文，文中極反諷之能事，並以譬喻比較方式行文，「五刃之傷，藥之可平；一言成痾，智不能明」，即是也。又文中以置疑困惑之語句提出反問：「玉櫝不啓，孰能瑕疵？犨纍深居，孰謂可嗤？」可知其心中之憤恨不滿，並以恐懼勸戒之心欲人少言多食，並以「戒哉我口之啓，爾心之門。無爲我兵，當爲我藩，以愼爲鍵，以忍爲閽」，戒愼恐懼勉人，亦不難知禹錫當時所處之困境矣！

六、贈序古文

古代以「序」名篇之文章，有贈序一類，乃專門爲送別親友而寫。文體分類上，將其與序跋合爲一類直至清代姚鼐編《古文辭類纂》，方將贈序文獨自列出，而稱之贈序類。姚氏以爲贈序文，乃古代「君子贈人以言」之遺意，與序跋類之序文，性質不同。〔註65〕

「序」此種文體，於劉禹錫文集中有：〈劉氏集略說〉、〈彭陽唱和集引〉、〈唱和集後引〉、〈吳蜀集引〉、〈汝洛集引〉均在外集卷九，皆爲「詩序」。原以隨詩而作之前引，置於贈答詩前，以說明用意。唐代文人宴會普遍，又喜即情景即興賦詩，有心者甚至說明賦詩之緣由、情形，皆用詩體表達。後遂有人直接以短文替代，如今傳李白之文集共五卷，而序文即有兩卷，皆爲詩之變相。李白所爲之序文，仍以辭賦形式表達，至中唐以還，方有散文體之寫作，並逐漸演成爲著述、專集而作之序。劉禹錫之「引」，即序文，皆屬於已轉變後之一類，爲某著述而寫之介紹性文字。如〈吳蜀集引〉：

長慶四年，予爲歷陽守，今丞相趙郡李公時鎭南徐州。每賦詩，飛

〔註63〕《劉禹錫集箋證》，卷20〈口兵戒〉，頁528～529。

〔註64〕《欽定全唐文》，卷625〈由鹿賦并序〉，（臺北：大化書局1982年11月）頁8014。

〔註65〕清 姚鼐編《古文辭類纂》，〈贈序類〉，（臺北：華正書局，1974年7月）頁14。

函相示，且命同作。爾後出處乖遠，亦如鄰封。凡酬唱始於江南，而終於劍外，故以吳蜀爲目云。〔註66〕

此序文中之「趙郡李公」，謂李德裕也。文云「始於江南而終於劍外」，蓋謂德裕於大和六年自西川內召以後所作不復列在集中，然禹錫集中與德裕往還之詩多有在此以後者。再如〈汝洛集引〉

大和八年，予自姑蘇轉臨汝，樂天罷三川守，復以賓客分司東都。未幾，有詔領馮翊，辭不拜職。授太子少傅分務，以遂其高。時予代居左馮。明年，予罷郡，以賓客入洛，日以章句交歡。因而編之，命爲汝洛集。〔註67〕

劉禹錫與白居易唱和之詩，自以晚年同在洛陽時爲尤多。此文蓋謂自刺汝州以後至以賓客居洛，皆編在此集，然未知終於何年。今白集中有詩而劉集中無者尚不乏，蓋散佚者亦多矣。然依《新唐書・藝文志》有《劉白唱和集》、《汝洛集、《彭陽唱和集》，《吳蜀集》。《洛中集》下不著人名，而《汝洛集》下云：裴度、劉禹錫唱和，似微不合。然足見諸集，在北宋時猶存，外集諸詩或即由此纂成。自散文言之，此序文屬爲著述、專集而作之序文，則無誤矣！

七、寓言古文

「寓言」一詞，最早見于《莊子・寓言》：「寓言十九，藉外論之」〔註68〕。後人解爲「寄寓之言」，「意在此而言寄于彼」，此謂「寓言」，係假一定之比喻寄托欲表達之意念。劉禹錫於〈因論七篇〉序云：「放詞乎無方，措旨於至適，其寓言之徒」〔註69〕。指「寓言」之行可異想天開，而旨趣則歸於適當。柳宗元於讀韓愈所著〈毛穎傳〉後，將「寓言」喻爲特殊風味之小吃，以爲「雖蜇吻裂鼻，縮舌澀齒，咸有篤好之者」〔註70〕。白居易〈禽蟲十二章〉序，則將「寓言」喻爲「九奏中之新聲，八珍中之異味」〔註71〕。此皆「寓言」散

〔註66〕《劉禹錫集箋證》，外集卷 9〈吳蜀集引〉，（上海：上海古籍出版社 1989 年12月）頁 1499。
〔註67〕《劉禹錫集箋證》，外集卷 9〈汝洛集引〉，（上海：上海古籍出版社 1989 年12月）頁 1500。
〔註68〕《莊子》雜篇，卷 7 第 27〈寓言〉，頁 245。
〔註69〕《劉禹錫集箋證》，卷 6〈因論七篇〉，頁 149。
〔註70〕《韓昌黎集》，卷 8〈毛穎傳〉，（臺北：河洛圖書出版社 1975 年 3 月）頁 325。
〔註71〕《白居易全集箋校》，卷 37〈禽蟲一二章并序〉，（上海：上海古籍出版社 1989 年 12 月）頁 2584。

文之特色也。而「寓言」亦洵爲文學作品中之獨特品種，一種辛辣之諷刺小品。今以劉禹錫〈因論〉「寓言」爲例：

（一）鑒藥

以服藥爲借鑒，旨在闡明醫藥之用，在於峻利攻伐之劑，去其蘊毒；然蘊毒既玄，則當求有以和安之，若攻伐不已，則毒發而疾殆。其言曰：

> 劉子閒居有負薪之憂，食精良弗知其旨，血氣交沴，煬然焚如。客有謂予：「子病，病積日矣。乃今我里有方士淪跡於醫，厲者造焉而美肥，輒者造焉而善馳。矧常病也？將子詣諸？」予然之，之醫所。……「子之病，其興居之節舛，衣食之齊乖所由致也。今夫藏鮮能安穀，府鮮能母氣，徒爲美疢之囊橐耳，我能攻之。」……劉子慨然曰：「善哉醫乎！用毒以攻疹，用和以安神，易則兩躓，明矣。苟循往以御變，昧於節宣，奚獨吾儕小人理身之弊而已！〔註 72〕

凡藥皆有弊，服適量，則有效而無害，過量則有害，服之過量，毒已發矣，故必先投以解毒之劑，然後進調理之方。此篇「寓言」以治病須對症下藥，用藥不可過量爲喻，說明辦理國家大事必須由實際出發，不可超過實際之需要爲喻。此文實寓有託諷之意。

（二）訊甿

反映人民要求「誅鉏豪右」之願望，及對農民痛苦遭遇之同情：

> 劉子如京……故其上也子視卒而芥視民，其下也鶩其理而蛑其賦。民弗堪命，是軼于他土。……今聞吾帥故爲丞相也，能清靜晝一，必能以仁蘇我矣。其佐嘗宰京邑也，能誅鉏豪右，必能以法衛我矣。予因浩歎曰：「行積於彼而化於此，實未至而聲先馳，聲之感人若是之速歟！然而民知至至矣，政在終終也。」嘗試論聲實之先後曰：「民黠政頗，須理而後勸，斯實先聲後也。民離政亂，須感而後化，斯聲先實後也。立實以致聲，則難在經始；由聲以循實，則難在克終。操其柄者能審是理，俾先後終始之不失，斯誘民孔易也。」〔註 73〕

〔註 72〕《劉禹錫集箋證》，卷六〈鑒藥〉，（上海：上海古籍出版社 1989 年 12 月）頁 150～151。

〔註 73〕《劉禹錫集箋證》，卷 6〈迅甿〉，頁 155～156。

由此可知，禹錫假「訊䖘」之名，暗喻爲政當仁愛親民，爲民除害，方能贏得百姓之擁戴，並以「聲先馳」、「聲之感人」惕勉爲政者：「民離政亂，須感而後化，斯聲先實後」，認爲從政者，當以感化教民，先得聲譽而後施政，此乃愛民之具體表現也。

（三）嘆牛

此篇以牛爲喻，說明用盡身賤，功成禍歸之道理。進而道出，唯擁有多種本領，並能善於適應各種不同之環境及情況，方能立於不敗之地。其言曰：

> 劉子度是叟不可用詞屈，乃以杖扣牛角而嘆曰：「所求盡矣，所利移矣。是以員能霸吳屬鏤賜，斯既帝秦五刑具，長平威振杜郵死，垓下敵擒鍾室誅。皆用盡身賤，功成禍歸，可不悲哉！可不悲哉！嗚呼！執不匱之用而應夫無方，使時宜之，莫吾害也。苟拘于形器，用極則憂，明已」。〔註74〕

此文主旨在「所求盡，所利移」二語，與鳥盡弓藏之意相類。但不從用人者立言，而從立身應世之道立言，故篇末有「執不匱之用而應夫無方，使時宜之莫吾害」數語。又「拘於形器，用極則憂」二語即〈莊子〉「繕刀而藏」之意。考李晟之卒在貞元九年（七九三），即禹錫登第之年也。晟在收京以後，頗被讒謗，不自得。疑此文爲晟輩爲發。又竇參、陸贄、姜公輔之被仟逐皆在此數年中。禹錫殆不敢斥言德宗之猜忌寡恩，乃以不能應夫無方爲諸人咎耳。」

（四）儆舟

此「寓言」係藉行船之經歷，警誡：處於危險境地，須時刻警惕，采取預防措施，方能避害。其言曰：

> 劉子浮于汴，涉淮而東。……兢兢然累辰，是用獲濟。偃檣弭櫂，次于淮陰。於是舟之工咸沛然自暇自逸，或游肆而觴矣，或拊檣而歌矣……方卒愕傳呼，跣跳登墟，僅以身脫。
>
> 劉子缺然自視而言曰：曏予兢惕也，汩洪漣而無害。今予宴安也，蹈常流而致危。畏之途果無常所哉！不生於所畏而生於所易也。……嗚呼！禍福之胚胎也，其動甚微；倚伏之矛楯也，其理甚明。困而

〔註74〕《劉禹錫集箋證》，卷6〈嘆牛〉，（上海：上海古籍出版社1989年12月）頁159。

後儆，斯弗及已〔註 75〕。

由文中可知，自視似無險時，必疏於警惕，俟各種潛伏之危機發作，反而形成大禍。因之必居安思危，不能「困而后儆」。

（五）說驥

主要言識別與選拔人才之不易也。其言曰：

且曰：「久矣吾之不覯於是也。是何柔心勁骨，奇精妍態，宛如鏘如曄如翔如之備邪！今夫馬之德也全然矣，顧其維駒藏銳于內，且秣之乘方，是用不説于常目。須其齒備而氣振，……斯以馬養，養馬之至分也。居無何，果以驥德聞。」〔註 76〕

又云：

予灑然曰：「始予有是馬也，予常馬畜之。今予易是馬也，彼寶馬畜之。」……客謏而竦。予遂言曰：「馬之德也，存乎形者也，可以目取，然猶爲之若此；矧德蘊于心者乎？斯從古之歎，予不敢歎。」〔註 77〕

此篇寓言，係借養馬設論，說明出眾之人才須以優厚之待遇待之，方能發揮其作用，否則必與眾人無異。

上述篇章，可謂劉禹錫之「小品文」，形式雖短小，而寓意深刻，或借物言志，或諷喻時事，或詠物抒情，或生發議論，風格多變，富於韻味。〈因論〉七篇，目的在于「立言」，實則一事一議，將敘事與議論相結合，揭示客觀世界中之各種矛盾，並反映其辯證之哲學思想。

八、抒情騷賦

「賦」乃待經六義之一，鍾嶸云：「直書其事，寓言寫物，賦也。〔註 78〕」此賦之描寫也。至論文體，或曰：「賦者，古詩之流也〔註 79〕」，或曰：「不歌而誦謂之賦」〔註 80〕；或曰：「詩緣情而綺靡，賦體物而瀏亮。」；〔註 81〕或曰：「賦，

〔註 75〕《劉禹錫集箋證》，卷 6〈儆舟〉，頁 160～161。
〔註 76〕《劉禹錫集箋證》，卷 6〈說驥〉，（上海：上海古籍出版社 1989 年 12 月）頁 167。
〔註 77〕《劉禹錫集箋證》，卷 6〈說驥〉，頁 167。
〔註 78〕鍾嶸《詩品・序》，頁 12。
〔註 79〕班固〈兩都賦序〉，《文選》卷 1，（臺北：地球出版社 1994 年 5 月）頁 21。
〔註 80〕《漢書・藝文志》，（臺北：鼎文書局印行 1979 年 12 月）卷 30 第 10，頁 1701。
〔註 81〕陸機〈文賦〉，《文選》卷 17，（臺北：藝文印書館 1971 年 10 月）頁 207 頁。

鋪也，鋪采摛文，體物寫志也。」概而言之，賦係介乎詩與文之文體，乃中國文學上特殊之產物。其對偶、押韻之要求，既不似詩，亦非如文之全然免之。

賦之種類有六：曰短賦，曰騷賦，曰古賦，曰俳賦，曰律賦，曰文賦；而唐賦以律賦爲主。劉禹錫之騷賦自有其特色，自繼承關係而言，可分兩類：一類係是直接學習屈賦者；另一類則學習六朝抒情小賦。茲分別概述於後：

（一）直接學習屈賦

劉禹錫〈大鈞賦〉、〈何卜賦〉等賦體基本承襲騷賦體制而來，如〈大鈞賦〉云：

> 圓方相函兮，浩其無垠；窅冥翕闢兮，走三辰以騰振。孰主張是兮，有工其神。迎隨不見兮，強名之曰大鈞，歘以臨下兮，巍乎雄尊。天爲獨陽，高不可問。工居其中，與人差近。身執其權，心平其運。循名想象，斯可以訊。曰：「嘻！蒙之未生，其猶泥耳。落乎埏埴，唯鈞所指。忽然爲人，爲幸大矣。工賦其形，七情與俱。啬智不授，畀之以愚。坦坦之衢，萬人所趨。蒙一布武，化爲畏途。人或與言之，百說徒虛。人或排之，半言有餘。物壯則老，乃唯其常。否終則傾，亦不可長……，謹薦誠上問兮，俛伏以聽。〔註82〕

此賦實受屈原天問之啓發，以有悲憤鬱結，故向天發問，又云：

> 吾大化之一工也。居上臨下，廉其不平。汝今有辭，吾一以聽。播形肖貌，生類積億。橐籥圈匡，鎔錬消息。我之司智，初不爾啬。不守以愚，覆爲汝賊。既賦汝形，輔之聰明。盍求世師，資適攸宜。胡然抗志，遐想前烈？倚梯青冥，舉足斯跌。韜爾智斧，無爲自伐。鑿竅太繁，天和乃洩。利逕前誘，多逄覆轍。……汝不善用，吾焉啬乎？」……曰：「楚臣〈天問〉不訓，今臣過幸，一獻三售。始厚以愚，終期以壽。忘上問之罪，濯已然之咎。心憎故術，腹飽新授。馳神清玄，拜手稽首。」〔註83〕

以創作藝術構思而言，禹錫則採用夢遊天庭，與金甲威神直接對話方式，與〈天問〉之祇問不答之形式有所不同耳。又其〈何卜賦〉則採《楚辭。卜居》方式表達，其文云：

〔註82〕《劉禹錫集箋證》，（上海：上海古籍出版社1989年12月）卷1〈大鈞賦〉頁1～2。

〔註83〕《劉禹錫集箋證》，卷1〈大鈞賦〉頁1～2。

余既幼惑力命之說兮，身久放而愈疑。心回穴其莫曉兮，將取質夫東龜。楚人俗巫而好術兮，叟有鬻卜而來思。乃招而祝之曰：「嘻！人莫不塞，有時而通，伊我兮久而愈窮。人莫不病，有時而間，伊我兮久而滋蔓。吾聞人肖五行，動止有則……似予似奪，似信似欺。孰主張之？問于子龜。」卜者曰：「招我以粗，問我以微，有天下之是非，有人人之是非。在此爲美兮，在彼爲蚩。或昔而成，或今而虧。……同涉于川，其時在風。沿者之吉，泝者之凶。同藝于野，其時在澤，伊穜之利，乃穋之厄。故曰：是邪非邪？主者時邪……姑蹈常而俟之，夫何卜爲！」〔註 84〕

劉禹錫以問答方式抒寫其內心之憤懣不平，以表達其堅定不移之節操，於字裏行間亦可見其獨立思考及批判精神，時時於作品中積極表現，此其學屈賦之由也。

（二）學習六朝抒情之小賦

劉禹錫所處之中唐時期，藩鎮割據，朋黨相爭，宦官專權，造成嚴重之政治危機，劉禹錫又熱衷政治，故借助于辭賦而有鮮明諷諭特徵之文體，通過借漢說唐之法，自漢王朝興衰盛替規律出發，與當代帝王提供經邦治國之歷史借鑒。如〈山陽賦〉云：

我止行車，實涕于山陽之墟。是何蒼莽與慘悴，舂陵之氣兮焉如？踣昌運於四百，辭至尊而伍匹夫。有利器而倒持兮，曾何芒刃之足舒！懿王亦之肇基，暨坤維之再敷。邈氾陽與鄗上，怳蛇變而龍攄。痛人亡而事替，終此地焉忽諸。〔註 85〕

此賦乃憫漢朝四百年基業毀于一朝也。又云：

嗟乎！積是爲治，積非成虐。文景之欲，處身以約。播其德芽，迄武乃穫。桓靈之欲，縱心於昏。然其妖燄，逮獻而焚。彼伊周不世兮，奸雄乘釁而騰振。物象濯以易位，被虛號而陽尊。終勢殫而事去，胡竊揖讓以爲文？〔註 86〕

此憫漢朝爲奸雄所乘，禹錫認爲朝代之興亡，總須經歷漸變之過程。而

〔註 84〕《劉禹錫集箋證》，卷 1〈何卜賦〉，（上海：上海古籍出版社 1989 年 12 月）頁 22～23。

〔註 85〕《劉禹錫集箋證》，卷 1〈山陽賦〉，頁 33～34。

〔註 86〕《劉禹錫集箋證》，卷 1〈山陽賦〉，頁 33～34。

漢朝之滅亡，表面爲奸雄竊國篡政，實乃帝王自身「縱心于昏」所致。〈山陽賦〉之寫作以對比行文方式表現，並以古鑒今，盛衰對比，表現其對國家前途命運之關心。從戰國時宋玉撰寫〈九辯〉起〔註 87〕，悲秋已成爲詩賦之傳統內容之一，此類詩賦皆以秋天蕭颯淒涼之景象，寓寫人生無常沒落之感傷情調。劉禹錫之〈秋聲賦〉則一反悲秋之情調，而以慷慨激昂之壯歌奏出另類聲音。

《秋聲賦》係作於會昌元年（八四一）秋，時劉禹錫退居洛陽。文章與傳統之悲秋主題不同，寫蕭瑟秋景中見遒勁之特點，表現出作者不畏艱難險阻之戰鬥性格與奮發向上之樂觀精神。與其詩所吟「自古逢秋悲寂寥，我言秋自勝春朝」〔註 88〕與「天地肅清堪回望， 爲君扶病上高臺」〔註 89〕之風調一致。其引云：

> 相國中山公賦秋，以屬天官太常伯。唱和俱絕，然皆得時行道之餘興，猶動光陰之歎，況伊鬱老病者乎？吟之斐然，以寄孤憤。〔註 90〕

所謂「相國中山公」係指李德裕而言，因德裕曾三次拜相，而德裕有〈秋聲賦〉之作。王起時爲天官太常伯，即吏部尚書，亦有〈秋聲賦〉之作。禹錫爲唱和二位,亦作〈秋聲賦〉，目的在盼望皇帝借此重用，並能施展其抱負。此時禹錫已七十之齡，又患足疾，然其奮鬥之精神，仍未減滅，異乎李德裕之「況余百齡過半。承明三入，髮已皓白，清秋可悲。」〔註 91〕之消極思想。禹錫雖有「鬱老病者乎」之嘆，且有「斐然以寄孤憤」之積極精神，足見其人生觀乃光明而非黑暗。其賦云：

> 碧天如水兮，窅悠悠，百蟲迎莫兮，萬葉吟秋。欲辭林而蕭颯，潛命似以啁啾。送將歸兮臨水，非吾土兮登樓。晚枝多露蟬之思，夕草起寒螿之愁。〔註 92〕

碧天似水幽深綿長，各種昆蟲於傍晚之際，宿居於枝葉間。秋風吹拂，將凋落之樹葉颯颯作響，潛藏其間之昆蟲於搖曳間呼伴鳴唱，聲音啁啾，響徹雲

〔註 87〕《楚辭・九辯》，卷 4〈涉江〉，（臺北：長安出版社 1978 年 12 月）頁 128。《文選》卷 33，頁 622。
〔註 88〕《劉禹錫集箋證》，卷 27〈秋詞二首〉，（上海：上海古籍出版社 1989 年 12 月）頁 829。
〔註 89〕《劉禹錫集箋證》，卷 24〈如聞秋風〉，頁 738。
〔註 90〕《劉禹錫集箋證》，卷 1〈秋聲賦并序〉，頁 35。
〔註 91〕《欽定全唐文》，卷 697 李德裕〈秋聲賦〉，頁 9065。
〔註 92〕《劉禹錫集箋證》，卷 1〈秋聲賦〉，頁 35。

霄。此時，因送別歸鄉之人行至水邊，或漂泊異地因思鄉而登樓之遊子，則有「雖信美兮非吾土，曾何足以少留」及「登山臨水兮送將歸」〔註 93〕之感慨，更令人多思生愁。

> 至若松竹含韻，梧楸蚤脫，驚綺疏之曉吹，墮碧砌之涼月。念塞外之征行，顧閨中之騷屑。夜蛩鳴兮機杼促，朔雁叫兮音書絕。遠杵續兮何泠泠，虛窗靜兮空切切。如吟如嘯，非竹非絲。當自然之宮徵，動終歲之別離。廢井苔合，荒園露滋。草蒼蒼兮人寂寂，樹摵摵兮蟲咿咿。則有安石風流，巨源多可。平六符而佐主，施九流而自我。猶復感陰蟲之鳴軒，歎涼葉之初墮。異宋玉之悲傷，覺潘郎之幺麼。〔註 94〕

松竹後，仍留枝繁葉茂之風韻，梧桐楸樹在秋風中早已凋落。曉風驚動綺窗內之人，涼月灑落在碧階。此時閨人正思念出門遠征之良人；而戍邊之軍士，亦念家中之情婦。秋天蟋蟀唧唧鳴叫，似在催織寒衣，鴻雁南飛，且無鄉音消息。虛掩之窗戶外，聲音若斷若續，傳來陣陣清泠之搗衣聲，似吟似嘯，而非竹絲之樂聲。然音律節奏合乎宮徵，而觸動吾離情之別緒。廢井長滿綠苔，荒園偏地雜草叢生，景色蕭條，人跡尤其寂寥，庭樹枝葉光禿，咿咿蟲鳴聲不絕於耳。即有謝安之風流，山濤之通達，亦不能解心胸之悲愁。

劉禹錫以移情作用將其理想不能實現之遲暮之感，滲透進思婦懷念丈夫之淒苦意象—「機杼促」「空切切」，如水著鹽，了無痕跡。又云：

> 嗟乎！驥伏櫪而已老，鷹在韝而有情。聆朔風而心動，眄天籟而神驚。力將瘏兮足受紲，猶奮迅于秋聲。〔註 95〕

禮贊老馬雄鷹，抒寫己之壯懷。以「心動」「神驚」兩主謂詞組，狀其不安於目前之處境，欲「奮迅于秋聲」之神態，宛然如見。此賦之寓意，顯爲「寄孤憤」。劉禹錫非遭打擊即委靡不振之人，其人生態度一向積極進取，可見一斑。

又：此賦雖寫蕭瑟之秋天、悲涼之情懷，然主要係抒發其「老驥伏櫪，志在千里」之志，及對統治階級扼殺人材，阻礙其實現宏遠抱負之憤慨；悲而能

〔註 93〕《文選》卷 2 王仲宣，卷 2〈登樓賦〉，（臺北：藝文印書館 1981 年 10 月）頁 206。

〔註 94〕《劉禹錫集箋證》，卷 1〈秋聲賦〉，頁 35。

〔註 95〕《劉禹錫集箋證》，卷 1〈秋聲賦〉，頁 35。

壯，卓而不群，故其基調仍覺昂揚奮發，「捶字堅而難移，結響凝而不滯，此風骨之力也」〔註96〕作爲此賦之評價，可謂貼切。劉禹錫所作之賦雖少，然很能表現一己之風格及思想。唐代應付考試之律賦，因有嚴格之限制，自然不受士人之喜愛，彼等經科考後，即拋棄此種機械式之文體。劉禹錫則不然，其能承繼騷賦之精神，以及學習漢以降之小品賦方式作賦，在中唐時代確屬可貴矣。

（三）有韻之銘文

銘，乃古代文體之一種，屬箴銘類，多刻於器物或碑石上，其目的用於規戒或勸勉自身之言行舉止。劉禹錫之〈陋室銘〉，所欲表達者，乃其潔身自好，孤芳自賞，不與世俗權貴同流合污之思想情趣。其文云：

> 山不在高，有仙則名，水不在深，有龍則靈。斯是陋室，惟吾德馨。苔痕上階綠，草色入帘青；談笑有鴻儒，往來無白丁。可以調素琴，閱金經；無絲竹之亂耳，無案牘之勞形。南陽諸葛廬，西蜀子雲亭。孔子云：「何陋之有」？〔註97〕

起首四句用詩歌手法以山水起興，其中對應關係，禹錫有心巧妙安排。以山水興室，以不高不深興陋；以仙有名、龍有靈興己之德馨。寫山寫水之目的，乃爲引出本文主旨「惟吾德馨」四字，斯四字爲通篇之骨幹與眼目，此四字包含兩方面之意思：其一，人以有美德爲本，德之馨自可忘掉室之陋；其二，一語道盡陋室增光處，惟吾德馨而已。以上爲第一層意念。

以下八句，爲第二層命意，言吾德能使陋室馨香之因。「苔痕」二句，乃陋中佳景，景色如畫，使居室環境充滿生機與一片綠意，足見景致毫無簡陋。「談笑」二句係云陋室中交往者皆學富五車之大儒，更益顯人並不陋；得與鴻儒談笑，足見言語不陋；而「可以」以下四句，乃陋中雅趣，可見行事亦不陋矣！

最後四句，爲第三層命意。「南陽」三句，先以古代最著名之陋室作比喻：一爲諸葛孔明，一爲西漢學者揚雄。「孔子云」二句，引古語作結，說明作者效法孔子，其美德自不可估量；室雖陋人實不陋之意自明。其格調典雅，結構渾成，文字清麗，反映作者眞實情感，通篇不滿百字，而爲千古傳頌，誠難得也。

〔註96〕《文心雕龍》，卷6〈風骨・第二十八〉，（臺北：明倫出版社1970年10月）頁513。

〔註97〕《欽定全唐文》，卷606劉禹錫〈陋室銘〉，（臺北：大化書局1981年11月）頁7803。

結　語

綜上引介「論說」、「書牘」、「傳記」、「公牘」、「雜記」、「贈序」、「寓言」、「騷賦」等八種體裁，足證劉禹錫學識淵博，有心經營，方見佳構。而其貶謫時期所作諸文，尤能豐富其作品內涵。至若久已定型之體類，亦能以靈活之布局，多樣之手法，肆行改造，使其風貌煥然一新。如以散文體方式創作論說文闡揚己意，開後人以散文體寫作論文之先河。又以散文體抒發意見，揚棄固有表、章之格式；其雜記，亦全然以「吾口寫吾意」、「吾語道吾情」之方式寫作，韻味別緻。至若寓言古文，尤屬隨心應手之傑作，極諷喻之能事；騷賦古文，則盡情抒懷，寄託衷情。劉禹錫誠不愧爲中唐古文之大家也。

第二節　劉禹錫古文之風格

劉勰《文心雕龍・神思篇》篇云：「人之稟才，遲速異分，文之制體，大小殊功：相如含筆而腐毫，揚雄輟翰而驚夢，桓譚疾感於苦思，王充氣竭於思慮，張衡研京以十年，左思練都以一紀，雖有巨文，亦思之緩也。淮南崇朝而賦騷，枚皋應詔而成賦，子建援牘如口誦，仲宣舉筆似宿構，阮瑀據案而制書，禰衡當食而草奏，雖有短篇，亦思之速也。」〔註 98〕此乃作者構思之主觀因素亦是作者之個性與特質，若用心於寫作之中必能反映於作品中，而形成作品特有之風。

《文心雕龍》又有〈體性〉篇。所謂〈體性〉，析言之，「體」係指作品之風格；「性」係指作者之個性。所謂：「夫情動而言形，理發而文見，蓋沿隱以至顯，因內而符外者也。」〔註 99〕劉勰以情本說推論作品以示作者個性，其說雖簡略，卻能合乎邏輯之要求。

劉勰將風格之形成，分解爲「才」、「氣」、「學」、「習」四步驟：「才有庸俊、氣有剛柔，學有淺深，習有雅鄭。並情性所鑠，陶染所凝，是以筆區雲譎，文苑波詭者矣」〔註 100〕，此四因素中，才、氣乃「情性所鑠」，即先天之稟賦，學、習爲「陶染所凝」，即後天之培養。才、氣、學、習分別制約於作品中之「辭理」、「風趣」、「事義」、「體式」四種不同風貌中，故而形成「筆

〔註 98〕劉勰・范文瀾注《文心雕龍注》，卷 6〈神思第二十六〉，（臺北：明倫出版社 1970 年 10 月）頁 494。

〔註 99〕同上註，頁 505。

〔註 100〕同上註，頁 505。

區雲譎，文苑波詭」〔註 101〕，風格各異，千差萬別。

劉勰於文體論中已將作家之個性風格與予評論，其用語極爲繁富而多變。而〈體性〉篇中，則以八種基本類型爲概括，所謂「若總其歸途，則數窮八體：一曰典雅，二曰遠奧，三曰精約，四曰顯附，五曰繁縟，六曰壯麗，七曰新奇，八曰輕靡。」〔註 102〕八體又分四組，每組有其兩種相互對立之風格：「雅與奇反，奧與顯殊，繁與約舛，壯與輕乖。文辭根葉，苑囿其中矣」〔註 103〕而眾多之風格皆可納入此八種基本類型，亦可從此八種基本類型演化爲無數種之風格。風格之分類學自劉勰始；而後竟成爲中國古代文論之傳統內容。如唐代皎然之《詩式》，將作品風格分爲十九類：高、逸、貞、忠、節、志、氣、情、思、德、誡、閒、達、悲、怨、意、力、靜、遠。與皎然之分類相比，劉勰之分類顯然具有思維方式之不同。皎然之分類零碎雜亂，而劉勰之分類則整齊有序，因其思維方式乃一種模式思維也。

劉勰之模式思維有其長處與弊病。就其「八體」而言，未必能包舉一切文章風格，實質而言，其所提出之奇正，顯隱、繁簡、剛柔四對範疇，對於分析文章風格又有其指導意義。此正說明作品風格具有多樣性，並具有對立性。同一組之間之對立風格不能相兼，但可折中調節。如「憑軾以倚雅頌，懸轡以馭楚篇，酌奇而不失其貞（正），玩華而不墜其實」「執正以馭奇」〔註 104〕；故不同組之風格類型實非對立，而可兼通，如典雅可兼精約，繁縟可兼輕靡等等。如此組成配合，即可延伸千姿百態而呈現具體之風格。

劉勰肯定「功以學成，才力居中，肇自血氣；氣以實志，志以定言，吐納英華，莫非情性。」〔註 105〕以說明風格之成，才力是關鍵，而氣又是才之根本。「氣以實志，志以定言」。氣決定志，志決定至言。文學創作落實至言，而決定至言之因素爲氣。如此方能將才與氣結合而凸突顯氣之重要性，此受曹丕「以氣爲主」〔註 106〕之影響。劉勰強調才、氣之觀點，有其合理之要求。對風格之形成而言，才氣確爲重要之因素。作者之學、習條件相似，但仍有

〔註 101〕同上註，頁 505。

〔註 102〕同上註，頁 505。

〔註 103〕同上註，頁 505。

〔註 104〕劉勰・范文瀾注《文心雕龍注》，卷 1，第 3 篇〈宗經〉，（臺北：明倫出版社 1970 年 10 月）頁 33。

〔註 105〕劉勰・范文瀾注《文心雕龍注》，頁 505。

〔註 106〕魏 曹丕《典論論文》云：「文以氣爲主，氣之清濁有體，不可力強而致。」見《文選》，卷 52，（臺北：藝文印書館 1980 年 10 月）頁 734。

迥然相異之風格，此乃才、氣之不同所致。而作品風格之特點即爲作者才氣之特點。語云「文如其人」，此說誠有其根據也。然而才、氣之形成乃「自然之恆資，才氣之大略」。〔註 107〕換言之，才、氣之形成與經歷、環境、學養、習染有關，較劉勰所設想更複雜、絕非單純之天賦論所能概括也。

一、雄渾風格

古文之雄渾，係指雄偉挺健、渾厚磅礴之藝術風格。與豪放風格相比，雄渾風格較重於雄偉、瑰麗之形象描繪，從而體現其氣勢與思想內容。「渾」係指古文中所描繪之藝術形象須豐滿、厚實，渾然一體，而無人工斧鑿痕跡；其意境係浩瀚、廣袤而宏壯。劉禹錫古文雄渾風格之表現，以論說文爲最；而以〈天論〉三篇及〈辯迹論〉爲其代表。茲先錄〈辯迹論〉如次：

> 客有能通本朝之雅故者曰：「時之污崇，視輔臣之用，房與杜，跡何覿焉？建官取士之制，地征口賦之令，禮樂刑法之章，因隋而已矣，二公奚施爲？」余愀然曰：「三王之道，猶大循環，非必變焉，審所當救而已。隋之過豈制置名數之間邪？顧名與事乖耳，因之何害焉！夫上材之道，非務所舉，必的然可使戶曉爲跡也。吾觀梁公之跡，章章如縣寓矣。曷然哉？請借一以明之：
>
> 史不云乎？初，太宗怒渾戎之横于塞也，度諸將不足以必取，當宁而歎曰：『得李靖爲帥快哉！』靖時告老且病矣，梁公虛其心以起之，靖忘老與病，一舉虜其君，郡縣其地而還。夫非伐國之難能，起靖之難能也。靖非不克之慮，居功之爲慮也。
>
> 古之爲將，度柄輕不足以遂事，重則嫌生焉。是以有辭第以見志，有多產以取信，有子質以滅貳，有孌監以虞謗。其多患也如是。若靖者，名既成，位既崇，重失畏偪，其患又甚焉。微梁公之能盡材，能捍患，能去忌，能照私，彼姑藉舊勞、居素貴足矣。惡乎起哉？夫豈感空言而起邪？心相見久矣。夫豈飾小信而要邪？道相籠久矣。其後敬玄擅能，失材臣而敗隨之。林甫自便，進蕃將而亂隨之。由是而言，固相萬矣。子方規規然窺上材以戶曉之跡，此吾之所不取也。

〔註 107〕劉勰・范文瀾注《文心雕龍注》，卷 6〈神思第二十六〉，（臺北：明倫出版社 1970 年 10 月）頁 505。

若杜萊公者，在相位日淺，將史失其傳。然以梁公之鑒裁，自天策府遂以王佐材許之，則是又能以道籠房公者矣。房之許與，跡孰甚焉？「客無以病而作。」子劉子曰：「觀書者當觀其意，慕賢者當慕其心，循跡而求，雖博寡要，信矣。」〔註 108〕

房玄齡起李靖事，新舊唐書靖傳，皆言靖往見玄齡請行，而玄齡傳中亦不言之，不如此文之詳實，似禹錫專假此以發意而已。鄒炳泰《午風堂叢談》云：「劉禹錫〈辯迹論〉云：『觀書者當觀其志，慕賢者當慕其心，循跡而求，雖博寡要。』其論房梁公，特舉其起李衛公一事，能盡才捍患，去忌照私，與人心相見，持論獨見其大，如此，可以論世。」〔註 109〕此文知者甚少，鄒氏注意及之，固爲難得，但亦恐未能深體作者之意。

此文所謂「上材之道，非務所舉，必的然可使戶曉爲跡也」，其意蓋謂賢相之所爲，有不能僅以事跡爲衡者，得一志同道合之賢才而能盡其用，此即其所施爲之大者。《房玄齡傳》稱其「不以求備取人，不以己長格物。」又云：「蓋房知杜之能斷大事，杜知房之善建嘉謀，裨諶草創，東里潤色，相須而成，俾無悔事，賢達用心，良有以也。」〔註 110〕蓋唐時之輿論如此。然文中獨舉玄齡勸李靖自請將兵一事，而再三申說靖之功名之際爲難居，其意必非專以稱玄齡也。蓋德宗之於李晟，憲宗、穆宗之於裴度，皆幾有不終之虞，非但鳥盡弓藏爲君主之常態，而小人之讒間尤足令人短氣。

禹錫距晟之時稍遠，未必指晟，則此文殆爲裴度發也。裴度於平准西後，亦頗有「名成位崇，重失畏偪」之患，禹錫不獨諷當時之君相，或亦譏度晚節之頹唐歟！其造語遣詞雄渾有力，引史佐證，歷歷在目，與執政者當頭棒喝，深入要害，行文之氣勢渾厚磅礴、鏗鏘有力，實與人莫大之震撼力。至若〈天論〉三篇，其中篇云：「用天之利，立人之紀，紀綱或壞，復歸其始。」此即順應自然之規律以治人事也。人事未盡，則復歸於任天矣。如此推論，造語渾厚自然，誠具說服力。劉禹錫以爲天人各職所能，並不相干涉，而人何以信天乎？此乃社會治亂之關係使然。其文云：

或者曰：「若是，則天之不相去乎人也信矣。古之人曷引天爲？」答

〔註 108〕《劉禹錫集箋證》，卷 5〈辯迹論〉，（上海：上海古籍出版社 1989 年 12 月）頁 128～129。

〔註 109〕同上註，頁 130。

〔註 110〕《舊唐書》，卷 66 列傳 16〈房玄齡傳〉，（臺北：鼎文書局印行 1979 年 12 月）頁 2461 及 2472。

曰：「若知操舟乎？夫舟行濰、淄、伊、洛者，疾徐存乎人，次舍存乎人。風之怒號，不能鼓爲濤也；流之泝洄，不能峭爲魁也。適有迅而安，亦人也；適有覆而膠，亦人也。舟中之人未嘗有言天者，何哉？理明故也。彼行乎江、河、淮、海者，疾徐不可得而知也，次舍不可得而必也。鳴條之風，可以沃日；車蓋之雲，可以見怪。恬然濟，亦天也；黯然沈，亦天也；阽危而僅存，亦天也。舟中之人未嘗有言人者，何者？理昧故也。」〔註 111〕

由文中可知，劉禹錫爲文之氣概，以雄渾豪邁見長，有排山倒海之勢，誠然「理直氣壯」。因之，亦可見其情緒激越，格調昂揚，胸襟曠達，倜儻不羈，無怪乎流放十年返京後，仍以「至京戲贈看花諸君子詩」，諷刺新貴，得罪執政，而再次外放連州。其性格眞爲其文風格之憑藉矣！

二、委婉風格

與勁健風格之藝術特色相對比者，厥爲委婉風格。委婉者，係以曲折而至婉約之藝術風格；而尤重於表達之曲折，其感情之隱藏，益覺幽深，亦愈隱蔽。其難言之隱，經折光反射，益見形象。彼如「幽林曲澗」式表達複雜之政治事件與在特定情況下之人與事；或爲朝廷避諱；或爲己之某種行爲辯護，或爲維護國家民族之聲譽而言不盡意。劉禹錫論說文之創作，如〈華佗論〉、〈明贄論〉等，皆爲貶官時之散文創作，並以委婉筆調表達其內心之苦楚與政治理想之寄託。如〈明贄論〉云：

古之人，動必有以將意，故贄之道，自天子達焉。夫芬芳在上，臭達于下，而溫粹無擇，有似乎聖人者，鬯也；故用於天子。清越而瑕不自揜，潔白而物莫能汚，內堅剛而外溫潤，有似乎君子者，玉也；故用乎諸侯。執之不鳴，刑之不嗥，似死義，乳必能跪，似知禮者，羔也；故卿執焉。在人之上而有先後行列者，鴈也；故大夫執焉。耿介而一志者，雉也；故士執焉。視其所執而知其任。是故食愈重而志愈卑，位彌尊而道彌廣。耿介之志，唯士得以行之。何也？務細而所試者寡，齒卑而所蔽者眾。言未足以動聽，故必激發以取異；行未足以應遠，故必砥礪以沽聞。借今由士爲大夫，捨雉

〔註 111〕《劉禹錫集箋證》，卷 5〈天論中〉，（上海：上海古籍出版社 1989 年 12 月）頁 142。

> 而執雁；其志也隨之，故耿介之名不施於大夫矣，況其上乎？
>
> 然則爲士也，不思雉之介；爲卿也，能思羔之禮歟？今夫或者不明分推理而觀之，則曰：此居下而嗜直者，是必得志而稔其訐矣。彼當介而務弘者，是必處高而肥其德矣。曾不知訐當其分，則地易而自遷；弘非其所，則志遂而無制矣。於戲！責士以卿大夫之善，猶諭君以士之行耳。予以執贄之道得其分，苟推分明矣，求刑賞之僭濫，得乎？〔註 112〕

文中所謂：「食愈重而志愈卑，位彌尊而道彌廣」之語，謂在上位不可驕人，欲其謙以自牧，寬能容眾。然此二語猶非禹錫爲文之主旨，其主旨在強調唯士能行耿介之志。以士在下位，居卑職無可自我表見。若不耿介其行，有以矯異於眾，則不足以申其所蓄也。禹錫於貞元、永貞之際，鋒芒顯露，致來讒疾，必有人規其以激切賈禍，故爲此文婉其詞以自明所守。然此非獨禹錫爲然，唐代科名進身者，年少初仕，頗能自厲風節，但久歷仕途，則圭角漸刓者亦比比皆是也。又如〈華佗論〉所云：

> 「史稱華佗以恃能厭事爲曹公所怒。荀文若請曰：「佗術實工，人命繫焉，宜議能以宥。」曹公曰：「憂天下無此鼠輩邪！」遂考竟佗。至蒼舒病且死，見醫不能生，始有悔之之嘆。嗟乎！以操之明略見幾，然猶輕殺材能如是。文若之智力地望，以的然之理攻之，然猶不能返其恚。執柄者之恚，眞可畏諸，亦可慎諸！
>
> 原夫史氏之書于冊也，是使後之人寬能者之刑，納賢者之諭，而懲暴者之輕殺。故自恃能至有悔悉書焉。後之或者，復用是爲口實。悲哉！
>
> 夫賢能不能無過。苟寘于理矣，或必有寬之之請。彼壬人皆曰：「憂天下無材邪！」曾不知悔之日方痛材之不可多也。或必有惜之之嘆。彼壬人皆曰：「譬彼死矣，將若何？」曾不知悔之日方痛生之不可再也。可不謂大哀乎？夫以佗之不宜殺，昭昭然不足言也，獨病夫史書之義，是將推此而廣耳。
>
> 吾觀自曹魏以來，執死生之炳者，用一恚而殺材能眾矣。又烏用書

〔註 112〕《劉禹錫集箋證》，卷 5〈明贄論〉，（上海：上海古籍出版社 1989 年 12 月）頁 131～132。

佗之事爲？嗚呼！前事之不忘，期有勸且懲也，而暴者復藉口以快意。孫權則曰：「曹孟德殺孔文舉矣，孤於虞翻何如？」而孔融亦以應泰山殺孝廉自譬。仲謀近霸者，文舉有高名，猶以可懲爲故事，矧它人哉？〔註 113〕

此文假魏武帝殺華佗事立論，其用意在「寬能者之刑，納賢者之諭，而懲暴者之輕殺」數語。德宗一朝先誅劉晏，次殺竇參，而陸贄亦幾於不免，其猜忌好殺亦已極矣。然此皆禹錫少時之事，恐此文非因此而發，殆仍爲王叔文，韋執誼一案言之耳。文中「執死生之柄，用一恚而殺材能」一語最爲其主旨所在，此譏君主，非刺時相，其用詞委婉而有深責之意。

憲宗之誅王、韋，固緣王、韋力主改革，爲宦官、藩鎮及守舊徇私之士大夫所排陷，其本人之隱衷，則尤以王、韋專附順宗，不欲憲宗嗣位，故恨之最深。以至終憲宗之世，乃至終唐之世，此案不能平反。所謂「用一恚而殺材能」，明王、韋之觸怒別有所在，故於字裏行間瞭然見意。

唐代君主嗣立之際，宮廷中皆有陰謀，舊唐書云：「德宗昇遐時，東宮疾恙方甚，倉卒名學士鄭絪等至金鑾殿，中人或云：內中商量所立未定，眾人未對，次公遽言曰：皇太子雖有疾，次居家嫡，內外繫心。不得已猶當立廣陵王（憲宗），若有異圖，禍難未已。絪等隨唱之，眾議方定。」〔註 114〕即此可知德宗死時，宮廷中尚有欲別立諸王者。王、韋之受禍，蓋中人甚言其事以媒孽於憲宗之前，情事固可揣也。此以三國人物爲誡，實言當時之事，用語造句委婉，而將忌意表達於字裡行間，期執政者能深省警惕勿蹈前人之轍，殷鑒不遠。

三、憤慨風格

憤慨風格乃古文之主要藝術特色。蓋「學而優則仕」，爲古士子讀聖賢書所最期待者。然往往因人爲之故，使其理想難以實現，遂發憤著書寫作，以抒其憤懣不平之情緒；於焉憤慨風格，乃時見於作品之中。劉禹錫在貶官流放於南方蠻荒之時，所創作出之古文，如抒情騷賦與雜著古文，即其憤慨情緒之寄託。如〈觀博〉、〈觀市〉兩文及〈問大鈞〉賦即屬之，茲先以〈觀博〉

〔註 113〕《劉禹錫集箋證》，卷 5〈華佗論〉，（上海：上海古籍出版社 1989 年 12 月）頁 133～134。

〔註 114〕《舊唐書》，卷 159 列傳 109〈衛次公傳〉，（臺北：鼎文書局印行 1979 年 12 月）頁 4179。

爲例：

> 客有以博戲自任者，速余觀焉。初主人執握槊之器寘於廡下，曰主進者要約之。既揖讓即次，有博齒二，異乎古之齒。其制用骨，觚稜四均，鏤以朱墨，耦而合數，取應期月。視其轉止，依以爭道。是制也通行之久矣，莫詳所祖。以其用必投擲，故以博投詔之。
>
> 是日客抵骨於局，且祝之曰：「其來如趨，其去如脫。事先資趑趄，命中無蹉跌，無從彼呼，無戾我恆。」分曹遒迫，自朝至於日中稷，而率與所祝異焉。客視骨如有情焉，如或馮焉，悉詈之不泄，又從而齕齧蹂躪之，莫顧其十目之咍讓也。乃曰：「非予術之不工，是朽骼者不了畀也。」請刷恥於弈棋。主人云從命，命燭以續。騖神默計，巧竭智匱，主進者書勝負之數於牘，視其所喪，又倍前籍焉。觀者曰：以夫人之褊心，亦將詬棋而抵枰矣。既乃恬而不恤，赧然有失鵠求身之色，人咸異之。
>
> 子劉子曰：先人者制人，博投是已。從人制於人，枯棋是已。二者豈有數存乎其間哉！但處之勢異耳。是知當軸者易生嫌，而退身者易爲譽。易生之嫌，不足貶也；易爲之譽：不足多也。在辨其所處而已。〔註 115〕

此文取勢甚遠而曲，其指歸全在末數語，所謂「當軸者易生嫌，而退身者易爲譽。易生之嫌，不足貶也；易爲之譽，不足多也」，蓋爲永貞中爲崇陵使判管之遭謗而發。由文中可知劉禹錫之憤慨已至極點，同時對當政者亦失望痛苦，故將憤恨不滿之心寄託於文字中。其〈觀市〉之作亦爲初遭遷斥，怨望尤深，故假以譏嘲朝士之鬨爭，然亦曲盡市肆喧囂溷雜之狀，誠憤激之傑作也。茲節錄〈觀市〉片段如次：

> 「肇下令之日，布市籍者咸至，夾軌道而分次焉。其左右前後，班間錯跱，如在闤之制。其列題區榜，揭價名物，參外夷之貨焉。馬牛有綍，私屬有閑。在巾笥者織文及素焉，在几閣者彫彤及質焉，在筐筥者白黑巨細焉。業於饔者列饔饎陳餅餌而苾然，業於酒者舉酒旗滌榼盂而澤然，鼓刀之人設膏俎解豕羊而赫然。華實之毛，畋漁之生，交蜚走，錯水陸，群狀夥名，入隊而分，韞藏而待價者，

〔註 115〕《劉禹錫集箋證》，卷 20〈觀博〉，（上海：上海古籍出版社 1989 年 12 月）頁 533。

負挈而求沽者，乘射其時者，奇贏以游者，坐賈顒顒，行賈遑遑，利心中驚，貪目不瞬。於是質劑之曹，較估之倫，合彼此而騰躍之。冒良苦之巧言，斁量衡於險手，秒忽之差，鼓舌傖儜。詆欺相高，詭態橫出。鼓囂譁，坌煙埃，奮羶腥，＊巾屨，嚙而合之，異致同歸。雞鳴而爭赴，日中而駢闐。萬足一心，恐人我先。交易而退陽光西徂。幅員不移，徑術如初。中無求隙地俱。唯守犬烏烏，樂得腐餘。

是日倚衡而閱之，感其盈虛之相尋也速，故著於篇云。〔註 116〕」

由〈觀博〉、〈觀市〉之文可知，劉禹錫之假文抒發其憤慨之心情。氣勢磅礴而沈悶，感情強烈而不平，以譏嘲朝士之鬩爭，然亦曲盡市肆喧囂溷雜之狀，誠足以表現其憤慨風格之特色。其次更以〈問大鈞〉賦爲例：

「是夕寢熟，夢遊乎無何有之鄉。抗陛級乎重霄兮，異人間之景光。中有威神兮，金甲而煒煌。領之使前兮，其音琅琅。曰：「吾大化之一工也，居上臨下，廉其不平。汝今有辭，吾一以聽。播形肖貌，生類積億。橐籥圈匡，鎔鍊消息。我之司智，初不爾嗇。不守以愚，覆爲汝賊。既賊汝形，輔之聰明。盍求世師，資適攸宜。胡然抗志，遐想前烈？倚梯青冥，舉足斯跌。韜爾智斧，無爲自伐。鑿竅太繁，天和乃洩。利逕前誘，多逢覆轍。名腸內煎，外火非熱。今哀汝窮，將厚汝愚。剔去剛健，納之柔濡。塞前竅之傷痍兮，招太和而與居。恕以待人兮，急以自拘。道存邃奧，無示四隅。軋物之勢不作兮，見傷之機自無。汝不善用，吾焉嗇乎？……」

「彼蒹葭之蒼蒼兮，霜霰苦而中堅。松竹之皸皴索籜兮，不若栟筍之可憐。納材葦而構明堂兮，固容消而力完。揚且之晳兮，不可以常然，當錫爾以老成。蒼眉皓髯，山立時行。去敵氣與矜色兮，噤危言以端誠。俾人望之，侮黷不生。爾之所得，孰與壯多？不善處老，問余而何？」〔註 117〕

此賦以問大鈞爲名，實即質問秉政之宰相，故曰：「天高不可問，工與人差近。」天指時君，工指時相。唐人習慣，以宰相爲操柄權。按之實際，唐

〔註 116〕《劉禹錫集箋證》，卷 20〈觀市〉，（上海：上海古籍出版社 1989 年 12 月）頁 535～536。

〔註 117〕《劉禹錫集箋證》，卷 1〈問大鈞賦〉，頁 2～3。

時仕官之升沈進退，固大半由宰相操其柄。禹錫元和十年（八一五）連州之貶，其時秉政者爲武元衡，最與禹錫不協。未幾元衡遇刺，裴度繼相，則於禹錫相知稍深。至十二年（八一七），度平淮西後復知政事，資望既高，而在用兵奏凱之後亦宜有寬宥之典，禹錫望度之援必甚切（見劉禹錫集箋證卷十八《上門下裴相公啓》）。及至平淮西後而仍未獲量移，則不能不甚感失望矣。又賦中有「剔去剛健，納之柔濡」、「去敵氣與矜色兮，噤危言以端誠」等語，乃自明韜晦以袪疑忌之意。劉禹錫於此賦序中曾云：「始余失臺郎爲刺史，又貶州司馬，俟罪朗州，三月閏月。人咸謂：數之極，理當遷焉。因作〈謫九年賦〉以自廣。是歲臘月，詔追。明年，自闕下重領連山郡印綬。人咸曰：美惡周必復，第行無恤，歲杪其復乎！」文中不難見其憤恨不滿之情緒，瞭然於紙上，其盼歸失望之痛苦，完全寄託於文字中。其抱負難以施展，難與強權爭衡，更使其沈鬱氣憤之情，有似螺旋般迴盪、頓挫於字裡行間。

結　語

劉禹錫古文之風格，雖因乎體制而競妍多姿，然大致仍以雄渾、委婉、憤慨爲主。蓋劉禹錫才力超迴，氣質剛正，學問淵深，有儒士風範，不爲環境所屈服；又其所陳者，皆與時政有關；而其所作之散文、賦等作品，亦以貶謫時期最爲壯麗可觀，誠爲窮而後工，故能發爲光明俊偉之氣象，與健勁新奇之語。

第六章　劉禹錫古文之特色、評價與影響

第一節　劉禹錫古文之特色

劉禹錫在元和初，以附王叔文被貶，爲八司馬之一。召還之後，又以詠玄都觀桃花觸忤執政，頗有輕薄之譏。然韓愈頗與之友善，集中有〈上杜司徒書〉，歷引愈言爲證；又外集有子劉子自傳一篇，敘述前事，尚不肯詆毀叔文。蓋其人品與柳宗元同。《四庫提要》評劉禹錫之文云：「其古文則恣肆博辨，於昌黎柳州之外，自爲軌轍。」〔註1〕實則，不惟禹錫古文「恣肆博辨」，其時文亦能如是。劉禹錫祭韓吏部文云：「子長在筆，予長在論，持矛舉楯，卒不能困」。〔註2〕「筆」者乃文章之技巧；「論」者思想意念之表示。「論」者不能不因「筆」而見志，「筆」者亦不能不因「論」而成文，故曰「持矛舉楯，卒不能困。」劉禹錫〈獻權舍人書〉又自謂其文云：「直繩朗鑒，樂所趨也，故銳於求益」。〔註3〕蓋以禹錫之才與遭遇，益以其所長，及「樂所趨」，故《四庫提要》所謂「恣肆博辨」，信不誣矣。正因劉禹錫能「恣肆博辨」以爲文，故其爲文則有立異創新、善用典故、善用寓言，善用比較及諷刺譬喻等特色。今分述如下：

〔註 1〕《四庫全書提要》集部16別集類1077〈劉賓客文集提要〉，（臺北：商務印書館1976年7月）頁1290。

〔註 2〕《劉禹錫集箋證》外集卷10〈祭韓吏部文〉，頁1537。

〔註 3〕《劉禹錫集箋證》，卷10〈獻權舍人書〉，（上海：上海出版社1989年12月）頁248。

一、立異創新

劉禹錫之散文善用罕見字句，言人所不敢言之詞語，因成其特色之一。至若劉禹錫擅長造奇語、險語、妙語，則係與柳宗元相異之處也。茲就其用字、造句、體制等分述其特色如次：

（一）**用字不避罕見**：劉禹錫用罕見字之方法有三：

1. **用字書所未見者**，如：
「蠹」然知言之兵〈口兵戒〉
「歉」然目視〈儆舟〉

2. **用異體字**，如：液礦「硎」「鋩」〈天論上〉
按：「硎」同「研」；「鋩」爲「芒」之俗體。
列饔「饍」「餅」餌而苾然。〈觀市〉
按：「餅」，爲「餠」之或體字。
蠢爾孽竪〈賀平淄青表〉
按：「竪」、「豎」之俗體。

3. **用生僻字**，如：罟「擭」隨足。〈上杜司徒書〉
按：「擭」，捕獸器也。
由野以至「僿」。〈答道州薛郎中論書儀書〉
按：「僿」，淺薄之義也。
過信而「膇」能輕。〈鑒藥〉
按：「膇」，足腫也。
澡之拒之〈說驥〉
按：「拒」，擦拭也。
「庀」其工〈山南西道新修驛路紀〉
按：「庀」，治理也。

（二）**善用疊字**：劉禹錫運用疊字，以「賦」較廣。如：
且夫貞而騰氣者「膴膴」。〈問大鈞賦〉
「熙熙藹藹」，藻飾群形。〈楚望賦〉
「薨薨」伊蟲，「蠢蠢」伊豸。〈傷往賦〉
童者「鬱鬱」，而涸者「洋洋」〈謫九年賦〉
遠杵續分何「泠泠」，虛窗靜兮、空「切切」〈秋聲賦〉

（三）**遣詞不避罕見**：劉禹錫所用罕見之詞，大抵取諸前人書籍。如下：

滑以「滫瀡」。〈砥石賦〉

按：「滫瀡」出自《禮記。內則》：「滫瀡以滑之」，謂以米泔使之滑也。

亦猶「明金」綷羽，得于遐裔。〈董氏武陵集紀〉

按：「明金」義未詳，疑爲「明珠」之誤。《文選。景福殿賦》：「明珠翠羽，往往而在。」「翠羽」，係指翡翠之羽，而「綷羽」則指孔雀之尾羽，《文選。吳都賦》：「孔雀綷羽以翱翔」，殆爲劉禹錫所本。

「犨麋」深居〈口兵戒〉

按：「犨」同「犫」，《文選。魏都賦》李善註：「犫麋，古之醜人也。呂氏春秋曰：『陳有惡人焉，曰敦洽犫麋，椎顙廣額，色如漆赭，陳侯悅之』」

碩鼠亡歟？瘈狗逐歟？〈因論・訊甿〉

按：「碩鼠」，大鼠；「瘈狗」，狂狗。詩經魏風有碩鼠之篇，左傳襄公十七年有「國人逐瘈狗」之句。劉禹錫以刺歛之官吏。

「觱」沸生兮〈復荊門縣記〉

詩經小雅采菽：「觱沸檻泉」傳「觱沸，泉出貌。」

（四）**造句不避新奇**：劉禹錫善造句，今觀其所造之奇句，如：

「坐賈顒顒，行賈遑遑，利心中驚，貪目不瞬」〈觀市〉

此四句雖欠寬厚，然可謂描摹入神。

「筐其惡，蜃其溲」〈因論・說驥〉

謂以筐盛其糞，蜃炭乾其溲。

「求金渚涘，洶汰瀺灂。流注濆沱，繁尤燿爚」〈楚望賦〉

「悲之來兮憤予心，洶如行波洊浸淫。」〈傷往賦〉

按：此兩句，一連串以從「水」之字造句，與漢賦雷同，亦可見劉禹錫之才學。

劉禹錫文章辭句之特色與風格，後人談論者寡矣！然於有限資料中可知，其造句之新奇，刻峭清麗之文章，在其文集中，實不可勝數。

（五）**體制不避新奇**：劉禹錫古文之結構，往往能自創一格，其中即以第一人稱之「余」，與「劉子」穿插應用。如：

「劉子閒居……客有謂予……予然之……以授余曰……劉子慨然曰……」〈鑒藥論〉

「……余愀然曰……而作。子劉子曰……」〈辯迹論〉

「劉子嘗涉暑而征……予有瘳。…予訝而曰……予謂然歎曰……劉子遂言曰……」〈述病論〉

凡此結構，眞可謂新奇。劉禹錫以「劉子」開端，或仿屈原〈卜居〉、〈漁父〉以「劉子曰」「子劉子曰」結尾者，則與史、漢贊相似。然二者之體，爲騷爲贊，劉禹錫則以文行之，創作新奇。至論體制結構之新奇者，允推〈因論〉七篇中之〈嘆牛〉、〈儆舟〉二篇。〈嘆牛〉一篇，所以感慨「用盡身賤，功成禍歸」也。全文以對話之方式寫成：

劉子行其野，有叟牽跛牛于蹊，偶問焉……叟攬縻而對云……余尸之曰……叟覼然而咍曰……劉子度是叟不可用詞屈，乃以杖扣牛角而歎曰……員能霸吳屬鏤賜，斯既帝秦五刑具，長平威振杜郵死，垓下敵擒鍾室誅。……嗚呼！執不匱之用而應夫無方，使時宜之，莫吾害也。苟拘於形器，用極則憂，明已。〔註4〕

本文寫一老人以牛拉車運輸以養活自己；牛跛矣，老人即將牛賣與屠夫宰殺。老人自稱：「昔之原其生，非愛也，利其力。今之致其死，非惡之地，利其財。」說明「所求盡矣，所利移矣。」文章末段由牛及人，而引出伍員、李斯、白起、韓信之悲慘結局，抒撥「鳥盡弓藏」、「兔死狗烹」之感慨。〔註5〕至若〈儆舟論〉所以儆患「生於所易」也。所謂：

劉子浮于汴……劉子缺然自視而言曰……越子膝行吳君忽，晉宣尸居魏臣怠，白公厲劍子西哂，李園養士春申易，至于覆國夷族。可不儆哉！嗚呼，禍福之胚胎也，其動甚微；倚伏之矛楯也，其理甚明。困而後儆，斯弗及已。〔註6〕

本文以行船之經驗作爲警戒，記載作者某次行船，未在危險之地方出事，而在危隱之地方遇難，此說明提高警惕可以轉危爲安，若輕忽大意，即能變安

〔註4〕《劉禹錫集箋證》，卷6〈嘆牛〉，（上海：上海古籍出版社1989年12月）頁158～159。

〔註5〕漢・劉安《淮南子・說林訓》：「狡兔得而獵犬烹，高鳥盡而良弓藏」。見《淮南鴻烈集解》第四冊，卷17，頁97。漢・司馬遷《史記・越王勾踐世家》「范蠡遂去，自齊遺大夫（文）種書：『蜚（飛）鳥盡，良弓藏；狡兔死，走狗烹。越王爲人長頸鳥喙，可與共患難，不可與共樂，子何不去？』」見卷41，（臺北：鼎文書局印行1979年12月）頁1746。

〔註6〕《劉禹錫集箋證》，卷6〈儆舟〉，頁160～161。

爲危，危險與禍害往往「不生於所畏、而生於所易也。」〔註 7〕安與危實可以互相轉化也。此兩文末段之結構相同，皆以七言四句分寫四事以爲援證，再以「嗚呼」作結，乃古今文中所罕見者。

二、善用典故

文章運用典故，更能達至言簡意賅之功效，增加說服力，劉禹錫論說散文之創作皆以典故爲之。然而，典故之應用需博學多識，以及知其運用，如此相互配合，始能成文。熟用典故，除博學多識外，更要熟知古事，並能掌握典故旨趣，靈活運用，方能使人百讀不厭。如〈辯迹論〉云：

> 史不云乎！初，太宗怒渾戎之橫于塞也，度諸將不足以必取，當寧而歎曰：「得李靖爲帥，快哉！」靖時告老且病矣，梁公虛其心以起之，靖忘老與病，一舉虜其君，郡縣其地而還。夫非伐國之難能，起靖之難能也。靖非不克之爲慮，居功之爲慮也。古之爲將，度柄輕不足以遂事，重則嫌生焉。〔註 8〕

此以太宗力請李靖而勝，李敬玄擅能而敗的典故，說明求賢者須循跡之道理。又如〈華佗論〉云：

> 史稱華佗以恃能厭事爲曹公所怒，荀文若請曰：「佗術實工，人命繫焉，宜議能以宥。」曹公曰：「憂天下無此鼠輩邪！」遂考竟佗。至蒼舒病且死，見醫不能生，始有悔之之歎。嗟乎！以操之明略見幾，然猶輕殺材能如是。文若之智力地望，以的然之理攻之，然猶不能返其恚。執柄者之恚，眞可畏諸，亦可愼諸！〔註 9〕

此藉曹操殺華佗之事而爲文，實爲永貞革新領袖王叔文賜死，藉題發揮，有所爲而作，文章以古諷今，譴責執政者輕殺材能之錯誤。末尾更以「嗚呼！前事之不忘，期有勸且懲也，而暴者復藉品快意」（同註九），明確表示寫作之目的，是期待朝廷能以古爲鑑鏡，知所儆戒，勿蹈曹操之錯誤。再如：〈上杜司徒書〉云：

> 昔稱韓非善著書，而「說難」、「孤憤」尤爲激切。故司馬子長深悲之，爲著于篇，顯白其事。夫以非之書可謂善言人情，使時遇合之

〔註 7〕《劉禹錫集箋證》，卷 6〈儆舟〉，（上海：上海古籍出版社 1989 年 12 月）頁 160～161。

〔註 8〕《劉禹錫集箋證》，卷 5〈辯迹論〉，頁 128～129。

〔註 9〕《劉禹錫集箋證》，卷 5〈華佗論〉，頁 133。

士觀之，固無以異於它書矣。而獨深悲之者，豈非遭罹世故，益感其言之至耶！小人受性顓蒙，涉道未至，末學見淺，少年氣粗。常謂盡誠可以絕猜，徇公可以弭讒想。〔註 10〕

此文作於元和元年（八○六），乃禹錫遭貶後披陳衷曲之言，藉用司馬遷悲韓非懷才不遇之典故，以自喻也。再如：〈獻權舍人書〉：

嘗聞昔宋廣平之沉下僚也，蘇公味道時爲繡衣直指使者，廣平投以〈梅花賦〉，蘇盛稱之，自是方列于聞人之目。是知英賢卓犖，可外文字，然猶用片言借說于先達之口，藉其勢而後驤首當時。矧碌碌者，疇能自異？今閣下之名之位，過於蘇公之曩日，而鄙生所賦，或鉅於〈梅花〉，則沈泥干霄，懸在指顧間，其詞汰而喻僭，誠黷禮也。繫游藩之久，覬尚舊而霄嚴。〔註 11〕

此用蘇味道獨讚賞宋璟並予提拔之典故，以期於權德輿也。他如〈答饒州元使君書〉引用漢代文、景及武、宣之盛世；〔註 12〕《唐故令狐公集》則用王珣之故實；〔註 13〕甚或僅提及姓名，以利其行文之佐證，此皆劉禹錫善用典故，引史爲文以增強文章效果。後人效其行文之法，爲其寫作文章之方。宋程大昌〈演繁露續集〉云：

東坡跋歐公家書：「仲尼之存，人削其迹，夢奠之後履，藏千載。」劉禹錫佛衣銘曰：「尼父之生，土無一里；夢奠之後，履存千祀。」東坡語意，或因劉耶？然其作問處，不如東坡脈貫也。〔註 14〕

而《唐文紀事》亦引云：

劉夢得〈上杜司徒書〉曰：「於竊鐵而知心目之可亂，於掇蜂而知父子之可閒，於拾煤而知聖賢之可疑。」東坡辯策問奏劄引之，而改掇蜂一句，云：「於投杼而知母子之可疑，於拾煤而知聖賢之可惑。」〔註 15〕

可知劉禹錫所運用之典故，以致文句，皆受東坡之讚賞，以樂於點化使用。

〔註 10〕《劉禹錫集箋證》，卷 10〈上杜司徒書〉，（上海：上海古籍出版社 1989 年 12 月）頁 237。

〔註 11〕《劉禹錫集箋證》，卷 10〈獻權舍人書〉，頁 249。

〔註 12〕《劉禹錫集箋證》，卷 10〈答饒州元使君書〉，頁 256～259。

〔註 13〕《劉禹錫集箋證》，卷 19〈唐故相國贈司空令狐公集紀〉，頁 496～500。

〔註 14〕《叢書集成新編》第 11 冊，宋．程大昌《演繁露續》卷 4〈劉禹錫蘇子瞻用孔子履事〉引，（臺北：新文豐出版社 1975 年 6 月）頁 630。

〔註 15〕《全唐文紀事》卷 20〈雜識〉，頁 1480～1481。

要之，劉禹錫之文章風格及特色，談論者雖寡矣！然於有限資料中，仍可觀其寫作古文之技巧，引用典故、史事之迹，頗受後人欣賞與模仿；故於當代或後世文壇上均佔有重要之地位。《四庫全書總目提要》並將劉禹錫與韓愈，柳宗元相提並論〔註 16〕，自有其道理也。

三、善用寓言

「寓言」係以寄託哲理、諷刺、勸戒、詼諧等意造句行文。其性質乃借此喻彼，借遠喻近，借古喻今，借物喻人，以具體淺顯之事物闡發事理。「寓言」一詞，始見於《莊子。寓言》篇：「寓言十九，藉外論之。」然中國文學史上，「寓言」並未成爲此種文體之共同名稱也。歷代使用之名稱殊異：韓非子稱「儲」，劉向《別錄》稱「偶言」，魏晉南北朝又稱「譬喻」；而個別作者借其他文體形式創作寓言，則有「戒」、「說」、「鮮」、「傳」、「志」、「言」等名。

寓言之結構不外兩部分：以故事爲喻體，以寓意爲主體。故事必須有虛設之情節及隱喻之技巧，然未必要有首尾具足之敘事結構。點明寓意之方式則有多種：或作者直接評論：或借重名人發言；或由故事人物道出；或增添一旁觀評論者；更有不揭示寓意，而任由讀者自行領會者。

劉禹錫〈因論〉七篇，命之爲「因」，蓋以其所云皆有其原因、出處、非鑿空之談。彼自謙「因之爲言有所自也。夫造端乎無形，垂訓於至當，其立言之徒。放詞乎無方，措旨於至適，其寓言之徒。蒙之智不逮於是，造形而有感，因感而有詞，匪立匪寓，以因爲目，因論之旨云爾」〔註 17〕非立言之人一空依傍而垂訓於至當；亦非寓言之人，放言高論而合於至要之旨。然七篇之作誠寓言也，如〈原力〉篇云：

> 予詰之曰：「彼之力用於形者也，子之力用於心者也。形近而易見，心遠而難明。理乎而言，則子之力大矣。時乎而言，則彼之力大矣。且夫小大迭用，易常哉？彼固有小矣，子固有大矣，予所不能齊也」。客於邑垂涕洟。〔註 18〕

而〈原力〉主旨在於：「劉子解之曰：『屠羊於肆，適味於眾口也；攻玉于山，

〔註 16〕《四庫全書提要》集部 16 別集類 1077〈劉賓客文集提要〉，（臺北：藝文印書館 1965 年 6 月）頁 1290。

〔註 17〕《劉禹錫集箋證》，卷 6〈因論〉，（上海：上海古籍出版社 1989 年 12 月）頁 149。

〔註 18〕《劉禹錫集箋證》，卷 6〈原力〉，頁 163～164。

俟知於獨見也。貪日得則鼓刀利，要歲計而韞櫝多。』客聞之破涕曰：『吾方俟多於歲計也。歲歟歲歟！其我與歟！」〔註 19〕此乃禹錫因事感觸而發，用心治道治術之法則，藉〈原力〉以道其其理想也。

其次，寓言故事有其諷喻意味，諷喻係以編造故事寄托正意，與人有親切動人之感。設喻異乎比喻，比喻本身不構成故事，而諷喻則以寓言故事爲主，借故事以喻意。如〈因論〉七篇之〈訊甿〉，即劉禹錫對農民痛苦遭遇之同情，期上位者能行仁政以感化人民也。其文云：

> 予愕而訊云：「予聞隴西公暘轂之止，方踰月矣。今爾曹之來也，欣欣然似恐後者，其聞有勞來之簿歟？蠲復之條歟？振贍之格歟？碩鼠亡歟？瘈狗逐歟？」曰：「皆未聞也。且夫浚都，吾政之上游也。自巨盜間釁而武臣顓焉。牧守由將校以授，皆虎而冠；子男由胥徒以出，皆鶴而軒。故其上也子視卒而芥視民，其下也贄其理而蛑其賦。民弗堪命，是軼於他土。然咸重遷也，非阽危擠壑不能違之。曩歲雖歸歟成謠，而故態相沿，莫我敢復。今聞吾帥故爲丞相也，能清靜畫一，必能以仁蘇我矣。其佐當宰京邑也，能誅鋤豪右，必能以法衛我矣。奉斯二必而來歸，惡待實之及也。」〔註 20〕

文中作者與流亡復歸之農民採一問一答之方式，抨擊藩鎮跋扈，橫徵暴斂，民不堪命之現實，並以故事方式表達人民對清明吏治與安定生活之渴望；論述爲政聲實先後之道理，並強調爲政者宜與百姓以實際之利益，以與方便，並期能貫徹始終。此亦劉禹錫所以積極參與永貞革新之思想基礎。文中內容誠爲劉禹錫政治思想之表達，是否眞有其事，已不重要；重要者，乃作者對政治之紊亂與不合理之制度，提出嚴厲之批判。

劉禹錫除〈因論〉七篇以論說體寫作外，尚有〈救沉志〉、〈觀博〉、〈觀市〉等文，於元和元年於朗州時所作，以傳記體方式創作。〈救沉志〉一文，係以「僧」、「舟中人」、「摯獸」爲喻，將摯獸類比爲朝廷姦邪之人，藉僧言：「救虎適所以貽患」也。其文云：

> 適有摯獸如鴟夷而前，攫持流暘，首用不陷，隅目傍睨，其姿弭然，甚如六擾之附人者。其徒將取焉，僧趣訶之曰：「第無濟是爲！」目

〔註 19〕《劉禹錫集箋證》，卷 6〈原力〉，（上海：上海古籍出版社 1989 年 12 月）頁 163～164。

〔註 20〕《劉禹錫集箋證》，卷 6〈訊甿〉，頁 155～156。

之可里所，而不能有所持矣。舟中之人曰：「吾聞浮圖之教貴空，空生普，普生慈，不求報施之謂空，不擇善惡之謂普，不逆困窮之謂慈。鄉也生必救而今也窮見廢，無乃計善惡而忘普與慈乎！」僧曰：「甚矣，問之迷且妄也！吾之教惡乎無善惡哉？六塵者在身之不善也，佛以賊視之。末伽聲聞者在彼之未寤也，佛以邪目之。惡乎無善惡邪？吾鄉也所援而出死地者眾矣。形乾氣還，各復本狀。蹄者蹶躅然，羽者翹蕭然，而言者諓諓然。隨其所之，吾不尸其施也。不德吾則已，焉能害爲？彼形之乾，鬉鬉之姿也；彼氣之還，暴悖之用也。心足反噬而齒甘最靈，是必肉吾屬矣。庸能蹶躅諓諓之比歟？夫虎之不可使知恩，猶人之不可使爲虎也。非吾自貽患爲爾，且將貽患於眾多，吾罪大矣。」〔註 21〕

暗喻善人在患當救，惡人在位當去也。又〈觀博〉一文，以「客」、「主人」、「旁觀者」爲喻，文云：

客有以博戲自任者，速余觀焉。初主人執握槊之器寘於廡下，曰主進者要約之。既揖讓即次，有博齒二，異乎古之齒。其制用骨，觚稜四均，鏤以朱墨，耦而合數，取應期月。視其轉止，依以爭道。是制也通行之久矣，莫詳所祖。以其用必投擲，故以博投詔之。是日客抵骨於局，且祝之曰：「其來如趨，其去如脱。事先趑趄，命中無蹉跌，無從彼呼，無戾我恆。」分曹遒迫，自朝至於日中稷，而卒與所祝異焉。客視骨如有情焉，如或馮焉，悉詈之不泄，又從而齕齧蹂躪之，莫顧其十目之咍讓也。乃曰：「非予術之不工，是朽骼者不予畀也。」請刷恥於弈棋。主人云從命，命燭以續。鶩神默計，巧竭智匱，主進者書勝負之數於牘，視其所喪，又倍前籍焉。觀者曰：以夫人之褊心，亦將詬棋而抵枰矣。既乃恬而不恤，赧然有失鵠求身之色，人咸異之。〔註 22〕

客應主人要約而博投，敗則詈罵齕齧；乃請主人弈棋，客又敗，然後有赧然失共鵠求身之色。可見「當軸者易生嫌，而退身者易爲譽」。至於〈觀市〉一文，則以「坐賈」、「行賈」、「顧客」爲角色，藉虛市「人集即滿，人去則

〔註 21〕《劉禹錫集箋證》，卷 20〈救沈志〉，（上海：上海古籍出版社 1989 年 12 月）頁 551～552。

〔註 22〕《劉禹錫集箋證》，卷 20〈觀博〉，頁 533。

虛」之特性與親身所見爲喻：

> 肇下令之日，布市籍者咸至，夾軌道而分次焉。其左右前後，班間錯跱，如在闤之制。其列題區榜，揭價名物，參外夷之貨。馬牛有縴，私屬有閑。布巾笥者、織文及素焉，在几閣者彫彤及質焉；在筐筥者白黑巨細焉。業於饔者列饔饎陳餅餌而苾然，業於酒者舉酒旗滌杯盂而澤然，鼓刀之人、設膏俎解豕羊而赫然。華實之毛，畋漁之生，交蜚走，錯水陸，群狀夥名，入隧而分，韞藏而待價者，負挈而求沽者，乘射其時者，奇贏以遊者：坐賈顒顒，行賈遑遑，利心中驚，貪目不瞬。於是質劑之曹，較固之倫，合彼此而騰躍之。冒良苦之巧言，斁量衡於險手，秋忽之差，鼓舌傖儜；詆欺相高，詭態橫出。鼓囂譁，坌烟埃，奮羶腥，疊巾屨，囓而合之，異致同歸。雞鳴而爭赴，日中而駢闐。萬足一心，恐人我先。交易而退，陽光西徂。幅員不移，徑術如初。中無求隙地俱。唯守犬烏烏，樂得腐餘。是日倚衡而閱之，感其盈虛之相尋也速，故著于篇云。〔註23〕

此文係慨嘆世事盈虛變化，相尋也速，以寄寓富貴無常之人生道理；亦是劉禹錫初遭遷斥，怨望尤深，故假文寄託。

至若〈昏鏡詞引〉〈養鷙詞引〉〈調瑟詞引〉三文，則以序引體方式寫作。〈昏鏡詞引〉云：

> 鏡之工十鏡于貫區，發奩而視，其一皎如，其九霧如。或曰：「良苦之不侔甚矣！」工解頤謝曰：「非不能盡良也。蓋賈之意，唯售是念。今來市者，必歷鑒周睞，求與己宜。彼皎者不能隱芒杪之瑕，非美容不合，是用什一其數也。」予感之，作〈昏鏡詞〉。昏鏡非美金，漠然喪其晶。陋容多自欺，謂若它鏡明。瑕疵既不見，妍態隨意生。一日四五照，自言美傾城。飾帶以紋繡，裝匣以瓊瑛。秦宮豈不重？非適乃爲輕。〔註24〕

文中以「鏡工」「或人」爲角色，說明皎鏡不能隱芒杪之瑕，故世人不用；昏鏡霧如反而得售。諷刺朝廷之賢愚不分，黑白顛倒，抒發己忠貞而見謗之憤。〈養鷙詞引〉一文，則以「少年」、「行人」、「鷹隼」爲喻，其文云：

〔註23〕《劉禹錫集箋證》，卷20〈觀市〉，（上海：上海古籍出版社 1989年12月）頁535～536。

〔註24〕《劉禹錫集箋證》，卷21〈昏鏡詞引〉，頁561。

途逢少年，志在逐絕句，方呼鷹隼，以襲飛走。因縱觀之，卒無所獲。行人有常從事於斯者曰：「夫鷙禽，飢則爲用。今哺之過篤，故然也。」予感之，作養鷙詞。養鷙非玩形，所資擊鮮力。少年昧其理，日日哺不息。探雛網黃口，旦莫有餘食。寧知下韝時，翅重飛不得。毰毸止林表，狡兔自南北。飲啄既已盈，安能勞羽翼！〔註 25〕

鷙鳥飢則爲用，飽則不聽號令。以喻藩鎮、武臣肥厚坐大，則不服朝廷之命，適足見其跋扈醜態。〈調瑟詞引〉則更以苛政猛於虎爲喻，說明「富豪翁」自奉厚益而嚴督臧獲，臧獲則積極爭相逃亡。其文云：

里有富豪翁，厚自奉養而嚴督臧獲。力屈形削，然猶役之無蓺極。一旦不堪命，亡者過半，追亡者亦不來復。翁頳沮而追昨非之莫及也。予感之，作調瑟詞。調瑟在張弦，弦平音自足。朱絲二十五，闕一不成曲。美人愛高張，瑤軫再三促。上弦雖獨響，下應不相屬。日莫聲未和，寂寥一枯木。卻顧膝上弦，流淚難相續。〔註 26〕

此喻政苛賦毒，民將不堪，誠中唐政治黑暗之寫照。又〈何卜賦〉云：

余既幼惑力命之說兮，身久放而愈疑。心回穴其莫曉兮，將取質夫東龜。楚人俗巫而好術兮，叟有鬻卜而來思。乃招而祝之曰：「嘻！人莫不塞，有時而通，伊我兮久而愈窮。人莫不病，有時而間，伊我兮久而滋蔓。吾聞人肖五行，動止有則…似予似奪，似信似欺。孰主張之？問于子龜。」卜者曰：「招我以粗，問我以微，有天下之是非，有人人之是非。在此爲美兮，在彼爲蚩。或昔而成，或今而虧。……同涉于川，其時在風。沿者之吉，泝者之凶。同藝于野，其時在澤，伊穜之利，乃穋之厄。故曰：是邪非邪？主者時邪？……姑蹈常而俟之，夫何卜爲！」……予退而作〈何卜賦〉。於是蹈道之心一，而俟時之志堅。內視群疑，猶冰釋然。〔註 27〕

此爲作者久窮不見重用，滿腹疑惑，遂招卜者訊問，以寄襟懷；並以賦體形式，抒發塊壘之恨。文末設想卜者知其意，告以「是非主於時，得失莫縈懷。」並以「蹈道之心一，而俟時之志堅」自勉，期冰釋群疑也。

〔註 25〕《劉禹錫集箋證》，卷 21〈養贄詞〉，（上海：上海古籍出版社 1989 年 12 月）頁 562。

〔註 26〕《劉禹錫集箋證》，卷 21〈調瑟詞〉，頁 567。

〔註 27〕《劉禹錫集箋證》，卷 1〈何卜賦〉，頁 22～23。

由上述舉例可知，劉禹錫善用寓言方式寫作，寄寓其政治理想與抱負。不論論說、傳記，抑或序引、賦體，咸爲其志操之所託。惜爲政者不能洞悉禹錫爲文之深意，而以「縱逢恩赦，不在量移之限」處之，使其困厄於荒煙蔓草之南方，誠失所望也。

四、善用比較

劉禹錫行文，喜用比較，且善於處理。以論「天」而言，韓愈、柳宗元之〈天說〉，以爲天是有意者，能賞善罰惡，以爲天是無知者，不能賞功罰罪，而劉禹錫〈天論上〉則綜合二者之說：一爲「拘於昭昭者，則曰：天與人實有影響，禍必以罪降，福必以善來，窮阨而呼必可聞，隱痛而祈必可答，如有物的然以宰者。故陰騭之說勝焉。」〔註 28〕此爲相信天是有意者，能賞善罰惡。二爲「泥于冥冥者則曰：天與人實剌異：霆震於畜木，未嘗在罪；春滋乎堇荼，未嘗擇善；跖蹻焉而遂，孔顏焉而厄，是茫乎無有宰者。故自然之說勝焉。」〔註 29〕此者視天爲無知者，不能賞善罰惡，一切出於自然。

韓愈之〈天說〉，近乎劉禹錫所論，以爲天誠有意，能賞善罰惡。然「因仰而呼天曰：殘民者昌，佑民者殃，又仰而呼天曰：何爲使至此極戾也」〔註 30〕，即惡人享福，好人遭殃。韓愈則以爲：

> 蟲之生而物益壞，食齧之，攻穴之，蟲之禍物也滋甚。其有能去之者，有功於物者也；蕃而息之者，物之仇也。人之壞元氣陰陽也亦滋甚：墾原田，伐山林，鑿泉以井飲，窾墓以送死，而又穴爲堰溲，築爲牆垣、城郭、臺榭，觀游，……悴然使天地萬物不得其情，倖倖衝衝，攻殘敗撓而未嘗息。其爲禍元氣陰陽也，不甚於蟲之所爲乎？吾意有能殘斯人使日薄歲削，禍元氣陰陽者滋少，是則有功於天地者也；蕃而息之者，天地之仇也。今夫人舉不能知天，故爲是呼且怨也。吾意天聞其呼且怨，則有功者受賞必大矣，其禍焉者受罰亦大矣子以吾言爲何如？。〔註 31〕

韓愈以爲人開荒、砍樹等活動係破壞天地，較蟲之破壞生物尤爲厲害。

〔註 28〕《劉禹錫集箋證》，卷 5〈天論〉，（上海：上海古籍出版社 1989 年 12 月）頁 138。

〔註 29〕《劉禹錫集箋證》，卷 5〈天論〉，頁 138。

〔註 30〕《柳河東集》可參考《劉禹錫集箋證，卷 16〈天說〉，頁 285。

〔註 31〕《劉禹錫集箋證》，卷 5 柳宗元〈天說〉，頁 137。

滅蟲對物有功，若令蟲生長，則對物有禍。若能將殘害天地之人減少，係對天地有功，故將受賞；若增產破壞天地之人，則對天地有害，故會受罰。韓愈此說，其弊乃相信天會賞功罰罪。至於惡人享福，善人遭殃論，則是功罪顛倒說，而以害人爲對天有功，此說不亦惑矣！

至若，柳宗元所作之《天說》，則近乎後者之看法，以爲天係無知者，不能賞功罰罪。「假而有能去其攻穴者，是物也，其能有報乎？繁而息之者，其能有怒乎？天地，大果蓏也；元氣，大癰痔也；陰陽，大草木也。其烏能賞功而罰禍乎？功者自功，禍者自禍，欲望其賞罰者大謬。呼而怨，欲望其哀且仁者，愈大謬矣」〔註32〕其意蓋謂：人爲破壞自然，天未必發怒；若能除去人爲破壞，天亦不予報答。此種說法較韓愈進步而高明，宗元提出「功者自功，禍者自禍」，即認爲「墾原田，伐山林」等，或有功，或有禍。此乃人爲改變自然，有功者係破壞自然，有禍者亦爲破壞自然。有功者係改造自然，收到功效，即所謂「功者自功」；有禍者係破壞自然，將造成災禍，即所謂「禍者自禍」。如此說法，已初步認識破壞自然將受到自然之懲罰，改造自然將得到自然之好處。此爲當時最佳之認識。

柳宗元之說是以有功者自求成功，有禍者自造禍根與天無關。此論與韓愈之說相異，韓以爲人破壞自然，是有禍害天地，如蟲之禍害生物一般，未有功也，惟除去殘害人，方對天有功。劉禹錫之論說異乎韓、柳之說，彼於〈天論中〉篇云：

> 夫舟行乎濰、淄、伊、洛者，疾徐存乎人，次舍存乎人風之怒號，不能鼓爲濤也；流之泝洄，不能峭爲魁也。適有迅而安，亦人也；適有覆而膠，亦人也。舟中之人未嘗有言天者，何哉？理明故也。彼行乎江、河、淮、海者，疾徐不可得而知也，次舍不可得而必也，嗚條之風，可以沃日；車蓋之雲，可以見怪。恬然濟，亦天也；黯然沉，亦天也；阽危而僅存，亦天也。舟中之人未嘗有言人者，何哉？理昧故也。〔註33〕

劉禹錫此論，以爲於河流中航行，一切可以由航行者掌握，或安全至彼岸，或翻船河中，皆人爲關係，無關乎天。船於江、河或海上航行，航行者掌握不住己之命運，一切皆憑天意也。又云：「水與舟二物也。夫物之合并，

〔註32〕《柳河東集》卷16〈天說〉，（臺北：河洛圖書出版社1975年12月）頁285。
〔註33〕《劉禹錫集箋證》，卷5〈天論中〉，頁142。

必有數存乎其間焉。數存，然後勢形乎其間焉。一以沉，一以濟，適當甚數，乘其勢耳。」彼勢之附乎物而生，猶影響也〔註34〕。此說水與船結合，定有數在內，而造成一種勢。一船沉沒，一船至彼岸，皆數乘勢造成者。此「數」已含有規律之意味。故航行者若於其中違反規律，逆勢而強行，必造成翻船；若航行者於其中符合規律，順勢而行，必安然抵達彼岸。此非天意，而是人爲，此說係爲劉禹錫光輝之思想。彼以爲人能掌握命運時，即爲人事而非天意；不能掌握命運時，則爲天意，非人事。尤重要者，此說提出「數」、與「天」、「人」三者合而觀之，而「數」，已含有規律之意味。

比較言之，韓愈對天之認識爲最劣，彼以爲天有意志，能賞功罰罪。而柳宗元則較韓愈高明，其不信天有意志。而劉禹錫又較柳宗元高明，彼亦不信天有意志。韓愈見惡人得福，善人遭殃，因而產生奇想；此與迷信宗教不同，然韓愈實際結合，而唯見破壞自然之一面，未見改造自然之一面，致結果失之偏頗。而柳宗元結合實際，能見得改造自然之一面，較韓愈全面，故其觀點比較正確。劉禹錫則結合生活實際，見得人在何種場合下相信天，在何種場合下不相信天，顯係自另一角度以說明對天之認識。

以比較之方法探討問題，誠有助於吾人提高對「天」之認識。蓋以唯心之觀點探討問題，必然產生錯誤；以唯物之觀點探討問題，則能切合實際。再以此種方法結合生活實踐，要求視得全面，由不同之生活實踐中，尤可體會當中之道理。劉禹錫能以比較之方法寫作〈天論〉，異乎韓、柳之〈天說〉，此乃劉之高明處，亦其所以自負擅於論說之由也。

五、諷刺譬喻

劉禹錫於散文中，喜以諷刺譬喻手法，表現其中心之憤懣。不論用典故或寓言表達，皆有諷刺意味。其雜著文中，常評議古今，或詳論政教；端隨其行文而表明心意。故其爲文，無一定之體制；縱有其體制亦各隨文意而有不同之體例與篇名。如〈觀博〉一文：

> 且祝之曰：「其來如趨，其去如脫。事先越趄，命中無蹉跌，無從彼呼，無戾我恆。」分曹遒迫，自朝至於日中稷，而率與所祝異焉。客視骨如有情焉，如或馮焉，悉詈之不泄，又從而齕齧蹂躪之，莫顧其十目之咍讓也⋯。子劉子曰：先人者制人，博投是已。從人制

〔註34〕《劉禹錫集箋證》卷5，（上海：上海古籍出版社1989年12月）頁142～143。

於人，枯棋是已。二者豈有數存乎其間哉！但處之勢異耳。是知當軸者易生嫌，而退身者易爲譽。易生之嫌，不足貶也，易爲之譽，不足多也。在辨其所處而已。〔註 35〕

此文取勢甚遠而曲，其指歸全在末數語，所謂「當軸者易生嫌，而退身者易爲譽。易生之嫌，不足貶也；易爲之譽，不足多也」〔註 36〕，蓋永貞中爲崇陵使判官之遭謗而發。此篇與〈觀市〉相次，彼爲元和二年（八〇七）作，此當亦同時作，故憤激乃爾。禹錫以譬喻手法，並以穀梁之學行文，其文體似之，故亦多用其詞句，如「分曹遒迫，自朝至於中稷，而率與所視異焉。」即是也。再如〈觀市〉所云：「郡守有志於民，誠信而雩，遂徧山川、方社，又不雨，遂遷市於城門之逵。余得自麗譙而俯焉。」〔註 37〕此亦用《穀梁傳》：「閔雨者有志乎民者也」之句，禹錫好用《穀梁》，此亦一證。「有志乎民」，謂關心民事。《觀市》一文亦有「元和二年」（八〇七）句，知其初遭遷斥，怨望尤深，故假以譏朝士之鬨爭，然亦曲盡市肆喧囂溷雜之狀。

又禹錫雜著諸篇，殆所謂「讀書有所感輒立評議」者。亦屬其貶謫時期，寄託情懷之作。其〈劉氏略說〉云：

及謫於沅、湘間，爲江山風物之所蕩，往往指事成歌詩，或讀書有所感，輒立評議。窮愁著書，古儒者之大同，非高冠長劍之比耳。前年蒙恩澤，以郡符居海壖，多雨慝作，適晴喜，躬曬書於庭，得以書四十通。逌爾自哂曰：「道不加益，焉用是空文爲？眞可供醬藥楮中耳。」〔註 38〕

由此可知，劉禹錫詩歌之創作，其詠朗州、連州風土諸篇，皆在其貶謫時完成；而其志事大抵亦見於此；且率比喻之諷刺譬喻之筆法，道其心中不平之鳴。再如《魏生兵要述》云：

有鉅鹿魏生持所著書來謁曰：「不佞始讀書爲文章，凡二十年，在貢士中，孤鳴甚哀，卒無善聽者。退而收視易慮，伏北窗下，考前言，成《兵要》十編。度諸侯未遑是事，將笈而西，求一言以生翼。」予取書觀之，始自黃帝伏蚩尤，至隋氏平江南，語春秋戰國事最備。

〔註 35〕《劉禹錫集箋證》，卷 20〈觀博〉，（上海：上海古籍出版社 1989 年 12 月）頁 533。
〔註 36〕《劉禹錫集箋證》，卷 20〈觀博〉，頁 533。
〔註 37〕《劉禹錫集箋證》，卷 20〈觀市〉，頁 535～536。
〔註 38〕《劉禹錫集箋證》，卷 20〈劉氏略說〉，頁 540。

磅礴下上數千年間，其擩摭評議無遺策，用是以干握兵符貴人，宜有虛己而樂聞者。〔註39〕

此當爲大和六、七年（八三二、八三三）間在蘇州時徇人祈請之作。「鉅鹿」魏生，特指其郡望，非謂其爲鉅鹿人也。觀其自言「讀書爲文章，凡二十年，在貢士中，孤鳴甚哀，卒無善聽者」，可見唐時文士縈心科名，窮老不遇之狀。禹錫爲其所撰《兵要》作序，不曰紀，亦不曰引或解，但曰述，以其書之不足道，聊徇其意爲之薦揚耳。

其次爲〈救沈志〉，此文爲劉禹錫初貶朗州期間所作。永貞元年（八〇五）劉禹錫貶朗州，値大水，文此即記大水時，一位僧人組織青年拯救溺水者之情況；且藉僧人堅決反對救落水鷙獸一事，說明「善人在禍，不救不祥，惡人在位，不去亦不祥」之道理。時藩鎮割據，宦官擅權，永貞革新失敗，革新參加者非死即貶，故而提出作者之觀點，寓意十分明顯，其文云：

貞元季年夏大水，熊、武五溪鬥決於沅，突舊防，毀民家。躋高望之，溟涬葩華，山腹爲坻，林端如莎。湍道駛悍，不風而怒。崱㠥前邁，浸淫旁掩。柔者靡之，固者脫之。規者旋環之，矩者倒顚之。輕而泛浮者硠磕之，重而高大者前卻之。…有僧愀然焉誓於路曰：「浮圖之慈悲，救生最大。能援彼於溺，我當爲魁。」里中兒願從四三輩，皆狎川勇游者。……僧趣訶之曰：「第無濟是爲！」目之可里所，而不能有所持矣。舟中之人曰：「吾聞浮圖之救貴空，空生普，普生慈，不求報施之謂空，不擇善惡之謂普，不逆困窮之謂慈。曏也生必救而今也窮見廢，無乃計善惡而忘普與慈乎！」〔註40〕

此文述朗州遭大水時，拯援漂溺之人畜而獨不救一虎，意即《左傳》所謂「一日縱敵，數世之患」及「除惡務盡」之旨；蓋虎雖被迫而乞命，及其得生，則本來面目將復現矣。文首云貞元季年，則禹錫尚未貶朗州，此亦假朗州人之言以託諷耳。亦可見禹錫爲政之道，關心民瘼，並譏諷當政者，爲權相爭，棄百姓不顧之心態。又據董侹修陽山廟碑載：「永貞元年（八〇五），沅水氾溢，壞及廬舍，幾盈千室，生人禽畜，隨流逝止」。（註三四）其所述者正與本文相似。又貞元季年與永貞元年即屬同一年，禹錫既與董侹常有往

〔註39〕《劉禹錫集箋證》，卷20〈魏生兵要述〉，（上海：上海古籍出版社1989年12月）頁549。

〔註40〕《劉禹錫集箋證》，卷20〈救沈志〉，頁551～552。

還，或至朗州後聞之於董侹，因而筆之於書耳。

劉禹錫雜著諸篇，係在朗州以至夔、和、蘇州所著，非一時所作，故不依年月次第，亦不依文體，特爲其雜感而發，遂將所見所聞，假物託諷，寄寓之情，表現於文中，以弭息其心胸不平之氣。此等雜著中，雖有遭貶時憤激之詞，然終未見其隨俗逐流，或陷於窮困而變節之行；而仍秉持其固有之理念與純眞之情感，平凡言行，樂觀進取，耿介自守，洵爲可貴矣！

結　語

綜觀劉禹錫古文之特色凡五：有立異創新，則有用字不避罕見、善用疊字、遣詞造句喜以新奇爲務；其體制亦以新奇爲能事。影響所及，不惟晚唐作家樂於學習；即後代習文者，亦莫不以劉禹錫之古文爲圭臬。至於用典，則以歷史典故爲主，不論諷刺、寓言，甚至說理、論述，皆以《穀梁》、《史記》、《漢書》爲其擷取之對象。而寓言之創作，尤爲劉禹錫抒情、說理、勸戒及寄託心志之所在。比較之應用，係劉禹錫綜合實際生活，而以〈天論〉三篇爲其思想最佳之詮釋，更異乎韓、柳之說。諷刺譬喻，爲其寫作古文時之特質，亦其憤懣不平之宣洩。故有古今之評議，政教之論述，端隨其行文表明其心意。因其爲文，無一定體制，即有體制者，亦各隨文意而有不同之體例與篇名也。

第二節　劉禹錫古文之評價

王、韋黨事，在中唐乃屬大公案，當時無人敢批評，而後代學者對此事，則有不同看法。劉禹錫身爲黨人之一，史學家對其評論，往往與黨事牽連一起，同情王、韋黨人者，則稱讚之；憎惡王、韋黨人者，則攻擊之。

《新唐書》云：「爲人子者宜愼事，不貽親憂。若禹錫望它人，尤不可赦。〔註41〕又《舊唐書》云：「蹈道不謹，昵比小人，自致流離，遂隳素業。故君子群而不黨，戒懼愼獨，正爲此也。」〔註42〕史書對劉禹錫之作爲，極爲反對。宋晁補之亦以爲劉禹錫「既不自愛，朋邪近利，以得譴逐。流離遠徙，不安於窮，

〔註41〕《新唐書・劉禹錫傳》，（臺北：鼎文書局印行，1979 年 12 月）卷 168 列傳 93，頁 5129。

〔註42〕《舊唐書》，〈劉禹錫・柳宗元傳〉，（臺北：鼎文書局印行，1979 年 12 月）卷 160 列傳 110，頁 4215。

又不悔己失」〔註 43〕，遂其爲小人。吳縝則批評：「如禹錫者，固非良士，而又朋附小人，竊弄威柄。方其得志之秋，朋黨稱扇，變故異常，妄相進擢，既不符天下之望，宜爲正人之所疾惡。」〔註 44〕此種批評，均受史書觀點影響所致。

蘇軾對劉禹錫之才學極爲佩服，然亦深惋其附於王、韋黨，以認爲「唐柳宗元、劉禹錫使不陷叔文之黨，其高才絕學，亦足以爲唐名臣矣。」〔註 45〕首先打破傳統看法，說八司馬是「奇材」之人，爲王安石，彼云：

> 余觀八司馬，皆天下之奇材也；一爲叔文所誘，遂陷於不義。至今天士大夫欲爲君子者，皆羞道而喜攻之。然此八人者既困矣，無所用於世，往往能自強以求列於後世，而其名卒不廢焉。而所謂欲爲君子者，吾多見其初而已；要其終，能毋與世俯仰以自別於小人者少耳！復何議彼哉！〔註 46〕

王安石認爲八司馬爲天下「奇材」，雖受誘於叔文而陷於不義，但困廢猶能自強不懈，故其名終不廢於世，此非常人所能爲也，蓋安石與八司馬贊許，且有同情與評價。范仲淹尤大膽爲王、韋黨人翻案，而云曰：

> 劉與柳宗元、呂溫數人，坐王叔文黨，貶廢不用。覽數君之述作，而禮意精密、涉道非淺，如叔文狂甚，義必不交。叔文以藝進東宮，人望素輕，然傳稱知書，好論理道，爲天子所信。順宗即位，遂見用，引禹錫等決事禁中。及議罷中人兵權，牾俱文珍輩，又絕韋皐私請，欲斬劉闢，其意非忠乎？皐銜之會，順宗病篤，皐揣太子意，請監國，而誅叔文，憲宗納皐之謀，而行內禪。故當朝左右，謂之黨人者，豈復見雪。唐書蕪駮，因其成敗而書之，無所裁正。孟子曰：「盡信書，不如無書。」吾聞夫子褒貶，不以一疪而廢人之業也，因刻三君子之詩，而傷焉。至於柳、呂文章，皆非常之士，亦不幸之甚也。韓退之欲作唐之一經，誅姦諛於既死，發潛德之幽光，豈有意於諸君子乎！故書之。〔註 47〕

〔註 43〕《雞肋集》，卷 48〈舊唐書雜論〉，（北京：中華書局出版 1997 年 12 月）頁 421。

〔註 44〕《新唐書糾繆》，卷 4〈劉禹錫得志時三事與別傳皆差條〉。

〔註 45〕《東坡續集》，卷 8〈續歐陽子明黨論〉，頁 245。

〔註 46〕《臨川集》，卷 46〈讀柳宗元傳〉，（臺北：河洛圖書出版社 1975 年 3 月）頁 165。

〔註 47〕《范文正公集》卷 6〈述夢詩序〉，（臺北：河洛圖書出版社 1975 年 3 月）頁 119～200。

范氏以爲：一八司馬均非等閒之人，王叔文若是猖狂無識之徒，八司馬豈能甘心受彼籠絡？二由此事件過程而知，黨人陷於無法自白之窘境，所謂「歷史」掌握於敵對人之手；唐書不知辨析，徒以成敗論人，此種「歷史」，豈可盡信？范氏見解，可云卓越不群。二王八司馬之罪名得范氏洗刷，至此，即使未能完全滌清其罪名，與人有新啓示。對於王、韋黨人之看法，至此方有新評價。宋代嚴有翼，《柳河東先生集附錄卷下・柳文序》明代胡震亨《唐詩談叢》王世貞《書王叔文傳後》清代王鳴盛《十七史商榷》王夫之《讀通鑑論》，皆有類似看法以爲王、韋等人之作爲均出於忠心，惜過於急躁求功耳。

雖然，劉禹錫之文章，於當代及後世，則有較一致之看法，且幾爲稱賞之批評；而其對後世之影響，論者雖少，然亦不可輕忽其才學見識，故本章特分兩節與以敘評。

劉禹錫對其文章之創作頗自負，曾於《祭韓吏部文》中云：

> 昔遇夫子，聰明勇奮，常操利刃，開我混沌。子長在筆，予長在論，持矛舉楯，卒不能困。時惟子厚，竄言其間。〔註48〕

彼自認長於論說，而韓愈長於記實，二人各有所長，不能互困，惟柳宗元之文章足以抗衡其間。此說曾遭宋王應麟譏斥云：「劉夢得文不及詩，祭韓退之文，及謂子長在筆，多長在論，持矛舉楯，卒莫能困，可笑不自量」〔註49〕。然與夢得同時之李翶於所撰〈唐故中書侍郎平章事韋公集紀〉云：

> 一旦習之憮然謂蕃曰：「翱昔與韓吏部退之爲文章盟主，同時倫輩，惟柳儀曹宗元劉賓客夢得耳。韓柳之逝久矣，今翱又被病，慮不能自述，有孤前言，齎恨無已，將子薦誠於劉君乎？〔註50〕

李翶與劉禹錫同時，又爲唐代古文運動中之重臣，此語所云，足以證明劉禹錫於唐代古文運動中，實有其重要之地位。劉禹錫強調文章之用要有爲而爲之，且云：「文之細大，視道之行止，故得其位者，文非空言。」〔註51〕此見解，與韓、柳古文運動之理論正相同。

唐代以降，稱賞劉禹錫文章者亦不少，如《舊唐書》本傳云：

〔註48〕《劉禹錫集箋證》，外集卷10〈祭韓吏部文〉，（上海：上海古籍出版社1989年12月）頁1537。

〔註49〕《困學紀聞》，卷17〈評文〉，（臺北：商務印書館1971年3月）頁1306。

〔註50〕《劉禹錫集箋證》，卷19〈唐故中書侍郎平章事韋公集紀〉，頁487。

〔註51〕宋・胡元任，《苕溪漁隱叢話》前集，卷20引〈雪浪齋日記〉，（臺北：長安出版社1980年6月）頁135。

禹錫精於古文，善五言詩，今體……文章復多才麗。〔註 52〕

同卷史臣曰：

貞元大和間，以文字聳動搢紳之伍者，宗元、禹錫而已。其巧麗、淵博、屬辭、比事，誠一代之宏才。如俾之詠歌載，黼藻王言，足以平揖古賢，氣吞時輩。〔註 53〕

文中將禹錫與宗元並稱，以「一代宏才」美之，上齊古賢，誠屬極高之評價。又如趙璘《因話錄》云：

元和以來，詞翰兼奇者，有柳柳州宗元、劉尚書禹錫及楊公。……劉楊二人，詞翰之外，別精篇什。又張司業籍善歌行，李賀能爲新集府，當時言歌篇者宗此二人。〔註 54〕

以「詞翰兼奇」，「別精篇什」稱讚禹錫，似又在柳宗之上矣。又如姚鉉《唐文粹自序》云：

有唐三百年，用文治天下。陳子昂起於庸蜀，始振風雅，繇是沈宋嗣與李拉傑出，六義四始一變至道洎張燕公以輔相之，才專選譔述之任。雄辭逸氣聳動群聽蘇許公，繼以宏麗丕變習俗，而後蕭李以二雅之辭，本述作又常楊以三盤元體演絲綸，郁郁之文於是在。韓史部，超卓群流獨高遂古，以二帝三王爲根本，以六經四教爲宗師憑陵車蘭轢，首唱古文，遏橫流於昏墊闢正道於夷坦。於是柳子厚、李元皋、李翱皇甫湜又從而和之……至於賈常侍至、李補闕翰、元容州結、獨孤常州及、呂衡州溫、梁補闕肅、權文公德輿、劉賓客禹錫、白尚書居易、元江夏稹，皆文之雄傑者歟。世謂貞元、元和之間，辭人咳唾，皆成珠玉，豈誣也哉！〔註 55〕

以禹錫爲貞元元和間文之雄傑者，與賈至、李翰、呂溫、白居易……等並列，亦肯定禹錫於唐代古文壇上，有其重要之地位。至於地位之高下，見仁見智，代有不同，不可一概而論。如《唐文紀事》引《宋祁筆記卷》卷上云：

〔註 52〕《舊唐書》，〈劉禹錫．柳宗元傳〉，卷 160 列傳 110，（臺北：鼎文書局印行 1979 年 12 月）頁 4215。

〔註 53〕同註 12。

〔註 54〕宋．趙璘，《因話錄》，卷 2，參考《叢書集成新編》第 86 冊，（臺北：新文豐出版社 1975 年 6 月）頁 101。

〔註 55〕宋．姚鉉，《唐文粹》自序，（臺北：商務印書館）頁 1。

> 李淑之文，自高一代，然最愛禹錫文章，以爲唐稱柳、劉。劉宜在柳柳州之上。淑所論多類之，末年尤奧澀，人讀之，至有不能曉者。柳州爲文，或取前人陳語用之，不及韓吏部卓然不朽。丏於古而出一語諸已。劉夢得巧於用事，故韓柳不加目品焉。〔註56〕

宋人李淑特欣賞禹錫文章，以爲唐代柳、劉並稱，劉應居宗元之上。然或以爲劉文宜在韓、柳之下，而在杜牧、李翺之上。又如《唐文紀事》引《餘師錄》云：

> 李朴送徐行中序云：吾嘗論唐人文章，下韓退之爲柳子厚，下柳子厚爲劉夢得，下劉夢得爲杜牧，下杜牧爲李翺、皇甫湜；最下者爲元稹、白居易。蓋元、白以澄澹簡質爲工，而流入於鄙近，譬如哇淫之歌，雖足以快心便耳，而類乏韶濩；翺、湜優柔泛濫，而詞不掩理；杜失清深勁峻，而體乏步驟；夢得俊逸麗縟，而時窘邊幅；子厚雄健飄舉，有懸崖峭壑之勢，不幸不發於仁義，而發於躁涎；至退之而後淳粹溫潤，駸駸乎爲六經之苗裔。〔註57〕

劉禹錫之文雖「俊逸麗縟」，然「時窘邊幅」，氣魄未盡壯闊，故次於韓柳之下；而猶在杜牧、李翺、皇甫湜、元稹、白居易之上。此種評價，對禹錫而言，可謂高矣！足見禹錫古文之造詣，有其實質之分量，方能博得此稱譽。

唐・沈亞之〈賢集原序〉云：「文章盛衰與世升降，唐之文風，大振於貞元、元和之間，韓、柳唱其端，劉、白繼其軌。當時學者，涵濡游泳攬其英華，洗渥磨淬輝光，日新苟有作者，皆足以拔出流俗，自成一家之語。……」〔註58〕自散文創作之實踐而云，劉禹錫對古文運動亦有其貢獻也。

清・平步青云：「柳州初工駢體，後乃篤志古文，其才氣陵厲，足以抗韓。」又云：「同時若劉賓客，才辯縱橫，間以古藻，亦柳之亞。」〔註59〕此亦說明，劉禹錫之古文，殊堪與韓、柳並轡也。總之，劉禹錫之古文於當代及後世文壇皆有其重要地位，頗受讀書人之重視，《四庫提要》稱讚劉禹錫能在古文運動中與韓愈、柳宗元鼎足而立〔註60〕，堪稱定評。

〔註56〕《唐文紀事》引《宋祁筆記》上卷，（臺北：世界書局1971年3月）頁216。
〔註57〕《唐文紀事》引《餘師錄》卷31，頁1480。
〔註58〕《四庫全書》，集部18別集類1079〈沈下賢集原序〉，（臺北：商務印書館）頁3。
〔註59〕清・平步青，《霞外攟屑》，卷6《唐宋文選條》。
〔註60〕《四庫全書總目》，卷150集部、別集類3，頁1290。

第三節　影響

劉禹錫文章之特色與風格，向來談者蓋尟。然從有限資料中，大致可知前人欣賞重點所在。概而言之，其散文造語與寓言體裁，最受人留意，亦最具影響，茲分述如次：

一、古文造語方面

宋張邦基《墨莊漫錄》

> 予少年在湘陽，曾絃伯容云：「唐人能造奇語者，無若劉夢得。作連州廳壁記云：『環峰密林，激清儲陰，海風歐溫，交戰不勝，觸石轉柯，化爲深涼颸。城壓赭岡，距高負陽，士伯噓濕。抵堅而散。襲山逼谷，化爲鮮雲。』蓋前人未道者。不獨此爾，其他刻峭清麗者，不可概舉。學爲文者。不可不成誦也。」〔註61〕

張氏以認爲唐人文章中，以夢得最擅「造奇語」，如〈連州廳壁記〉一文，誠道人所未道；而此種刻峭清麗之文章，於劉禹錫《文集》中，實不勝枚舉。又《唐文紀事》引云：

> ……夢得云:「水禽嬉戲，引吭伸翮。紛驚鳴而決起，拾綵翠於沙礫」，亦妙語也。〔註62〕

此乃劉禹錫〈楚望賦〉之辭句，博得「妙語」之讚，同時劉禹錫與柳宗元亦被稱爲「皆善造句」之作家，劉禹錫〈上淮南李相公啓〉之「駭機一發，浮謗如川巧言奇中，別白無路」句〔註63〕，宋祁稱爲「信文之險語」〔註64〕。由此可知，劉禹錫善造奇語、險語，能言人之所未言。立異創新，乃韓、柳推行古文運動之風尚，亦爲「陳言必盡，辭必己出」之實踐者。

其次，劉禹錫古文中，亦有因襲前人文法、陳言，而稍加點化增改辭句者。如王應麟《困學紀聞》載云：

> 劉夢得〈口兵戒〉，「可以多食，勿以多言」，本鬼谷子：「口可以食，不可以言」。〔註65〕

〔註61〕《叢書集成新編》卷，10 宋・張邦基《墨莊漫錄》，（臺北：新文豐出版社 1975 年 6 月）頁 717。

〔註62〕《唐文紀事》卷 31，（臺北：世界書局 1971 年 3 月）頁 1481。

〔註63〕《劉禹錫集箋證》，卷 18〈上淮南李相公啓〉，頁 452。

〔註64〕《叢書集成新編》卷，卷 9《宋祁筆記》，頁 617。

〔註65〕《困學紀聞》，（臺北：商務印書館 1971 年 3 月）卷 17〈評文〉，頁 1312。

又云：

> 劉夢得〈歎牛〉云：「員能霸吳屬鏤賜，斯既帝秦五刑具，長平威震杜郵死，垓下敵禽宗室誅。」劉夢得〈儆舟〉云：「越子膝行吳君忽，晉宣尸居魏臣怠；白公厲劍子西晒，李園養士春申易。」文法倣漢書蒯通等傳贊。〔註 66〕

洪邁《容齋隨筆》亦云：

> 作文旨意句法，固有規倣前人，而音節鏘亮不嫌於同者。……劉夢得〈因論。儆舟〉篇云：「越子膝行吳君忽，晉宣尸居魏臣怠，白公厲劍子西哂，李園養士春申易。」亦效班史語也。然其模範，本自《荀子成相篇》〔註 67〕

凡此，均稱道劉禹錫善用模仿前人造語以入句之實例，宋代古文大家蘇軾亦精於此道，渠曾化劉禹錫之「陳言」，變而為己之詩文。王應麟《困學紀聞》載云：

> 劉夢得〈何卜賦〉云：「同涉於川，其時在風，沿者之吉，泝者之凶；同藝于野，其時在澤，伊穜之利，乃稑之厄。」東坡詩：「耕田欲雨刈欲晴，去得順風來者怨。」本此意。〔註 68〕

要之，詩文名家除能創新外，須具有推陳出新之本事。劉禹錫造奇語、用陳言之工夫已如上述；其匠心獨運，不落俗套，創造特殊作法，為後人習文之楷模，亦有跡可循也。

二、寓言體裁方面

劉禹錫以古文創作寓言，並使寓言成為獨立成篇之作，禹錫之古文為後人習文之典範，其寓言對後代亦影響深遠。

劉禹錫寓言以〈因論七篇〉最著，唯後世未見以論為名之寓言，而轉變為說體，如宋代之《艾子雜說》三十九篇、明初蘇伯衡之《空同子瞽說》二十八首。胡翰嘗跋《瞽說》云其「託物以造端，比事以寓意、緣情以見義，明於國家之體，達於人情之變」〔註 69〕，正猶〈因論〉所謂造端乎無形、措旨

〔註 66〕《困學紀聞》，卷 17〈評文〉，頁 1324～1325。

〔註 67〕《容齋隨筆》，（上海：上海古籍出版社 1996 年 3 月）卷 9〈作文句法〉頁 721。

〔註 68〕《困學紀聞》，卷 48，頁 617。

〔註 69〕《蘇平仲文集》卷 16，參考臺灣師範大學 1994 年顏師瑞芳博士論文《中唐三家寓言研究》，頁 290。

於至適之意。而三者分別以劉子、艾子、空同子作爲貫穿各篇之人物，亦可見其一脈相承之關係。

元末明初重要寓言作家劉基、其《郁離子》中有不少寓言取意於劉禹錫，如〈道士救虎〉一則，寫道士因一念之慈，拯虎於溺反爲猛虎所傷之故事，顯然脫胎於劉禹錫〈救沉志〉。文云：

「蒼筤之山，溪水合流，入於江。有道士築於上以事佛，甚謹。一夕山水大出，漂室廬，塞溪而下。人騎木乘屋，號呼求救者，聲相連也。道士具大舟，躬蓑笠，立水滸，督善水者繩以俟。人至，即投木索引之，所存活甚眾。平旦，有獸身沒波濤中而浮其首，左右盼，若求救者。道士曰：『是亦有生，必速救之。』舟者應言往，以木接上之，乃虎也。始則矇矇然，坐而舐其毛；比及岸，則瞠目視道士，躍而攫之，仆地。舟人奔救，道士得不死而重傷焉。

郁離子曰：『哀哉！是亦道士之過也。知其非人而救之，非道士之過乎？』」〔註70〕〈救沉志〉中僧者料定摯獸必傷人，堅決不救虎遺患，而引發眾人「計善惡而忘普與慈」之質疑。〈道士救虎〉中，道士則不別善惡，唯普與慈是念，致爲虎所重傷。〈救虎〉於題材、立意及形式，皆與〈救沉志〉近似，唯其入筆則一正一反而已。

劉禹錫〈觀市〉、〈觀博〉，觀事託諷而爲寓言，至元末明初宋濂作〈龍門子觀漁〉、具瓊作〈觀捕魚記〉，清代梅曾亮亦作〈觀漁〉，惜所觀侷限於漁事，未能畢竟發皇之功。

由此以觀，劉禹錫寓言影響所及，可謂深遠，時代而言有宋、元、明、清四朝，人物而言有如貝瓊、宋濂、劉基、蘇伯衡、方孝孺、梅曾亮等人，其中以宋濂、劉基、蘇伯衡、方孝孺爲最，然此皆形諸文字，見於作品之有形影響；至若千年以來，王侯庶人吟誦諷味，感其寓意而皤然省悟，洗面革心，滌盪性靈，其於思想、教化之無形影響，則更難以估量矣！

今以文類、體別、篇目、原文大意、假借物類、影射指歸六項要目，表列劉禹錫寓言散文趣於後，以供參考：

〔註70〕劉基《郁離子》卷上，參考臺灣師範大學1984年顏師瑞芳碩士論文《劉基、宋濂寓言研究》，頁291。

附表 10-1：

文　類	體　別	篇　目	原文大意	假借物類	影射指歸
論　說	散　文	鑒藥	借劉子治病用一藥一事，由理身之道言治國之方。	治病	執政者（官員）
		訊甿	借流農，控訴藩鎮跋扈官吏兇狠醜態，並提出理民之方。	甿民	執政者（官員）
		嘆牛	諷刺執政者之勢利，慨嘆才士功臣「用盡身賤，功成禍歸」之悲哀。	牛	執政者（政府）
		儆舟	以行舟之道，諷執政者不可苟且偷，忽於治道，不然將有亡國滅族之恨。	行舟之道	執政者
		原力	諷刺朝廷貪日得，乏遠見，不務網羅賢才，惟知搜求力士。	傳吏、力士、儒客	執政者（皇上）
		說驥	良馬畜之不以其道，不能以驥德聞；人才待之不以其道，不能以賢能聞。馬之德存乎形，知馬尚不易；人之德蘊於心，識人爲尤難！慨嘆才士不爲世所知也。	良馬	執政者（皇上）
傳記體		述病	劉子衛之乖方，故病薄而癒晚；僕兀然無知，故病酷而痊早。因悟利鈍相長，「樂於用則豫章貴，厚其生則社櫟賢」之理。	劉子、醫生、僕	自嘆
		救沉志	將摯獸類比爲朝廷之姦邪惡人，藉僧言；救虎適所以貽患，暗喻；善人在患當救，惡人在位當去。	僧、舟中人、摯獸	執政者（朝廷官員）
		觀博	客應主人要約而博投，敗則詈罵齜齺；乃請主人奕棋，客敗，然赧然有失鵠求身之色。可見「當軸者易生嫌，而退身者易爲譽」。	客、主人旁觀者	執政者（憤懣之作）
		觀市	藉虛市人集即滿，人去則虛之特性與親身所見，慨嘆世事盈虛變化，相尋也速，寄寓富豪無常之理。	坐賈、行賈、顧客	執政者（譏嘲爲官者）
序引體		昏鏡詞引	皎鏡不能隱芒杪之瑕，故世人不用；昏鏡霧如反而得售。諷刺朝廷之賢愚不分，黑白顛倒，抒發自己忠而見謗之憤。	鏡工、人	執政者（朝廷）、皇上
		養鷙詞引	鷙鳥飢則爲用，飽則不聽號令。喻藩鎮，武臣肥厚坐大，則不服朝廷。	富豪翁、臧獲	藩鎮、宦官、官吏
		調瑟詞引	富豪翁自奉厚而嚴督臧獲，臧獲乃爭相逃亡。喻政苛賦毒，民將不堪。	富豪翁、臧獲	藩鎮、宦官、官吏

詩賦體	韻　文	何卜賦	作者久窮不復，滿腹疑惑，招卜者而訊，卜者告以是非主於時，得失莫縈懷。作者於是「蹈道之心一，而俟時之志堅」，冰釋群疑。	余、卜者	朝政（自嘲）
		聚蚊謠	此詩乃借聚蚊成雷之諺，以喻讒者之眾。「天生有時」以下四句謂讒邪之人，雖凶惡，禦之亦自有術，終有一日殲滅之也。	蚊子	宦官藩鎮及小人
		磨鏡篇	此詩與本集卷一之〈砥石賦〉詞旨有相近處，而尤有待時而動之意，或在朗州時寫此以自慰。	鏡子	政客
		有獺吟	此詩大旨謂獺爲知禮之獸而反遭屠害，寓意固自顯然。	獺	執政者（官員）
		飛鳶操	此詩極力刻劃居高位者，忘身徇利之醜態。據篇末「鷹隼儀形螻蟻心」一語，疑指武元衡任御史中丞時之夙怨。又據「臆碎羽分」一語，更疑作此詩在元和十年元衡被刺以後。	飛鳶	藩鎮

（依《劉禹錫集箋證》而製，製表者王偉忠）

結　語

劉禹錫耿直個性，不畏強權。敢與執政者相抗衡，雖遭貶謫，亦不後悔，如此光明磊落之行徑，表現於寫作上，自有雄渾之風格。二十三年流放南荒之歲月中，仍未改其耿率之作風，在委婉陰柔之篇章中，時見憤恨之語，諷刺之詞，亦在所難免。

綜而言之，劉禹錫之古文在當代及後世文壇，實佔有其重要地位，並爲士人重視；而其成就，在韓、柳之外，能自爲軌轍，並與之鼎立而三。此種評價，誠然當之無愧。

結　論

劉禹錫爲一位政治思想家，其思想對於中唐頗有影響。劉氏爲「永貞革新」之要要成員，其政治思想與韓愈之保守相較，乃屬爲先進者；韓愈曾於詩中謂：「同官盡才俊，偏善柳與劉」，正可見其推重。劉禹錫非但關切時事，銳意革新，又有熾烈之政治意識。其哲學思想近柳宗元，以唯物觀念對待宇宙，曾與柳宗元、韓愈同時論天。故其《天論》三篇，可謂柳宗元《天說》之補充，亦爲韓愈天命觀之批評。劉禹錫於文中指出「空」爲物質之形態，並論說天無意志，不能干預人事，然天人爲相互依存之關係。此觀點與柳宗元相近，《唐故相國李公集紀》文中云：「文之細大，視道之行止」；《唐故尚書禮部員外郎柳君集紀》文中云：「八音與政通，而文章與時高下」，凡此，皆與柳宗元「文以明道」及「輔時及物爲道」之觀點相同。劉禹錫強調文與道統一，並道出時政與道之關係，此觀念亦可見政治改革者對文章創作之要求與標準。

劉禹錫之古文，於當時文壇，確有其影響；彼於所作文章，亦頗自負，故恆於文中論及時人之批評。《唐故中書侍郎平章事書公集紀》文中云：「翺與韓吏部退之爲文章盟主，同時倫輩惟柳儀曹宗元，劉賓客夢得耳」。禹錫於貞元末與韓、柳爲同僚，且常討論古文，並大量創作古文。《祭韓吏部文》文中云：「昔遇夫，聰明勇奮。常操利刃，開我混沌。子長在筆，予長在論。持矛與楯，卒不能困」此禹錫自稱其文章長于議論。誠然，劉禹錫之論說文，自有其特色；豪邁曠達，縱橫恣肆；《天論》之篇，即爲最佳之代表作。文中論述問題，層層深入，善於設喻，剖析明晰，哲理論證，不覺枯燥。並以對話方式，將其思想陳現於字裡行間，文氣自然，妙趣橫生。《宋、祁筆記》云：「夢得著《天論》三篇，理雖未極，其辭至矣！」。又《答饒州元使君書》，論述政治措施宜根據年代、地域不同而有變化，務使人人「便安」，斯爲得失；

並批判「以守舊弊為奉法」之錯誤觀念，以宣揚政治革新之思想。此類古文，筆致縝宓，分析透闢，多用比喻，深入淺出，無論思想內容，抑或文章風格，皆與「筍子」相似。再如《答道州薛郎中論方書書》、《答道州薛郎中論書儀書》，亦皆徵引豐富，推理細密，巧麗淵博，雄健曉暢。

劉禹錫之寓言古文，成就亦高，此類文章率篇幅短小，寓意深刻。或借物言志，或諷喻時事；或詠物抒情，或生發議論，風格多變，富于韻味。其代表作當推《因論》七篇，此組散文雖為「立言」之作實則一事一議，將敘事與議論相結合，揭示客觀世界之各種矛盾，反映其辯證之哲學哲理思想。此中《鑒藥》借用藥為喻，言處理問題宜適度，不能「過當」。《說驥》以識驥為喻，提出識別人才，選拔人才之不易。《訊甿》則借董晉鎮汴州，流民返歸，讚美董晉之吏治，並揭露藩鎮割據，殘害百姓，吏治敗壞，民不堪命之悲慘實情。《儆舟》一文則言覆舟往往於所易而非所畏之處，誠然意在言外，足以告誡當世。要之，此類文章皆以比喻為之，藉具體形象言理，以小見大；構思巧妙，語言活潑，以警世人，殊堪與韓、柳小品相比。

劉禹錫之抒情類古文，如《子劉子自傳》、《祭柳子厚文》、《祭韓吏部文》等，亦極為出色。其祭柳文重於抒寫個人哀痛，語言極有感染力；祭韓文則重於讚美韓愈之文學成就，措詞中肯。另有《秋聲賦》，立意新穎，形象生動，語言豪邁，一變歷來之悲秋之調，洵為佳作。其他賦篇，亦皆以眞情撰寫吐心中之塊壘，如《傷往賦并序》文中云：「人之所以取貴於飛走者，情也，而誕者以遣情為智，豈至言耶！予授室九年而鰥，痛苦人之一闕弗遂也。作賦以傷之，冀夫覽者有以增伉儷之重云。」

至若其記敘文，形象鮮明，寓意深刻，如《機汲記》、《救沈志》運用對話方式，夾敘夾議，富有哲理，引人入勝。文中運用生動筆觸，敘寫某僧曾於大水成災之際，奮力拯救落水之難民，反對撈起害人之「摯獸」，闡明「善人在患，不救不祥；惡人在位，不去亦不祥」之理，表現其卓越之見識。

劉禹錫之史識、史才，頗為後人所推崇，故於史論與碑傳均有佳篇。如《華佗論》，剖析執政者「用一恚而殺材能」之教訓；《因論・說驥》申述「德蘊於心者」，方足以得良才，此與韓愈《雜說》所云「千里馬常有，伯樂不常有」之理相通。而《高陵令劉君遺愛碑》，以事實抗命開渠興修水利，刻劃其思想品格，形象鮮明；並歌頌敢於摘奸犯豪之「循吏」，筆飽墨酣，為繼承史記循吏列傳之傑作。

他如表：狀、啓等應用文之創作，尤異乎當時人臣之寫作；其匠心之獨運，不落俗套，自有其特殊之處。如《夔州謝上表》文云：「伏惟文武孝德皇帝陛下，重衣穆清，叡鑑旁達，三統交泰，百神降祥，浹於華夷，盡致仁壽。臣家本儒素，業在藝文。」。引用先帝之德澤及其儒家思想，為民請命；其愛民如子之心，誠具儒者之風範。再如《和州謝上表》，以歷史故事為誡，頌讚聖君之仁政，而勸時君恪遵史訓，其意旨，端為江、淮、吳楚之災民請命，祈盼聖君須綏撫黎庶，慰問難民。又《同州舉蕭諫議自代狀》云：「時方被病，不果上道。長告已滿，塊然家居。今聞疾瘳，可以錄用，臣與俶久同班列，知其材能。為官擇人，敢舉自代」可知禹錫乃重義之士，肯為友人直言，不計個人利害得失，行文中肯眞實。再如《上門下武相公啓》一文，眞情流露，不虛偽造作，於辭無所假，而係以才氣眞情撰文。故其書信作品，不乏佳篇。如《答容州竇中丞書》、《與刑部韓侍郎書》、《答柳子厚書》等，皆是其例。

綜合前論，可知劉禹錫古文之寫作，蓋緣於時代激盪、環境影響、友朋切磋、貶謫刺激四種背景；其淵源，於經、史、子、集四部，均博觀而約取；其思想歸趨，涵蓋儒家、佛家、天人、宿命、政治等五項要旨；其文論有文章與時高下，為文以感情為務、文與道為是、重意境描繪、重視文采；其體裁，大列分論說、書牘、傳記、公牘、雜記、贈序、寓言、騷賦八類；其風格、雖紛繁多姿，大致仍以雄渾、委婉、憤慨為主；其古文特色有立異創新、善用典故、善用寓言、善以比較、諷刺譬喻五種；其影響，包括啓迪後世之散文創作，無論是文體抑是辭句導引當時文人及後世學者可謂深遠矣！總此上述各點，足證劉禹錫確為中唐傑出之古文家。

然余研究禹錫之古文有心得數端於後：

一、劉禹錫乃一志趣高、性情眞、有理想抱負之人，不因貶謫而屈志，誠為一位濟世愛民之儒者。

二、劉禹錫乃一才分極高之人，故所作散文別出心裁，長於論說；亦為善於寄託、用典之古文高手。

三、劉禹錫古文，巧麗淵博，屬辭比事，誠一代之宏才。如俾之詠歌帝載、黼藻王言，足以平揖古賢、氣吞時輩。

四、劉禹錫論文，以兼天下為貴，乃當時古文家之通論；而重視文采，提倡不同風格；文以見志，以氣度識見為宗；則當時古文家少言者，此與其遭遇是有關係。

主要參考書目

編輯說明：

1. 本參考書目分四大類：包括「專著論文」、「經史子類」、「詩文集類」、「詩文評論類」。
2. 本參考書目登載引用於本文中之著作、論文，其他著作、論文則擇要錄之。

一、劉禹錫研究專著論文類

1. 《劉賓客文集》，劉禹錫，故宮影宋本。
2. 《劉夢得文集》，劉禹錫，四部叢刊本，臺北：商務印書館。
3. 《劉夢得文集》，劉禹錫，畿輔叢書本，百部叢書。
4. 《劉禹錫集》，劉禹錫，北京：北京中華書局，今人卞孝萱校本，一九九〇年三月。
5. 《劉禹錫集箋證》，瞿蛻園，上海：上海古籍出版社，一九八九年十二月。
6. 《劉禹錫年譜》，羅聯添，台大文史哲學報八期，民國四七年十二月。
7. 《劉禹錫年譜》，張達人，臺北：商務印書館，民國五六年二月。
8. 《劉禹錫年譜》，卞孝萱，北京：北京中華書局，一九六三年。
9. 《劉禹錫研究》，張肖梅，臺大 69 年碩士論文，民國六九年五月。
10. 《劉禹錫的文學研究》，劉菁菁，政大 70 年碩士論文，民國七〇年五月。
11. 《劉夢得研究》，張長臺，東吳 71 年碩士論文，民國七一年五月。
12. 《劉禹錫》，卞孝萱，吳汝煜，國文天地雜誌社，民國八〇年九月。
13. 《劉禹錫詩集編年箋注》，蔣維崧、陳慧星等，濟南：山東大學出版社，一九九七年六月。
14. 《從劉禹錫、柳宗元談到李白》，章木，臺北：文馨出版社，民國六五年六月。
15. 《劉禹錫詩選》，梁守中，臺北：遠流出版公司，民國七七年七月。

16. 《劉禹錫詩文選注》，吳綱、張天池，西安：三秦出版社，民國八〇年六月。
17. 《劉禹錫詩文》，梁守中、倪其心，臺北：錦繡出版社，民國八二年再版。
18. 《劉禹錫詩文選注》，吳池煜、李穎生，上海：上海古籍出版社，一九九〇年二月。
19. 《讀劉禹錫【天論】》，庄印，臺北：新建設，民國五二年七月。
20. 《劉賓客嘉話錄校補及考証》，羅聯添，臺北：幼獅學誌第二期一卷二期二卷，民國五二年十月。
21. 《劉禹錫與連州》，文學研究論叢，臺北：莊嚴出版，民國六八年三月。
22. 《李商隱與劉禹錫的關係》，文學研究論叢，臺北：莊嚴出版，民國六八年三月。
23. 《試評劉禹錫的古文》，劉菁菁，實踐學報第十八期，民國七六年六月。

二、經史子類

1. 《十三經注疏》，臺北：中華書局，民國六八年二月。
2. 《史記》，司馬遷，臺北：鼎文書局印行，民國六八年十二月。
3. 《漢書》，班固，臺北：鼎文書局印行，民國六八年十二月。
4. 《隋書》，魏徵，臺北：鼎文書局印行，民國六八年十二月。
5. 《舊唐書》，劉昫等，臺北：鼎文書局印行，民國六八年十二月。
6. 《新唐書》，歐陽修等，臺北：鼎文書局印行，民國六八年十二月。
7. 《唐會要》，王溥，臺北：世界書局，民國五六年十二月。
8. 《資治通鑑》，司馬光，北京：中華書局，一九九七年十一月。
9. 《荀子集解》，臺北：蘭臺書局，民國七二年九月。
10. 《莊子集解》，王先謙，臺北：文津出版社印行，民國七七年七月。
11. 《楚辭補注》，洪興祖、蔣驥，臺北：長安出版社，民國六七年十二月。
12. 《四庫全書》，紀昀，臺北：商務印書館，民國六五年七月。
13. 《四庫全書總目提要》，紀昀，臺北：藝文印書館，一九六五年六月。

三、詩文集類

1. 《韓昌黎先生集》，韓愈，臺北：河洛圖書出版社，民國六四年三月。
2. 《柳河東集》，柳宗元，臺北：河洛圖書出版社，民國六四年十二月。
3. 《古文淵鑑》，徐乾學，臺北：學部圖書局。
4. 《全唐文》，董誥等，臺北：大化書局，民國七一年十一月。
5. 《文苑英華》，李昉等，臺北：華文書局，民國六八年六月。

6. 《唐代文選》，孫望等，上海：江蘇古籍出版社，一九九一年八月。
7. 《小倉山房文集》，袁枚，臺北：文海出版社，民國六八年三月。
8. 《韓愈研究》，羅聯添，臺北：學生書局，民國六六年十一月。
9. 《古文析義合編》，林雲銘，臺北：盛偉出版社，民國六四年十一月。
10. 《叢書集成新編》，臺北：新文豐出版社，民國六四年六月。
11. 《白居易集箋校》，朱金城，上海：上海古籍出版社，一九八八年十二月。
12. 《詩品》，鍾嶸，臺北：地球出版社，民國八三年五月。
13. 《唐文粹》，姚鉉（百部叢書），臺北：商務印書館。
14. 《全上古三代秦漢三國六朝文》，臺北：世界書局，民國五十年三月。
15. 《皎然集》，四部叢刊初編縮本，臺北：商務印書館。
16. 《少室山房筆叢》，胡應麟，臺北：世界書局，民國五二年四月。
17. 《苕溪漁隱叢話》，胡元任，臺北：長安書局，民國六八年六月。
18. 《歷代詩話》，何文煥編，臺北：藝文印書館，民國六七年八月。
19. 《蘇東坡全集》，蘇軾，臺北：河洛圖書出版社，民國六四年。
20. 《王安石全集》，王安石，臺北：河洛圖書出版社，民國六四年十二月。
21. 《范文正公集》，范仲淹，臺北：河洛圖書出版社，民國六四年十二月。
22. 《文選》蕭統，臺北：藝文印書館，民國七十年十月。

四、詩文評論類

1. 《文心雕龍》，劉勰，臺北：明倫出版社，民國六十年十月。
2. 《文章辨體序說》，吳訥，臺北：長安出版，民國六七年十二月。
3. 《文體明辨序說》，徐師曾，臺北：長安出版，民國六七年十二月。
4. 《全唐文紀事》，陳鴻墀，臺北：世界書局，民國六十年三月。
5. 《劉熙載集》，劉熙載，安徽：華東師範大學出版庄，一九九三年三月。
6. 《翁注困學紀聞》，王應麟撰翁元圻注，臺北：商務印書館，民國六十年三月。
7. 《容齋隨筆》，洪邁，上海：上海古籍出版社，一九九六年三月。
8. 《唐宋史料筆記（鶴林玉露）》，羅大經，北京：中華書局，一九九七年十二月。
9. 《唐、宋史料筆記（雞助編）》，莊綽，北京：中華書局，一九九七年十二月。
10. 《文史通義》，章學誠，臺北：史學出版社，民國六一年四月。
11. 《文學文體概說》，張毅，北京：中國人民大學出版社，一九九三年一月。

12. 《體裁與風格》，蔣伯潛，臺北：世界書局，民國五六年十二月。
13. 《文章例話》，周振甫，臺北：蒲公英出版社。
14. 《古文析義》，林雲銘，臺北：廣文書局，民國六八年二月。
15. 《散文技巧》，李光連，北京：中國青年出版社，一九九七年四月。
16. 《散文結構》，邱燮友等，臺北：蘭臺書局，民國五九年六月。
17. 《散文研究》，季薇，臺北：益智書局，民國六八年四月。
18. 《文法津梁》，宋文蔚，臺北：蘭臺書局，民國六六年十月。
19. 《中國文學欣賞》，臺北：台灣時代書局，民國六三年十一月。
20. 《中國文學理論史（隋唐、五代、宋元時期）》，黃保眞等，臺北：洪葉文化事業有限公司，民國八二年。
21. 《中國文學理論批評史》，敏澤，吉林教育出版社，一九九一年四月。
22. 《中國文學史》，劉大杰，臺北：華正書局，民國六八年三月。
23. 《中國古代文學史長編（隋唐五代卷）》，郭預衡，北京：北京師範學院出版社，一九九三年十一月。
24. 《中國古代文體概論》，褚斌杰，北京：北京大學出版社，一九九〇年十月。
25. 《古代散文文體概論》，陳必祥，臺北：文史哲出版社，民國七四年十月。
26. 《中國散文論》，方孝岳，臺北：清流出版社，民國七〇年五月。
27. 《古文通論》，馮書耕等，臺北：中華叢書編審委員會，民國六八年四月。
28. 《中國散文史（中冊）》，郭預衡，上海：上海古籍出版社，一九八九年十月。
29. 《中國散文史》，陳柱，臺北：台灣商務印書館，民國六五年四月。
30. 《中國散文通史》，牛鴻恩等，吉林：吉林教育出版社，一九九二年十月。
31. 《寓言文學理論、歷史與應用》，陳蒲清，臺北：駱駝出版社，民國八一年十月。
32. 《唐宋散文》，葛曉音，上海：上海古籍出版社，一九九〇年二月。
33. 《唐宋古文運動》，錢冬父，臺北：國文天地雜誌社，民國八十年七月。
34. 《唐宋文舉要》，高步瀛，新北市：漢京文化事業有限公司，民國七三年五月。
35. 《唐代文學論集（上、下）》，羅聯添，臺北：學生書局，民國七七年七月。
36. 《中國詩詞風格研究》，楊成鑒，臺北：洪葉文化事業有限公司，民國八四年。
37. 《應用文》，張仁青，臺北：文史哲出版社，民國七六年七月。
38. 《中唐三家寓言研究》，顏瑞芳，臺灣師大，民國 83 年博士論文。

39. 《劉基、宋濂寓言研究》，顏瑞芳，臺灣師大，民國 73 年博士論文。
40. 《劉基生平及其郁離子研究》，葉惠蘭，政大中研所，民國 73 年碩士論文。
41. 《郁離子寓言研究》，吳淡如，台大中研所，民國 77 年碩士論文。
42. 《歷代寓言》，公木、朱靖華，北京：中國青年出版社，一九八〇年六月。
43. 《古代中國寓言大》，仇春霖，西安：山西教育出版社，一九九四年十二月。
44. 《柳子厚寓言文學探微》，段醒民，臺北：文津出版社印行，民國七四年七月。
45. 《杜牧散文研究》，呂武志，臺北：學生書局，民國八三年五月。
46. 《唐末五代散文研究》，呂武志，臺北：學生書局，民國七八年二月。
47. 《王荊公散文研究》，方元珍，臺北：文史哲出版社，民國八二年三月。
48. 《中國文學欣賞全集》，臺北：莊嚴出版社，民國六八年十二月。
49. 《中國思想史》，韋政通，臺北：大林出版社，民國六九年四月。
50. 《中國哲學史》，勞思光，臺北：三民書局，民國七〇年一月。
51. 《袁枚全集》，袁枚，上海：上海古籍出版社。